Gees van die Labrador

Uit Makkie de Beer se pen in 2012:

Drie Rivierplase *(Deel van die Riemland reeks)*

Erfgenaam vir Groenvlei *(Reis deur Suidwes)*

Gees van die Labrador

'n Plaasroman uit die Riemland

Makkie de Beer

Kameeldoring Boeke

Gees van die Labrador - *Makkie de Beer*

Uitgegee deur Kameeldoring Boeke

Posbus 152
Hoedspruit
1380
Suid Afrika

jaco@kameeldoringboeke.co.za
www.kameeldoringboeke.co.za

Gedruk en gebind deur CreateSpace

2011

© Makkie de Beer

ISBN 978-0-9870164-2-3

Opgedra aan die boeremense van die Riemland en almal van ons wat 'n sterk verlange voel na die meer eenvoudige lewe op 'n plaas.

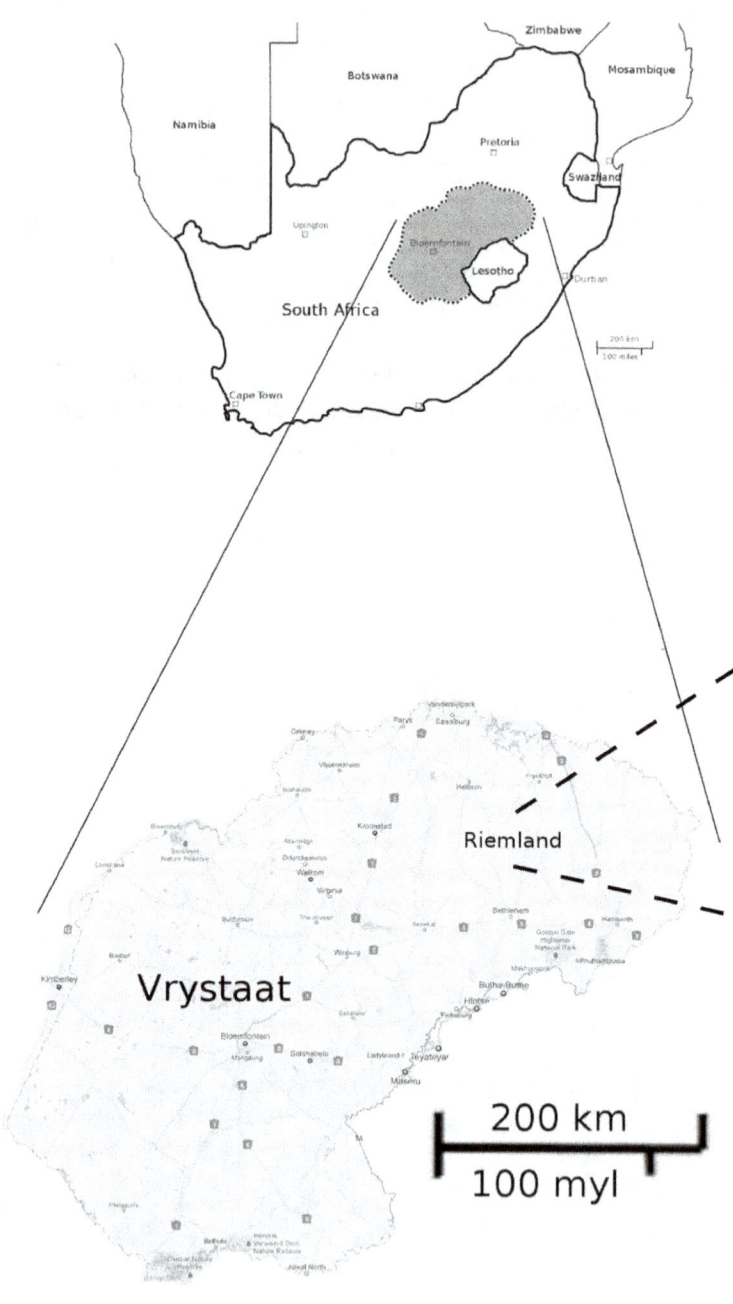

Riemland

Vrystaat

200 km
100 myl

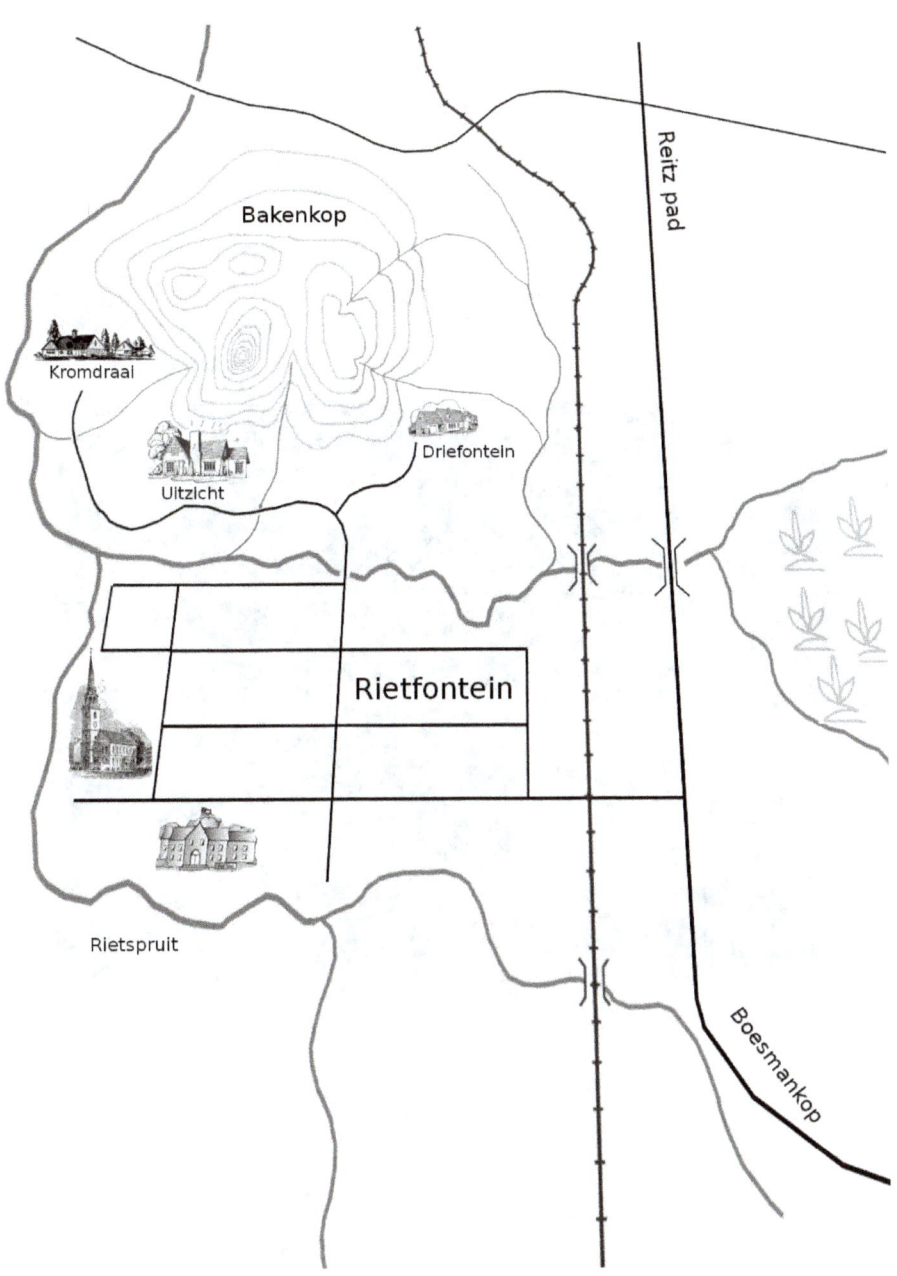

Voorwoord

Gedurende die middernagtelike ure van die winter in 2009 het die draaikolk van depressie amper my moeder ingesluk. 'n Bestiering van die Liewe Vader het gehelp dat haar vriendin haar kon terugruk van die randjie van die afgrond waar sy gestruikel het. Ons kinders was te besig met ons eie lewens en het nie gesien hoe die duisternis haar stadig nader trek nie.

Dinge het eintlik 'n paar maande tevore vir haar begin skeefloop. Sy bly in haar eie woonstelletjie by my jongste broer Buks en sy vrou Adrie op Louis Trichardt. Daar het sy in die kombuis geval en haar skouer gebreek. Al die kinders het dadelik ingespring en gehelp waar hulle kon. Veral Buks en Adrie het geweldig baie vir my ma gedoen. Nogtans het sy begin voel asof sy nie meer 'n doel in die lewe het nie. Ek het haar vriendin, tannie Lou, op Potgietersrus opgelaai en saamgeneem om bietjie by my ma te gaan kuier. Ons het gehoop dit sou my ma opbeur en weer aan die gang kry. 'n Paar dae later hoor ek, sy het probeer selfmoord pleeg.

Dit was vir my 'n geweldige skok om te besef hoe naby ons daaraan gekom het om my ma onnodig en vir altyd te verloor. Met my vrou, Suzette, se bystand het ons dadelik begin planne maak oor hoe ons haar weer lus kon maak vir die lewe. Ons weet hoe lief sy is vir skryf en gediggies maak, miskien kon ons haar kry om te skryf oor die donker dae wat haar geteister het? Suzette het haar dadelik uit haar donker kamertjie geskuif na die sonnige sitkamer. Die sit-slaapkamer is opgevrolik met blomme en klein plakkaatjies met bemoedigende boodskappies. Ons het ook vir haar 'n paar nuwe oefeningboeke en potlode gekoop met die hoop dat sy iets sal begin skryf.

Gelukkig hét sy weer begin skryf. Nie naastenby wat ons verwag het nie, maar hierdie boek is die resultaat van haar herstel. Kort voor lank was sy weer vol lewe en het sy een na die ander oefeningboek vol geskryf met die wedervaringe van die plaasmense in die Riemland. Sy het menige rolle toiletpapier nat gehuil saam met die "nuwe mense" en hulle dinge. Miskien is dit vir haar makliker om saam met hulle te huil en steeds sterk te wees vir haar kinders. Ek is net dankbaar dat ek weer my ma terug het, vol idees en met 'n nuwe lus vir die lewe. Sy het reeds die tweede "Riemlandboek" klaar geskryf en is nou al diep in Suidwes met haar eerste reisverhaal.

Dit is met groot dankbaarheid dat ek hierdie boek vir haar publiseer. *Gees van die Labrador* is vir my 'n besondere storie al weet ek dit is fiksie en dat name, karakters, plekke en gebeurtenisse bloot in haar verbeelding bestaan. Ek weet dat enige ooreenkoms met werklike gebeure, plekke of persone, lewend of dood, heeltemal toevallig is. Sy het geskiedkundige gebeure gebruik om die verhaal in konteks te plaas vir die leser. Nogtans maak dit nie vir my saak nie en bring dit nog gereeld trane in my oë as ek sien hoe dapper sy was om weer op te staan en opnuut te begin lewe.

Jaco de Beer
(Makkie se oudste seun)
29 November 2011

Hoofstuk 1: Voorbrand

Gert van Tonder staan by die dekreling van die troepeskip wat die vorige nag in Durban se hawe vasgemeer het. Die lug hang swaar oor die stad en daar is 'n skerperige oliereuk wat hy tevore al iewers geruik het. Hy dink terug aan daardie dag, skaars vyf maande gelede toe hy en sy beste vriend Jan Breedt, ook so by die reling gestaan het. Die onbekende het voor hulle uitgestrek soos 'n kronkelende plaaspad deur die Riemland. Hulle was op pad Noorde toe om daar te gaan veg vir Volk en Vaderland, soos die aanhangers van die oorlog dit genoem het. Hulle was terselfdertyd skrikkerig en opgewonde oor wat vir hulle voorlê.

Gert en Jan het saam grootgeword: Jan op Uitzicht en Gert op Driefontein. Hulle is op die twee buurplase gebore en van vroeg af al was daar 'n hegte vriendskap tussen die twee seuns en hulle gesinne. Gert het gegroei tot 'n stewige sesvoet lang jong man met donkerbruin hare en grys oë en op 15 Februarie 1943 sou hy een-en-twintig jaar oud word. Sy vriend Jan, was 'n skraal ligtekop met blou oë, net 'n rapsie jonger as Gert.

Na skool het hulle saam op die Spoorweë in Pretoria gewerk. Die oorlog het aan die einde van hulle matriekjaar op 4 Augustus 1939 uitgebreek. Nie een van hulle was van plan om oorlog toe te gaan na skool nie. Van hulle "SAP" vriende het aangesluit en oorsee gaan veg. Gert en Jan was albei gelukkig by die Spoorweë en die dae het vinnig verbygevlieg. Hulle voorman meneer Verster het gedurig aan hulle gekarring om by die Leër aan te sluit. Hy het te vertelle gehad hoe interessant dit daar ver oor die see sou wees, ook dat hulle lande soos

Stories uit die Riemland

Italië en Frankryk sou sien. Volgens hom was dit 'n geleentheid wat hulle nooit weer sou kry nie. Maar die twee boesemvriende het nie kans gesien om hulle bejaarde ouers agter te laat en die vreemde in te vaar nie.

Die druk op die twee jong manne het al hoe erger geword. Agteraf is gefluister dat die manne wat nie uit eie wil aansluit en die Rooi Eed neem nie, afgedank sou word. Daar was alreeds sprake van twee "Nattes" wat plek moes maak vir die Smuts-mense.

Daar was geen genade nie. Die twee is plaas toe om met hulle ouers te praat en te hoor wat hulle dink. Daardie naweek was daar diep hartseer op die twee buurplase. Hulle ouers was huiwerig om namens hulle te besluit, maar het belowe om vir hulle te bid. Die voorman het hulle toe openlik begin dreig dat hulle ander werk moes soek as hulle nie by die Weermag wou aansluit nie. Kort voor lank was hulle op pad na die Weermag se werwingskantoor om die nodige vorms in te vul en aan te sluit. Pas nadat hulle aangesluit het, is hulle verplig om die Rooi Eed af te lê. Uniforms is aan hulle uitgereik en op die skouers was daar die verpeste rooi lussies wat bewys het dat hulle soldate was wat dwarsoor Afrika vir die Engelse moes gaan veg. Hulle het nie die blou eed afgelê nie, daarmee sou hulle na Italië en Frankryk gestuur kon word om daar te veg

Hulle het elkeen verlof en 'n vrypas gekry om hulle families te gaan groet. Die passasierstrein waarmee hulle Rietfontein toe gery het, het vieruur die oggend op die stasie aangekom. Digte mis het die laagte by die rivier bedek. Dit was nie ver om plaas toe te stap nie. Hulle het hulle rugsakke oor hulle skouers gegooi en koers gekry met die kronkelende voetpaadjie die veld in. Die nat gras het vet doudruppels op hulle blink militêre stewels gemors. Voëltjies het ewe vrolik iewers in die donker bome getjirp. Die hangbruggie wat die twee bure self oor die rivier opgerig het, het liggies onder hulle voete geswaai. Hoe Wagter, Gert se Labrador, geweet het sy baas kom huis toe, sou niemand ooit weet nie. Hulle het net 'n paar treë gevorder toe hy blaffende na sy baas toe aangehardloop gekom het.

"Waggie, oubaas se honne, is jy bly om my te sien?" Wagter het Gert se hand gelek en amper van die voetbruggie afgeval soos hy sy stert geswaai het. Hy het opgewonde om hulle rond gehardloop totdat hy met 'n kort blaffie vooruit huis toe, gedraf om die blye nuus aan te kondig. Net oor die rivier, het die paadjie links na Uitzicht toe uitgedraai. Die twee het gegroet en in stilte van mekaar af weggestap, elkeen na sy eie huis en elkeen met 'n warboel gedagtes. 'n Moeilike taak het op die twee manne gewag om die nuus aan hulle ouers oor te dra. Saterdagmiddag het die twee gesinne bymekaargekom. Waar dit in die verlede vrolik en opgewek was, wou dinge maar net nie vlot nie. Daar was 'n stramheid en gesprekke het vinnig doodgeloop. Die hartseer en bekommernis het vlak in die

Gees van die Labrador

oumense se gemoedere gelê en hulle het gewonder wat die toekoms vir die twee jong mans inhou.

Dit was 'n droewige afskeid. Met trane in hulle oë, het die oumense hulle seuns die Maandagoggend by die stasie gegroet. Niemand het geweet of hulle mekaar in hierdie lewe weer sou sien nie. Vier eensame ouers en Wagter het op die perron agtergebly lank nadat die trein om die koppie verdwyn het. Hulle het geluister na die laaste fluit van die stoomtrein en probeer kyk of hulle dalk die rook agter die koppie kon sien uitkom.

In Pretoria is hulle na Robertshoogte geneem, om ingedeel te word by die volgende groep wat front toe moes gaan. Na 'n paar dae van allerhande reëlings is hulle per trein Durban toe geneem. Die skip het reeds gewag om die troepe langs die Ooskus, Noord-Afrika toe te vervoer. Die eerste stop was Dar-es-Salaam, waar hulle vermaak is deur inboorlingkinders wat muntstukke uitduik wat van die skip af gegooi is. Van daar af het hulle in 'n konvooi gevaar en almal is aangesê om op die uitkyk te wees vir duikbote. Hulle het deur die Suezkanaal tot by Port Said, verby die groen delta van die Nylrivier tot binne in die Middellandse See gevaar. Na meer as 'n week het hulle in Alexandrië aangekom. Alexandrië is 'n ou stad met pragtige klipgeboue. Hulle kon nie help om te wonder watter geheime hier verlore gegaan het na die vernietiging van die ou biblioteek nie.

3

Stories uit die Riemland

Egipte was nou hulle oorsee. Die "oorsee" van meneer Verster hulle voormalige voorman by die Spoorweë. Die hawe self was maar vuil met allerhande gemors wat tussen die skeepsolie rondgedryf het. In Alexandrië het hulle regtig vir die eerste keer die Egiptenare met hulle lang wit rokke en kopdoeke gesien. Hulle het hulle verbaas bekyk (en die Egiptenare vir hulle), want dit was nie iets wat 'n mens toe gereeld in Suid-Afrika gesien het nie. Destyds het selfs die Oosterse nasies in Suid-Afrika (veral die mans) meer Westers aangetrek. Die taal, kultuur, kos en reuk van die stad was vir hulle vreemd. hulle was amper bly om op die rammelkas trein te klim wat hulle die 100 km tot by die deurgangskamp na El Alamein sou neem.

Hulle eerste indrukke van die woestynlandskap was nie baie aangenaam gewees nie. Die helder son wat weerkaats op die eindelose sand en klipvlaktes was rof op hulle oë. Met niks om te sien nie behalwe sandvlaktes, het die meeste van hulle begin nes skop. Elkeen met sy eie gedagtes teen die eentonige agtergrond van die klik-klak op die spore. Die rowwe geskommel om die draaie, het kort-kort hulle dagdrome onderbreek. Dowwe stemme, sigaretrook en die helder skynsel van die woestynson het met hulle malende gedagtes tot net buite El Alamein ingemeng.

Teen daardie tyd het hulle al die gevreesde naam van Erwin Rommel gehoor en die ouer hande het na hom verwys as die "Woestynvos." Hy was 'n geslepe tenkspesialis wat menige oorwinnings teen 'n groot oormag behaal het. In sy pogings om by die strategiese Suezkanaal uit te kom is hy vir die eerste keer daar by El Alamein gestuit. Dit was 'n paar weke tevore aan die begin van Juliemaand. Meer onlangs het die Afrikakorps van Rommel verder suid probeer deurbreek, maar hy is by Bab El Qattara gestuit. Hulle moes juis oor 'n paar dae met die Al Betrol of Springbokpad van El Alamein in die rigting van Bab El Qattara ry! Skielik het hulle die gevoel begin kry dat die Woestynvos vir hulle loer.

Die deurgangskamp was net buite die stowwerige kusdorpie El Alamein, [dit beteken in Arabies *twee vlae*]. Hulle spreek dit *El A-la-my-nie* uit. Weerskante van die dorpie was daar sulke salpeteragtige binnelandse mere, wat dit moeilik gemaak het om by die werklike strand uit te kom. Sommige van die mere is deurgegrawe na die see toe, waar keerwalle dien as 'n tipe hawe vir kleiner seilbootjies wat hulle *dhows* noem. Die soldate se voorlopige tuiste was een van duisende tente wat sommer op die sand langs die treinspoor opgeslaan is. Dit was 'n tentestad met genommerde strate en verskillende afdelings wat hulle sommer dorpe genoem het. Die Riemlanders het saam met 'n groep Natallers in "Mooirivier" tuisgegaan. Die "dorp" langs hulle was "Dundee by the Sea."

Die nuwelinge het nog probeer planne maak oor hoe hulle moes stap om by die see uit te kom toe een van die ouer hande in 'n troepedraer geklim en gevra het of hulle wou saamgaan. Hulle het vinnig agtergekom dat daar bitter min kontrole was oor enige van die militêre uitrusting. Petrol, voertuie, ammunisie selfs kos was vryelik beskikbaar en elke dag het dosyne skepe net meer daarvan in die hawe van Alexandrië afgelaai. Van die offisiere (met hulle donkerbrille) het met Jeeps op die strand op en af gejaag, asof almal sorgeloos met vakansie was. Daar was troepe van oral oor die wêreld wat mekaar daar ontmoet het, meestal Engelssprekend maar ook 'n paar Grieke, Franse en Indiërs. Hulle het gelukkig nie veel te doen gekry met die Australiërs nie en het later goed klaargekom met die Nieu-Seelanders.

Elke dag is honderde nuwe tente by die deurgangskamp opgeslaan. Soldate van oral oor die wêreld het daar aangekom en is uitgerus met voertuie, petrol, water, ammunisie en rantsoene. Die dag voor hulle vertrek het front toe, het die Inligtingsoffisier hulle voorgelig oor wat hulle te wagte kon wees in die woestyn. Hy het vir hulle op 'n groot kaart gewys dat die bottelnek wat gevorm word deur die Middellandse See en die Qattara Laagland van groot belang is. Hierdie Qattara Laagland beslaan 'n area van omtrent 200 vierkant kilometer en is amper 60 kilometer suidwes van

El Alamein geleë. Die Qattara Laagland was so diep en onbegaanbaar dat selfs ruspervoertuie nie daar kon deurkom nie. Volgens die Inligtingsoffisier was die woestyn suid van El Alamein die laaste verdedigbare posisie voor die bewoonde gebiede van Alexandrië, Kaïro en die strategies belangrike Suezkanaal. Hierdie bottelnek was dan ook wat vir Rommel in 'n hoek gedryf het met sy laaste twee aanvalle. Dit was van uiterste belang dat Rommel en sy Afrikakorps nie by die Suezkanaal moes uitkom nie.

Hulle vakansie was van korte duur het Jan die volgende oggend na ontbyt gesê. Die vragmotors is reeds die vorige aand gelaai en hulle het net hulle persoonlike uitrusting en vuurwapens gelaai voordat hulle by 'n Nieu-Seelandse konvooi aangesluit het. Daardie oggend was daar 'n lang ry splinternuwe Amerikaanse tenks wat langs die pad na El Alamein gestaan het. Volgens die "oumanne" sou die Sherman-tenks baie beter gewees het as die vorige modelle wat baie gou in die woestyn toestande oorverhit het. By die T-aansluiting waar hulle afgedraai het op die Al Betrol-pad was dit so besig dat 'n lid van die Militêre Polisie moes help om die verkeer te beheer. Enige iets van tenks tot donkiekarretjies wou daar verby.

Slegs 'n entjie uit die dorp aan die linkerkant, het hulle op 'n reuse pantserkamp afgekom. Rye en rye van die nuwe tenks het daar onder kamoefleernette gestaan en wag om op te ruk na die front toe. Jan en Gert het net woordeloos na mekaar gekyk en gewonder oor wat daar in die volgende paar maande sou gebeur. Dit het nie lank geneem om die bietjie koelerigheid van die see te verloor nie en daarmee saam het die laaste van die kameeldoringboompies ook verdwyn. Hierdie pad is ook die Springbokpad genoem en daarom het Jan die area Springbokvlakte gedoop. Die hitte en verstikkende stof wat om die troepedraers gehang het, het die pad baie langer laat voel as die 20 kilometer na die uitdraaipad. Die Nieu-Seelanders het sommer regs afgedraai in 'n plat stuk klipperige woestyn waar daar eienaardige klipmure tussen die sand uitgesteek het. Verder af met die pad net voor die Ruweisat-duin, was blykbaar die Indiërs se kampterrein.

Kol Norrie en Genl Dan Pienaar

Die laaste paar kilometer voordat hulle afgedraai het, was daar omtrent konstant vliegtuie wat bo-oor hulle gevlieg het. Dit was blykbaar om die konvooi teen die Luftwaffe te beskerm, maar dit was nie juis gerusstellend nie. Veral nie as die korporaal vir jou vertel hoe die Engelse vliegtuie 'n paar weke tevore die Suid-Afrikaanse stellings aangeval het nie. Menige noodoproepe na die Royal Air Force is net geïgnoreer tot groot ontsteltenis van generaal Dan Pienaar wat gedreig het om dan vir hulle eie verdediging by die Luftwaffe aan te sluit.

Gert-hulle se konvooi het 'n klein entjie verder met 'n tipe pad na regs afgedraai in die rigting van 'n hoërige duin. Die pad na die kampterrein was omtrent onbegaanbaar – dit was sandduine op en sandduine af. Nêrens was daar 'n groen boompie wat die landskap 'n bietjie kon verfraai nie. In die laagtetjies het die sand op plekke 'n blougroen skynsel gehad wat 'n mens laat wonder het of daar dalk iewers onder die sand koper neerslae kon wees. Hierdie duin wat eintlik die Miteirya-randjies genoem is, sou vir die volgende paar weke hulle tuiste wees. Langs hierdie pad was ook 'n kamp met honderde van die "nuwe Amerikaanse tenks" wat sommer oop en bloot geparkeer was. Die verskil was dat hierdie tenks van hout gemaak en geverf was om net soos die ware Jakob te lyk.

Rommel & Montgomery

Nadat elkeen sy plek in die tentedorp gekry het, is daar water uitgedeel. Elkeen het net een dixie vol water in die oggend en een in die aand gekry. ('n Dixie is 'n plat staalhouer met 'n draad handvatsel aan die een kant.) Met hierdie water moes hulle skeer en was en nog 'n bietjie

Gees van die Labrador

oorhou om te drink en koffie te maak. Die hitte was ondraaglik, die water was so min en vir hulle wat gewoond is aan 'n rivier vol water op Uitzicht en Driefontein, was dit 'n baie groot aanpassing. In die kamp was daar ook duisende vlieë, hulle moes hulle kos onder hulle hemde eet – as mens boeliebief en klinkers kos kon noem. Streng militêr moes hulle elke oggend op die paradegrond aantree. Vir 'n uur is hulle dan op en af gedril, links-regs, links-regs, tot hulle koppe wou bars van die hitte en dan was dit eers teetyd. Die res van die oggend moes hulle loopgrawe grawe en skanse bou tot middagete.

As hulle gelukkig was het middagete bestaan uit opgekookte vleis met aartappels en kool. Hulle het baie keer gedink die kokke in die kombuis het die Regiment se slagspreuk "Rough but Ready" meer ter harte geneem as die soldate self. Na middagete kon hulle rus en gewoonlik later die middag wanneer die son agter die randjies ingeskuif het, het die manne een of ander sport, meestal rugby, gespeel.

Elke dag is 'n peloton in 'n ander rigting uitgestuur – meestal om die area rondom die Duitse mynvelde te gaan verken. 'n Groot area wes van die Miteirya-randjies was 'n Duitse mynveld met doringdraad versperrings

9

gewees. Dit het die Engelse bynaam van *Devil's Gardens* gekry, maar die Boertjies het dit sommer die Satan se Tuin genoem. Een oggend vroeg het hulle kontak gemaak met die vyand se spioene. Gert en Jan was saam met die twee Jeeps wat patrollie gery het. Dit was vir albei kante 'n verrassing. Na 'n kort masjiengeweer geveg het die vyand die loop geneem. Gert en sy makkers was maar tog te bly, want hulle was nie voorbereid op 'n groot geveg nie. Die vyand het ongelooflik vinnig verdwyn. Ook maar goed, want die een Jeep waarmee Gert en sy makkers gery het, is deur 'n paar koeëls getref. Hulle moes dit later die middag insleep kamp toe.

Briewe wat hulle huis toe geskryf het, het weke geneem om in die poskantoortjie op Rietfontein aan te kom. Dieselfde met die pos van die huis af; dit het ook weke geneem om by hulle uit te kom. 'n Brief van die huis af, was soos 'n kersgeskenk en dit is honderd keer oor en oor gelees. Die posdiens moes onder moeilike omstandighede funksioneer en almal was tog te bly om nuus van die huis af te ontvang. Ongelukkig was dit nie

Gees van die Labrador

altyd goeie nuus nie: Jan se pa, oom Stefaans, is oorlede en Jan het eers 'n paar weke na die begrafnis die nuus gekry. Hy het vir Gert die hartseer nuus gaan vertel. Gert het sy ou maat se hand geneem en met trane in sy oë, sy simpatie betuig.

Intussen het gerugte die rondte begin doen dat Rommel moes terugkeer Duitsland toe weens gesondheidsredes. As dit regtig so was, was dit 'n goeie geleentheid om die Afrikakorps aan te val terwyl hulle bevelvoerder weg was. Aan die ander kant was dit moontlik valse propaganda wat kon lei tot 'n onaangename verrassing as hy nie regtig weg was nie. Intussen het tonne wapentuig op die front aangekom, insluitende dosyne kanonne en vragte ammunisie. Die Geallieerde Magte het beslis reggemaak vir 'n reuse offensief om die Duitsers in Afrika die finale nekslag toe te dien. Generaal Montgomery is aangestel as opperbevelhebber van die woestynmagte.

Die oggend van 23 Oktober 1942, was net soos enige ander oggend in die Saharawoestyn van Egipte, behalwe dat ontbyt twee ure later bedien sou word en dat almal daardie dag later kon slaap. Die reuk van die son wat op die seil van hulle tent gebak het, sou hy altyd onthou. Van laatslaap was daar nie juis sprake nie, want almal het agtergekom dat iets aan die broei was. Dit was die eerste dag van *Operation Lightfoot*, 'n dag wat niemand ooit sou vergeet nie. Na 'n onrustige dag met allerhande voorbereidings en beplanning, het die son daardie aand 'n onheilspellende oranje skynsel oor die woestyn uitgesprei. Horlosies is gesinkroniseer en in die laaste bietjie lig van die skemer is soldate en voertuie vir die aanval geposisioneer.

Presies om twintig minute voor tien daardie aand het honderde kanonne agter hulle losgetrek en begin skiet. Die eerste kanonkoeëls het net duskant die doringdrade van die Satan se Tuin ontplof en skielik was dit 'n baie gepaste naam. Die vyf en twintigponder op die flanke het geklink soos swaarweer oor die Witteberge en die blitse was soos dié van 'n geweldige donderstorm wat woed. Elke vyftien minute is die kanonne se visiere aangepas en dan het die bomme sowat honderd treë nader aan die Duitse stellings ontplof. Dit het die infanterie toegelaat om onder die dekking van kanonvuur nader te beweeg. Dit was belangrik om nie oorhaastig te raak nie, want dan kon eie kanonvuur van die eiemagte tref soos wat met 'n groepie Nieu-Seelanders gebeur het. Na 'n paar uur was die Satan se Tuin goed omgeploeg deur die artillerie en het die Geniekorps begin om landmyne te lig om so gou moontlik 'n pad deur die mynveld oop te maak.

In daardie stadium het die Duitse kanonne met alle mag losgebars en op die area net anderkant die mynveld gemik. Baie van hulle was gelukkig alreeds op die kant of net binne in die mynveld om die Genietroepe te ondersteun. Van die tenks en ander pantser voertuie was reeds 'n paar honderd treë met die skoongemaakte paadjie die mynveld in en op die voorpunt van die aanval. Indien die tenks kon deurbreek sou hulle die Duitse stellings van agter af kon aanval. Ongelukkig het van die ondersteuningsvoertuie te gou nader gekom en die Duitse artillerie het toe oral van hulle raakgeskiet. Die volgende oomblik het een van die ammunisie trokke ontplof en 'n brandstof tenkwa aan die brand gesteek. Dit het die Suid-Afrikaners in hulle spore gestuit, want die hele area waar hulle probeer het om deur te breek, was toe helder verlig. Die vyandelike kanonvuur was onverbiddelik en baie akkurater as tevore. Hulle het gemaai onder die ondersteuningsvoertuie en hulle tenks was vasgepen in die Satan se Tuin.

Die nuwe soldate het onder geweldige masjiengeweervuur nader gekruip. Daar was verwoesting, dooies, verminktes en gewondes het oral

Gees van die Labrador

rond gelê. Gert en Jan het agter 'n stukkie hoërige grond gelê vanwaar hulle teruggeskiet het op die masjiengeweernes. Die Duitse artillerie het begin om op die tenks in die mynveld aan te lê. Na 'n rukkie is die voorste tenk uitgeskiet en is die pad deur die mynveld versper. Jan het nog opgemerk dat hulle turf nou sit en vir ure daarna het die skietery aangegaan. 'n Kanonkoeël het 'n paar treë voor Gert-hulle ontplof en skrapnel het Jan in sy gesig getref. Dit het 'n gat in sy voorkop geruk, maar hy het nog gelewe. Gert het hom onder sy arms opgetel en na veiligheid begin sleep. Hulle broekspype en bene is aan repe geskeur deur die stukke doringdraad wat oral in die mynveld gelê het. Met 'n gebed in sy hart, het hy sy maat voortgesleep en as hy hom net by die ambulans kon kry sou hulle hom kon red.

Met asem wat brand in sy keel en Jan se liggaam wat al hoe slapper begin word het, het Gert gevoel hy kon huil. 'n Ander soldaat het Gert kom help en Jan se voete opgetel sodat hulle vinniger kon vorder. Hulle oë het vir 'n oomblik in die lig van 'n bom wat daar naby ontplof het ontmoet, maar Gert het nie die asem gehad om dankie te sê nie. Die toe bewustelose Jan, het baie bloed verloor maar die ambulans was net 'n paar treë weg. Verpleërs het met 'n draagbaar uit die tent aangehardloop gekom om die laaste entjie te help. Ongelukkig was dit te laat. Jan het sy oë met moeite oopgemaak en vir Gert gevra om asseblief na sy ma op die plaas om te sien. Sy kop het skeef geval en sy laaste asem het in die warm woestynlug en oorlogsrumoer verdwyn. Met sy gestorwe maat se hand in syne, het Gert gebid dat die Here hom moes spaar, sodat hy Jan se laaste wens kon uitvoer.

Die geveg is vroeg die volgende oggend gestaak sodat die Rooikruispersoneel die gewondes en dooies kon verwyder. Aan albei kante was die slag bloedig. Die bevel het gekom dat alle soldate moes terugtrek. Gert het Jan se persoonlike goedjies uit sy sak uitgehaal. Daar was nog 'n brief wat sy ma vir hom geskryf het. Dit was baie hartseer. Gert het Jan se lyk gemerk sodat hy kon weet waar hy begrawe sou word. Daar in die rooi woestynsand, ver van Uitzicht af, het Jan sy laaste rusplek gekry.

Die volgende aand is 'n nuwe aanval geloods en byna elke dag of nag daarna het die Geallieerde Magte alles in die stryd gewerp om die Spilmoondhede se verdediging te breek. Met elke aanval het die Duitsers later begin skiet en minder ammunisie gebruik as die vorige keer – 'n duidelike teken dat hulle logistieke ondersteuning nie kon bybly nie. Na 'n week se gevegte het hulle berig ontvang dat Rommel weer die bevel van die Afrikakorps oorgeneem het. Teen daardie tyd het die gevegte dag en nag aangehou en die artillerie het nooit ophou vuur nie. 'n Duisend kanonne het dag en nag die Duitse stellings gebombardeer en Satan se Tuin vir hom sooi vir sooi omgespit en natgelei met mensebloed.

Hulle het met verbasing die eerste krygsgevangenes afgevoer en toe eers besef dat hulle daar teen Italianers geveg het. Teen die einde van die slag was daar honderde van hierdie Italianers wat sommer na hulle toe aangeloop gekom het. Blykbaar het die Duitsers tydens hulle onttrekking al die brandstof en die water saam met hulle geneem en die Italianers net so in die woestyn agtergelaat. Baie van hulle was afkomstig uit Boulogne in Italië. Die "drukgang" van El Alamein was net een te veel vir die Woestynvos en hy het teenstrydig met Hitler se bevele, die aftog geblaas.

El Alamein, kon net sowel die vlag van Montgomery aan die een kant en Rommel aan die ander kant gewees het. Die tweede Slag van El Alamein, sal in die geskiedenis van die Tweede Wêreldoorlog onthou word

Gees van die Labrador

as een van die bloedigste gevegte in Egipte. Dit het twaalf dae geneem om Rommel en sy Afrikakorps hier 'n deurslaggewende bloedneus te gee wat gelei het tot hulle onttrekking uit Noord-Afrika. 'n Gedenkteken is opgerig ter nagedagtenis van die Suid-Afrikaanse soldate wat daar gesneuwel het.

Oorlog is aaklig, aan albei kante is daar manne wat hulle lewe opoffer – vir wat? het Gert in sy gedagtes gewonder. Nadat Gert toegesien het dat Jan se besonderhede die hoofkwartier sou bereik, het hy vier weke verlof aangevra. Wonder bo wonder is dit aan hom en baie van sy kamerade toegestaan.

Die reëlings vir sy terugkeer na Suid-Afrika is vinnig getref. Dit het meer as 'n week geneem om per skip na Durban te reis. Die skip het die vorige aand buite die hawe anker gegooi. Die dag het in die ooste gebreek. Die golwe het reëlmatig na die strand toe aangerol en die liggies het op die onrustige water weerkaats.

Gert moet sy hande doelbewus afhaal van die reling af omdat hy dit so styf vasgeklem het. Sy vingers voel stram as hy hulle oop en toe maak. Hier waar hy teen die reling staan, dink hy aan daardie ander oggend toe hy en Jan ook so by die reling gestaan het, op pad na die Noorde toe. Dit voel nou soos jare gelede wat hulle hier weg is en min het hy daardie môre geweet dat hy alleen sou terugkom huistoe. Sy hande klem weer styf om die koue reëling van die skip. Hoe moet hy alleen op die plaas aankom? Wat moet hy vir tant Maria sê? Hoe moet hy verduidelik dat hy niks kon doen om haar lieflingseun vir haar lewend terug te bring nie? Net 'n pakkie met sy persoonlike goedjies en haar laaste brief – is dit al wat van Jan se lewe oorgebly het? By sewe honderd vier en dertig ander families in Suid-Afrika het soortgelyke pakkies aangekom van almal wat gesneuwel het by El Alamein.

Hoofstuk 2: Tuiskoms

Dis nog donker toe die trein twee dae later Rietfontein se stasie instoom. Die mis lê weer dik by die rivier, die voetpaadjie is amper toegegroei. Hy wonder of niemand dit meer gebruik nie, maar volg nogtans die dowwe paadjie tot naby die rivier. Hy kan sy oë nie glo nie! Hier in die paadjie sit ou Wagter vir hom en wag. Dis maande wat hy al weg is. Wagter spring op en draf regs teen die rivier op. Snaaks dat Wagter nie sy hand kom lek soos voorheen nie. Hy volg die hond tot by 'n nuwe bruggie wat oor die rivier gebou is. Wagter hou die pas oor die boogbruggie en met 'n nuwe paadjie langs sien hy uiteindelik Driefontein se huis in die oggendmis.

Gert hardloop die laaste entjie huis toe. Daar brand lig in die kombuis. Hy ruik die rook wat uit die skoorsteen uitkom. Die kombuisdeur staan oop. Hy sien sy ma met die oop Bybel by die kombuistafel sit. Daar waar sy elke môre vir al die jare wat hy kan onthou, oggendgodsdiens hou. Hy spring na haar toe en druk haar teen hom vas.

"Moeder ek het so na julle verlang."

Snikkend staan hulle in mekaar se arms.

Sy ma vra: "Boetie, hoe het jy geweet om oor die nuwe bruggie te kom? 'n Brand het die ou bruggie omtrent heeltemal weggebrand."

"Ja, ek het gesien, maar Wagter het my ingewag en na die nuwe bruggie toe gelei."

"My kind, het jy gesê Wagter?"

"Ja Ma, hy het voor my uitgedraf tot hier by die huis."

"Ai my kind, ou Wagter is twee maande nadat jy en Jan hier weg is, dood. Hy wou nie eet nie en ons dink hy het hom doodgetreur oor jou."

Stories uit die Riemland

"Genade Ma, wat vertel Ma my nou?"

"Dit was dieselfde brief waarin ek jou vertel het van die brand langs die rivier."

"Sjoe Ma, ek het nooit daardie brief gekry nie.

"Het sy gees my dan gehelp om die nuwe paadjie te kry? As hy nie daar op die einde van die paadjie gewag het nie, kon ek in die digte mis in die rivier geval het. Ma weet hoe bros die rivier se walle is. Dit is ongelooflik! Dit was snaaks dat hy nie my hand gelek het soos altyd nie, maar ek was so haastig om by die huis te kom, dat ek my nie verder daaraan gesteur het nie."

"My kind, die Here se weë is wonderlik en ek is so dankbaar dat julle veilig by die huis is."

"Ma, dis vreeslik, maar ek het alleen huis toe gekom. Jan is in die laaste veldslag ernstig gewond. Ek het probeer om hom by die ambulans te kry, maar hy is oorlede voor ons dit gehaal het. Dis vreeslik Ma!"

Die trane loop oor Gert se wange. Sy ma hou hom styf teen haar vas.

"Ek is so jammer my kind, maar dit was die Here se wil, ons sal dit moet aanvaar. Weet tant Maria van Jan se dood?"

"Nee, Ma, ek sal die bittere tyding vir haar moet neem, sal Pa en Ma asseblief saam met my gaan?"

"Ons sal saamgaan. Dit sal moeilik wees, maar ons moet gaan voordat sy dit by iemand anders hoor."

Tant Emmie sit drie koffiebekers op die tafel en skink dit vol.

"Neem asseblief jou pa se koffie kamer toe en maak hom maar wakker as hy nog slaap. Hy is in die laaste tyd nie so gesond nie, ek laat hom maar 'n bietjie later slaap."

Gert vat die beker koffie en stap na sy ouers se kamer toe. Hy klop twee kort kloppies en stap dan in. Oom Willem lig sy kop van die kussing af, verbasing en vreugde straal uit sy oë.

"Gertman, is dit regtig jy?"

"Ja, Pa, ek het bietjie kom kuier."

"Dis wonderlik my kind, die huis en die plaas is leeg sonder jou."

Sy pa skuif regop teen die kussings, neem die koffie, drink 'n paar slukkies en kyk weer na sy seun om seker te maak dat sy oë hom nie bedrieg nie

"Het jy alleen gekom of is Jan ook hier?"

Gert dink 'n paar oomblikke en wonder hoe hy die hartseer nuus aan sy pa gaan oordra.

"Pa, dit is baie swaar om dit te sê, maar my ou maat sal nooit weer op Uitzicht wees nie. Hy het gesneuwel in die slag van El Alamein. Ons het hom daar in die rooi woestynsand van Egipte begrawe."

Oom Willem staar na sy seun en sien vir die eerste keer die man wat

18

daar staan.

"Ag, my seun dit is vreeslik, weet tant Maria al?"

"Nee, Pa, ons sal haar moet gaan vertel. Ek het nie die moed om alleen te gaan nie. Sal Pa en Ma asseblief saamgaan?"

"Ja, my kind ons sal. Dis 'n sware tyding. Maria het alreeds vir Stefaans verloor en nou hulle enigste kind. Ek trek gou aan. Sê jou ma moet klaarmaak dat ons maar dadelik ry."

Gert vat die leë beker en gaan terug kombuis toe.

"Pa sê Ma moet klaarmaak dat ons dadelik vir tant Maria die tyding kan bring."

"Drink eers jou koffie Boetie, dan gaan haal jy die motor dat ons kan ry."

In doodse stilte klim die drie in die motor, ry met die pad langs die rivier op. Al drie kyk na die mooi ou plaashuis daar teen die koppie, daarheen moet hulle nou gaan. Voor in die pad kom iemand aangehardloop en toe sy nader kom sien hulle dit is ou Mina van tant Maria. Onmiddellik weet hulle daar is iets verkeerd. Oom Willem hou stil.

"Mina is daar iets verkeerd by die ounooi?"

"Ja, die ounooi slaap nog, toe ek die koffie by die kamer vat, die ounooi word nie wakker nie, ek roep maar hy hoor nie."

"Klim in Mina dat ons gaan kyk."

Daar is 'n beklemming in almal se harte en die laaste opdraand na die huis tot voor die stoep word in stilte afgelê. Op die stoep draai oom Willem na sy vrou:

"Moeder gaan jy en Mina eers kyk, ons wag hier op die stoep."

Die twee stap met die gang na tant Maria se slaapkamer. Die deur is toe. Mina het dit toegemaak voordat sy oom Willem-hulle gaan roep het. Tant Emmie klop aan die deur, maar daar is geen beweging in die kamer nie. Hulle gaan in. Op die ou groot hemelbed lê tant Maria met haar hande op haar bors gevou. Die gesig is vreedsaam asof sy net slaap, maar hulle weet sy is weg. Ou Mina gryp tant Emmie se hande: "Is my oumies nou dood?"

"Ja, Mina, die Here het haar kom haal, maar sy is nou gelukkig, kyk hoe mooi lyk sy. Die ounooi is dood en jy weet nog nie eers nie, Jan is ook dood. Nou is hulle drie saam daar Bo vir altyd."

Intussen het oom Willem en Gert ook ingekom. Met eerbied kyk die vier mense na hulle ou vriendin wat nou die tyding van haar seun gespaar is.

"Gert bel asseblief vir dokter Venter, sê vir hom ons is op Uitzicht en tant Maria is oorlede."

Gert kom deur na dokter Venter se spreekkamer en vertel vir hom van die skok wat hulle op Uitzicht gekry het.

Stories uit die Riemland

"Bly julle asseblief daar, ek kom dadelik en bring die polisie en die lykbesorger saam."

Drie verslae mense gaan sit op Uitzicht se wye stoep. Die naam is baie gepas, want van die stoep af kyk 'n mens uit oor die groen lande en vrugteboorde en oorkant die rivier sien 'n mens die dakke van die huise in die dorpie. Op die bult staan die NG Kerk met sy hoë toring en verder af is die stasie en die polisiekantoor. Rustig en vreedsaam, hier ken die mense almal en almal is bereid om mekaar te help en by te staan as daar nood is.

Ou Mina kom met 'n skinkbord tee op die stoep uit. "My hart is baie seer, maar my oumies sou gesê het ek moet tee maak."

Die dokter en die polisie hou omtrent gelyktydig voor die deur stil. Op die stoep staan die Van Tonders op om te groet. Dokter Venter druk oom Willem en Gert se hande en spreek sy simpatie uit. Vir tant Emmie druk hy 'n oomblik teen sy bors: "Sterkte tante en dankie dat julle gebly het tot ons hier is."

Sersant Giel Vermaak is self 'n ou vriend van albei gesinne. Herman Louw, die konstabel, het saam met Gert en Jan skoolgegaan. Oom Willem kyk na die drie manne.

"Ek het nog slegte nuus vir julle. Jan van Stefaans en Maria, is ook 'n week gelede bo in Egipte in 'n geveg gewond, maar hy het dit nie maak nie. Gert het sy graf gemerk en hy moes hom daar in die rooi woestynsand agterlaat."

"Dis vreeslik," sê dokter Venter. "Het tant Maria dit geweet?"

"Nee, ons het dit vanoggend by Gert gehoor en was op pad om dit vir Maria te kom sê, maar langs die pad het ou Mina ons die tyding gebring dat sy nie wil wakker word nie. Toe ons hier kom het ons haar op die bed gekry met haar hande oor haar bors gevou asof sy geweet het dat sy gaan."

"Ja, dit is tragies, maar ek is baie dankbaar dat die tyding van Jan se dood haar gespaar is."

Die lykswa hou voor die stoep stil. Dokter Venter stap saam sodat hy vir hulle kan wys waar hulle tant Maria kan kry. Hulle neem haar weg lykshuis toe, maar sy sal weer terugkom om langs oom Stefaans op Uitzicht begrawe te word. Oom Willem belowe dokter Venter dat hy en Gert vir die begrafnisreëlings sal sorg.

Die dokter en polisie gaan terug dorp toe. Tant Emmie help Mina om al die vensters toe te maak en die deure te sluit. Sy gee die bederfbare goed vir Mina om huis toe te neem.

"Mina ek sal jou laat weet wanneer jy die huis moet kom skoon- en regmaak vir die begrafnis. Ek weet die oumies was baie trots en lief vir jou, net soos haar eie kind."

Dit was die treurigste begrafnis wat Rietfontein nog ooit belewe het.

Gees van die Labrador

Die kerk was stampvol. Elkeen wat kon, het dit bygewoon. Op die plaas is tant Maria langs haar man begrawe. Terwyl die kis stadig sak het Gert van Tonder in sy hart besluit dat hy sy maat daar in die woestyn sal gaan haal en hom terugbring om hier langs sy ouers begrawe te word. Hy weet dit gaan baie moeilik wees, maar hy sal alles in sy vermoë doen om dit reg te kry.

Stories uit die Riemland

Hoofstuk 3: Voor Begin

Die volgende dag gaan Gert saam met sy pa lande toe. Hulle beplan wat daar vorentoe gedoen moet word. Die dae vlieg verby en Gert se verlof is ook amper verby. Daar word daagliks rondvertel dat vrede net om die draai lê. Mag die Here gee dat dit die waarheid is. Baie duisende jong manne het in hierdie bloedige oorlog hulle lewens verloor, ander is vermink en so moet hulle die lewe ingaan. Dit help nie om Hitler en die Spil-moondhede die skuld te gee nie. Hoekom maak mense oorlog teen mekaar? Niemand wen iets nie, almal verloor. Geboue wat duisende jare oud is, pragtige geboue, word uitmekaar geskiet en verwoes. Waarom? vra Gert in sy gedagtes, want dis 'n vermorsing van kosbare menselewens.

Dis Gert se laaste dag op Driefontein, môre moet hy teruggaan Pretoria toe en hy wens dit was nie nodig nie. Sy pa is sieklik en het hom nodig. Hy gaan môre terug Pretoria toe om uit die Weermag te bedank. Hy het sy deel vir volk en vaderland gedoen. Hy het daar langs die rivier gesit en kyk hoe handig die geelvinkmannetjie sy nessie aan die tak vasvleg; hy gaan haal 'n repie rietblaar, dan kom vleg hy dit kunstig deur die nessie. Dis so rustig daar langs die rivier, maar hy moet maar teruggaan huis toe om sy goedjies te pak. Stadig stap hy huis toe. Hy verlang na ou Wagter, want hy het altyd so lekker gesnuffel en fisante opgejaag. Dit was 'n plesier om saam met hom te stap.

'n Donker tyd het vir Gert voorgelê. Sy familie het hom ondersteun in sy besluit, maar die Weermag het baie anders gevoel as hulle. Die sersant-majoor wat sy saak behartig het, het hom openlik 'n lafaard genoem en sy aansoek so lank as moontlik uitgerek. Intussen kon hy nie verlof kry nie en is dit van hom verwag om snags die "nagkar" in

Robertshoogte te bestuur. Dit sou hom kwansuis bedags die kans gee om aan sy "aansoek" te werk. Na maande se gesukkel vind hy een dag uit dat sy aansoek verlore geraak het.

Hy het geen ander keuse gehad as om alles weer van voor af te begin nie. Die frustrasie en teleurstelling het elke dag dieper aan hom geknaag en hy het dit ernstig oorweeg om sommer net te dros. Gelukkig het hy eendag by kolonel Norrie uitgekom wat self in die Slag van El Alamein was. Hulle twee het baie lekker gesels oor wat alles daar in die woestyn gebeur het. Volgens die kolonel was die vinnigste manier 'n oneervolle ontslag uit die Weermag, wat daarna altyd teen hom sou tel as hy iewers sou aansoek doen vir werk. Maar omdat hy gaan boer behoort dit hom nie te pla nie. Gert sou nie kwalifiseer vir enige medaljes of ondersteuning as 'n oud-soldaat nie. Maar hy het nie meer omgegee nie. Sy land vir wie hy gaan veg en vir wie sy beste vriend sy lewe opgeoffer het, het sy rug op hom gedraai. Hy is elke dag soos 'n krimineel behandel en deur almal verneder wat met hom te doen gehad het.

Na wat vir hom soos jare gevoel het is hy uiteindelik ontslaan sonder medaljes of vergoeding en het hy stert tussen die bene die Weermag verlaat. Gelukkig het sy ouers hulle bes gedoen om hom weer op te beur en na baie weke van donker gedagtes en verlore drome het hy weer huistoe gekom.

Dokter Venter se motor staan voor die huis. Gert skrik, het daar dalk iets met sy pa gebeur? Of is die Militêre Polisie dalk weer op sy spoor? Op die stoep staan albei sy ouers. Dokter Venter waai met 'n papier in die lug.

"Kom gou Gert, ons het goeie nuus vir jou."

Hy staan het die *Pretoria Gazette* van 2 September 1945 in sy hand en op die voorblad is die nuus: *'n Sege! Duitsland, Italië en Japan uiteindelik oorwin.*

Gert staar verbaas na dokter Venter. "Is die oorlog nou verby?"

"Ja, Gert, dit was lankal tyd vir vrede."

"Dit is wonderlik nou het ek nie nodig om ooit weer aan die oorlog te dink nie, ek kan dit amper nie glo nie."

"Ek het vir jou 'n tweede verrassing, ek gaan dit haal."

Dokter Venter haal 'n karton uit sy motor en oorhandig dit aan Gert.

"Ek weet in jou hart sal Wagter altyd eerste wees, maar hier is klein Zeppie, om jou geselskap te hou."

Gert haal die bruin worshondjie uit en druk hom teen sy bors. Die klein brakkie snuffel in Gert se nek en hulle is dadelik maats.

In die gang agter hulle lui die telefoon Driefontein se kode: Drie kort luitjies. Tant Emmie gaan antwoord en dis Riek Mulder die prokureur van Rietfontein wat vra dat oom Willem en Gert hom moet kom spreek.

"Nou wat sal dit nou beteken?" vra oom Willem vir sy vrou.

Gees van die Labrador

"Nee, hy het nie gesê nie, julle moet maar ry en gaan hoor."
Dokter Venter groet die drie Van Tonders.

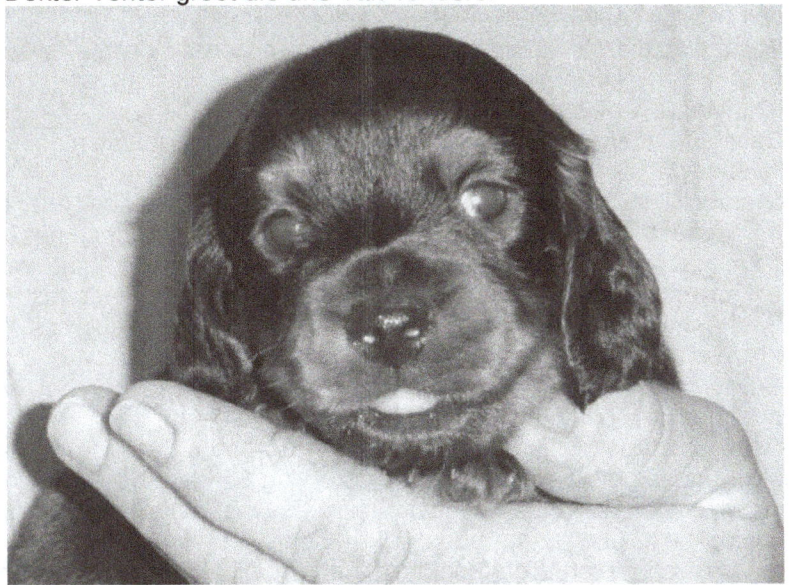

"Gert ek is bly jy het jou ontslag uit die Weermag gekry, hulle het jou baie rondgevoeter maar nou is jy terug op Driefontein "

"Dankie dokter en baie dankie vir my klein Zeppie, ons gaan lekker maats wees."

Oom Willem kyk na Gert. "Ons sal seker moet gaan hoor wat Riek met ons wil bespreek. Emmie wil jy saamry dorp toe?"

"Nee, dankie my man, daar is 'n paar dinge waarna ek moet omsien, ry jy en Gert maar."

Op pad dorp toe is albei mans stil – verwys net terloops na die mooi oes wat op die lande is. Die rivier het baie water, so daar is nie bekommernis dat hulle die oes sal groot kry nie.

Daar is parkeerplek voor Riek se kantoor. Rietfontein het net die een prokureur. Die dorpie is klein en misdaad omtrent onbekend, dus behartig hy almal se sake. Oom Willem en Gert stap in. Rita Botha, Riek se ontvangsdame groet hulle vriendelik.

"Oom Willem u kan deurgaan, meneer Mulder wag vir u."

Riek staan op agter die lessenaar. Hy is 'n lang blonde man. Hy groet die twee mans met die hand en vra hoe dit gaan.

"Met my gesin gaan dit nog goed, maar by ons bure – daar is alles verlore," sê oom Willem.

Stories uit die Riemland

Nadat al drie plaas geneem het vra Riek: "Sal oom Willem-hulle 'n koppie tee geniet?"

"Dankie, dit sal lekker wees Riek" antwoord oom Willem.

Rita bring die skinkbord met teegerei in en sit dit op die lessenaar neer.

"Dankie, Rita ek sal sommer vir ons skink."

Daar is 'n effense spanning in die kantoor, Riek spreek sy medelye uit oor die dood van tant Maria en Jan.

"Oom Willem, julle wonder seker hoekom ek julle laat kom het? Dit is in verband met tant Maria se testament. Drie dae voor haar dood het sy my gebel en gevra om plaas toe te kom en iemand saam te bring wat as getuie kan teken, want sy wil 'n klein verandering aan haar testament maak. Ek het oom Helgaard Koen, 'n ou vriend van ons albei saamgeneem.

'n Dag nadat ek die verandering aan die testament gedoen het, het ek 'n dringende oproep van my skoonpa uit Engeland gekry, dat my skoonma uiters siek lê in 'n hospitaal in Londen. Sy het gevra dat Lida, my vrou, asseblief moes kom. Ons het op die eerste vlug Londen toe vertrek. Daar het ons my skoonma in die hospitaal gekry - sy was baie siek. Die dokter het vir Lida gesê daar is nie hoop dat sy beter sou word nie. Die kanker was reeds te ver gevorderd en dat hulle haar morfien inspuit om die ergste pyn te verdoof. Sy is twee weke nadat ons in Londen aangekom het oorlede. Ek was baie dankbaar dat Lida darem 'n laaste paar daggies met haar moeder kon spandeer. Sy het daar langs haar ma se bed gesit en haar hand vasgehou, want dit was al wat sy kon doen. Haar ma het nou en dan haar oë oop gemaak en vir Lida geglimlag en dankie gesê dat sy daar is.

Lida se suster wat in Botswana woon kon gelukkig ook die laaste dae by haar ma spandeer. My skoonma se dood was 'n verlossing, sy het baie pyn verduur. Ek en Lida het die begrafnisreëlings behartig. Voor ons kon terugkom, moes ons eers my skoonpa na sy suster toe neem waar hy nou gaan bly. Alles het baie tyd in beslag geneem en met die oorlog wat daar heers, het ons gesukkel om 'n vlug na Suid Afrika te kry.

"Toe ons gister hier aankom het Rita my van tant Maria se afsterwe en ook van Jan wat in Egipte gesneuwel het, gesê. Voor my lê tant Maria se testament wat sy gemaak het die dag voor ons Londen toe vertrek het. Die dag op Uitzicht het ek die gevoel gekry dat tant Maria dink iets sou met Jan gebeur. Sy was so hartseer sy het gehuil toe sy my vra om die testament so te wysig dat as Jan daar in die oorlog iets sou oorkom, Uitzicht aan Gert bemaak word. Jy sou Jan moes versorg as hy dalk nie in staat was om self te boer nie. Oom Willem, die beeste en skape is aan jou bemaak.

"Min het tant Maria geweet dat haar enigste kind nooit weer op

Gees van die Labrador

Uitzicht sou kon boer nie. Dit was vir my baie swaar, ek het haar innig jammer gekry."

Oom Willem en Gert was verstom oor die bepalings van die testament, maar het in hulle harte gesweer dat Jan se oorskot teruggebring sou word om hier langs sy ouers begrawe te word.

"Daar is 'n paar bemakings aan Mina en haar man Koos en die ander werkers het elkeen 'n honderd pond gekry. Hulle het almal verblyfreg op die plaas vir solank hulle daar werk. Die werkers het omtrent almal op die plaas grootgeword en het geen ander plek geken nie."

Riek kyk beurtelings na die twee mans. "Ek is jammer dat ek nie hier was met tant Maria se afsterwe nie, dit was buite my beheer."

"Dit is in die haak Riek, ons verstaan, ek het elke dag na tant Maria se plaas en diere omgesien. Haar werkers is baie getrou, hulle weet ek sal help as hulle iets nodig kry. Riek dit sal dinge vergemaklik, as jy kan uitkom plaas toe en self die testament vir hulle lees. Hulle sal baie dankbaar wees vir die geld en die voorreg om op Uitzicht te bly, solank hulle dit verkies."

"Goed oom Willem, ek sal so vieruur vanmiddag op Uitzicht wees, probeer om al die werkers daar te hê?"

"Ons sal so maak Riek, jy sal hulle op Uitzicht se groot stoep kan toespreek."

Oom Willem en Gert groet vir Riek en Rita en hulle vertrek.

Daar is 'n paar goedjies wat oom Willem wil doen. Gert stap sommer poskantoor toe om die twee plase se pos te kry. Met die twee pakkies briewe in sy hand stap hy terug motor toe. Hy klim in, gaan eers Driefontein se pos deur en dan blaai hy deur Uitzicht se pos. Daar kom trane in sy oë toe hy Jan se brief aan sy ma sien. Ag hemel, as die oorlog net vroeër gestop het was my ou maat nog met my, dink Gert.

Oom Stefaans, Jan se pa, was sy ouers se enigste kind. Tant Maria het 'n suster gehad; sy was getroud en het 'n seun gehad, maar sy en haar man is jare tevore al oorlede. Wat van die seun geword het weet niemand nie.

Op pad terug plaas toe bespreek oom Willem die nuwe verbintenis tussen Uitzicht en Driefontein. Hulle sal vir eers moet aangaan soos die afgelope tyd: Elke oggend gaan kyk of alles nog reg is en in die aand weer toesien dat die vee versorg is. Dit was vir oom Willem moeilik om alleen toesig te hou, maar noudat Gert terug is sal dit baie beter gaan.

Die middag is al Uitzicht se werksmense op die wye stoep vergader. Oom Willem sê vir hulle dat hulle sal alles hoor as meneer Mulder vir hulle die oumies se testament lees. Riek en oom Helgaard Koen hou vieruur voor die stoep stil. Die werkers staan op om hulle te groet.

"Goeie middag aan julle almal. Dit is vandag 'n hartseer dag vir ons almal, maar die oumies het aan elkeen van julle gedink. Sy het vir julle elkeen een honderd pond in die bank laat sit en vir julle verblyfreg gegee vir solank as wat julle op Uitzicht wil bly."

Koos staan op. "Waar sal ons tog heen gaan meneer Riek, dis ons geboorteplek. Ons het saam met meneer Stefaans hier grootgeword, ons kinders is hier gebore en hulle het saam met meneer Jan hier grootgeword. Ons sê baie dankie vir die geld en die blyplek, ons sal mooi na die boerdery kyk."

Koos kyk na sy vrou Mina. " My vrou sal mooi na meneer Gert kyk as hy hier op Uitzicht kom bly."

Riek verduidelik dat dit 'n tydjie sal neem voordat hulle die geld uit die bank kan trek. Die testament moet eers hoofkantoor toe gaan om alles te verander.

"Verstaan almal van julle wat die testament sê en is julle tevrede?"

Koos staan op en sê: "Ja, meneer baie dankie."

Riek en oom Helgaard groet en gaan terug dorp toe. Oom Willem sê Mina moet vir almal tee maak. Hy en Gert antwoord die werkers se vrae en almal is gelukkig. Na die teedrinkery gaan elkeen terug om te verseker dat alles reg is vir die nag. Gert sluit die huis. Dis vir hom vreemd om te dink die huis en die plaas behoort nou aan hom. Hy voel hartseer, hy sou liewers sy ou maat nog by hom wou gehad het.

Toe oom Willem en Gert by die huis stilhou, hardloop klein Zeppie hom tegemoet en Gert tel hom op. Zep begin dadelik in sy nek vroetel en die klein diertjie word 'n bietjie vertroetel.

"Gaan nou terug na jou kussing, jou basie het baie om te doen."

Gert gaan Pretoria toe, want daar is besigheid wat hy moet afhandel. Hy gaan sien kolonel Norrie, bedank hom weer vir sy hulp en noem vir hom dat Uitzicht aan hom bemaak is. Hy doen sy besigheid en laatmiddag op die tweede dag, bel hy sy pa en sê dat hy die volgende oggend terugkom.

Die aand slaap hy in die hotel naaste aan die stasie sodat hy die eerste trein wat by Rietfontein verbygaan, kan haal. Die geraas van die stad se gewoel en die neonligte wat aan en af flits hou Gert uit die slaap. Hy staan op en gaan staan voor die venster om te kyk na die verkeer wat op en af in die straat ry. Hy is dankbaar dat hy nie nodig het om elke nag na dié geraas te luister nie. As die Here hom behoed en bewaar is hy môreaand by die huis.

Hoofstuk 4: Die Vermeulens

Die volgende dag op die trein is daar 'n middeljarige man en sy vrou saam met Gert in die kompartement. Hulle is vriendelik en vertel hoe dankbaar hulle is dat die oorlog verby is en dat hulle seun op pad terug is van Egipte af waar hy geveg het. Die Here was goed vir hulle, want hy het ongeskonde uit die oorlog gekom. Hulle het 'n huisie op Rietfontein gekoop en gaan nou om die koop te finaliseer en te reël dat hulle meubels van Pretoria af daarheen vervoer word.

Toe hulle hoor hy bly op 'n plaas naby Rietfontein, stel hulle hulleself voor: Nicolaas en Hettie Vermeulen. Hulle het dertig jaar lank in Gezina, Pretoria gebly. Nicolaas is nou met pensioen, nadat hy vir vyf-en-twintig jaar by die munisipaliteit as lisensiebeampte gewerk het. Hulle smag nou na die stilte van die klein dorpie. Hulle het ook 'n dogter wat negentien jaar oud is. Hulle gaan probeer om vir haar werk op Rietfontein te kry aangesien sy tans in 'n groot prokureurskantoor as tikster werk. Hulle weet werk is nie volop in sulke klein dorpies nie, maar glo dat die Voorsienigheid hulle sal help. Hulle wil haar nie graag in die groot stad alleen laat nie.

Met die geselskap van die twee vriendelike mense gaan die tyd vinniger verby. Die Vermeulens het hulle huis in Gezina verkoop teen 'n goeie prys. Dit is wel nie meer die spogbuurt van twintig jaar gelede nie, maar die huis is groot, goed opgepas en lyk nog baie mooi. Oom Nicolaas het die groot erf waarop die huis staan mooi versorg. Die groot bome om die huis laat die plek rustig lyk; die blomakkers is vol kleur en die roosbome het pragtige rose aan. Met die geld wat hulle vir die huis in Gezina gekry het, kon hulle die huisie in Rietfontein kontant koop en nog oorhou om te belê vir die oudag.

Net voor sononder kom hulle op Rietfontein aan. Gert bel sy pa om hom te kom haal. Hy reël ook met oom Nicolaas-hulle dat sy pa hulle na die enigste hotel op die dorp sal neem waar hulle 'n kamer vir 'n paar dae bespreek het.

Oom Willem hou stil. Gert groet sy pa en stel hom aan oom Nicolaas en tant Hettie voor. Hy vra sy Pa om oom Nicolaas en tant Hettie eers hotel toe te neem voordat hulle uitry plaas toe. Oom Willem nooi die egpaar om die paar dae op die plaas te kom bly.

"Dis gaaf van jou Willem, maar ons moet na ons huisie wat ons gekoop het omsien en skoonmaak. Baie dankie, as ons eers hier bly sal ons kom kuier. Ons dogter gebruik ons motor om by die werk te kom, dis waarom ons met die trein gekom het. Ons is baie bly daaroor, want op die manier het ons vir Gert ontmoet en julle vriendelike mense laat ons sommer tuis voel. Baie dankie vir die geleentheid na die hotel toe, ons sien julle binnekort."

Oom Willem en Gert ry plaas toe.

"Ai Gertman dit is wonderlik om jou by ons te hê. Jou ma het die spreekwoordelike gemeste kalf geslag. Sy en Sara kook al van vroegoggend af en daar is so baie melktert en gemmerkoekies gebak, mens sal dink jy het honger gely."

"Ek gaan Ma se lekker kos vanaand geniet."

Oom Willem sê dat hy laatmiddag op Uitzicht was en dat alles daar nog reg is. Koos het genoem dat hy verwag dat Blommetjie daardie nag nog sou kalf, daarom het hy haar in die kraal gesit. Hulle twee sal na ete gou ry en seker maak of sy wel is.

Gees van die Labrador

Zeppie het die motor hoor aankom. Hy staan op die stoep en blaf ewe grootmeneer asof hy wil sê: "Basie ek is bly jy is terug." Hy nael motor toe, Gert tel hom op en druk hom teen sy bors, hy vroetel in Gert se nek.

"Ai Pa, dis lekker om by die huis te wees, maar ek kan nie help nie, ek sou my ou maat graag hier wou gehad het."

"Ja, my kind, die Here se weë is duister vir ons ou mensies, ons sal maar moet berus in Sy wil."

Na aandete ry oom Willem en Gert Uitzicht toe. Die maan is amper vol, en skyn 'n lang blink streep op die water in die rivier terwyl golfies teen die kant breek. Bo teen die koppie staan Uitzicht se huis verlate in die helder maanlig.

Daar brand 'n lig by die kraal waar Blommetjie haar kalfie moet kry. Toe hulle by die kraal stilhou, kom Koos uit.

"Naand meneer Willem, naand meneer Gert baie welkom terug op Uitzicht."

"Naand Koos hoe lyk dinge hier?"

"Nee, dit gaan nog aan, Blom sukkel. Dis daardie Friesbul se kalf, hy is seker bietjie groot."

Die drie mans stap in en gaan sit op die voerbale. Blom kreun asof sy wil sê sy kry swaar. Gert gaan kniel by haar kop, vryf oor haar nek en sê: "Ons kry saam met jou swaar, ons sal hier by jou bly tot alles verby is."

Dis asof sy verstaan wat hy sê en moedig druk sy weer. Die kalfie se voorpote verskyn en na nog 'n harde druk lê die witbont kalfie op die hooi.

"My seun, is dit nie wonderlik om 'n nuwe lewe te sien gebore word nie?"

"Ja Pa, ek sal altyd hierdie nag onthou."

Blommetjie staan op, begin die kalfie skoon lek en gee 'n kort bulk asof sy vir die drie dankie sê omdat hulle haar ondersteun het.

"Meneer Gert, dis jou eerste kalfie op Uitzicht, dis 'n verskalfie, ons moet haar Gertjie noem." Koos vryf Blom se kop. "Nè Blom? Sy is 'n Friesversie, sy sal emmers vol melk gee as sy die dag kalf."

"Jy is reg Koos, ons sal haar naam in Uitzicht se boeke skryf."

Oom Willem staan op. "Nou ja julle twee, dit het mooi verloop. Dankie Koos dat jy so mooi na Blommetjie gekyk het. Kom ry saam, dan laai ons jou by jou huis af, Mina is seker al bekommerd oor jou."

Dit was skaars lig toe Zeppie voor Gert se bed op sy kussing begin kriewel.

"Is oubaas se honne wakker? Kom ons gaan kyk hoe die son opkom."

In die kombuis is tant Emmie al besig met die koffie. Die geur laat Gert se mond water en hy dink: Ai niemand kan koffie maak soos my ma nie.

Stories uit die Riemland

"Ons kom nou drink, ek neem net gou vir Zep uit buite toe."

Gert kom in en roer die geurige koffie. "Die koffie en beskuit is heerlik Ma, ek het dit daar in die woestyn party oggende geruik, ek weet dit was blote verbeelding."

Zeppie kry 'n bakkie melk, hy drink dit gulsig en toe hy klaar gedrink het, byt hy aan Gert se skoenveters. "Jou klein twak, jy is so klein maar vol stoute streke."

Die son skyn met 'n lang streep by die kombuisdeur in. Buite kan 'n mens hoor die plaas het ontwaak met beeste wat bulk en skape wat blêr. Die ou rooi hoenderhaan staan voor die kombuisdeur en kraai met sy kop agteroor gebuig – hy weet die ounooi gaan nou vir hulle van daardie lekker gemengde hoenderkos gooi. Hy en die henne skrop solank daar rond.

"Boetie ek gee net die hoenders kos, dan kan jy pa se koffie vir hom neem."

"Toemaar Ma, ek skink dit sommer gou en neem dit kamer toe." Soos baie keer tevore klop hy twee kloppies en gaan in.

Oom Willem sit met die Bybel in sy hande en sit dit op die kassie langs die bed neer. "Dankie Gertman, hoe gaan dit vanoggend met jou?"

"Baie goed Pa, ek het nou net vir ma gesê, ek het party oggende daar in die woestyn haar koffie geruik. Dit was natuurlik skone verbeelding, want daar was nie eers genoeg water vir drink nie, wat nog vir koffie."

"Gelukkig is dit nou vir altyd verby my kind, ons is dankbaar dat jy veilig hier by ons is."

Gert vat die leë beker en gaan terug kombuis toe. Tant Emmie is besig om ontbyt voor te berei. Die potjie mieliepap staan al eenkant op die stoof, die wors ruik heerlik daar waar dit in die pan braai. Tant Emmie wag net tot die wors gaar is, dan bak sy die eiers.

Sara dek die tafel en sy sê vir Gert: "Baie geluk met meneer se eerste kalfie, Koos het my vertel. Sy sal gou groot word."

"Dankie Sara, ek hoop ook so."

Gees van die Labrador

Oom Willem kom aangetrek in sy netjiese kakie langbroek en -hemp, dis die boere se werksdrag. Gert het 'n kort kakiebroek en -hemp aan. Die mans sit aan, die geurige ontbyt word op die tafel gesit en gesellig skep elkeen vir hom op. Hulle gesels oor die klein kalfie.

"Dis goed haar naam is Gertjie, Boetie, nou sal jy jou eerste dag of sal ons sê nag, altyd met vreugde onthou. Ons gaan gou kyk hoe dit op Uitzicht gaan Emmie, jy kan gerus saamry om klein Gertjie te sien."

"Dankie my man, ek is baie nuuskierig om haar te sien."

Na ete ry die drie Uitzicht toe. Dis 'n lieflike lentedag, al die vrugtebome in die boord is in blom en die bye gons om die bloeisels. Dis net 'n kort tydjie wat die bye het om baie nektar te versamel, want as die vruggies eers verskyn moet die bye ander bronne soek. Gelukkig is daar baie aalwyne en hulle blomme hou vir omtrent twee maande. Op altwee plase is daar 'n paar byekorwe, want die bye help met die bestuiwing van die vrugtebome. Die heuning word uitgehaal nadat die bloeisels in vruggies ontwikkel het. Almal sien altyd uit na daardie geleentheid. Koos en sy seun Flip is die heuning uithalers en hulle het die nodige toerusting om dit reg uit te haal. Oom Stefaans, Jan se pa, het vroeër jare met heuning geboer. 'n Byekorf bestaan uit twee dele, onder is die broeikas en bo die super – net die super word uitgehaal. Tussen die broeikas en die super is daar byedraad wat verhoed dat die koninginby eiers bo in die super kan lê. Die heuningkoeke word uit die super uitgehaal en in 'n uitwaaier uitgewaai. Die skoon heuning word uitgetap en in botteltjies gegooi en dan verdeel tussen Driefontein en Uitzicht se mense – almal kry 'n paar botteltjies.

Toe die drie Van Tonders voor die kraal stilhou, sien hulle Koos het vir Blommetjie en Gertjie in die klein kampie langs die kraal ingejaag. Sy eet lekker aan die groenvoer wat Koos vir haar gegee het. Gertjie trippel om Blommetjie. Sy los die voer en lek liefderik oor Gertjie se lyfie. Gertjie maak gebruik van die kansie en drink gretig uit haar ma se vol uier. Sodra Gertjie klaar gedrink het, sal Koos die res van die melk kom uitmelk. Ag sy is te pragtig en sterk op haar beentjies. Tant Emmie kyk liefderik na Blommetjie en klein Gertjie.

"Dis seker nie 'n regte naam vir 'n verskalfie nie, maar dis heel gepas vir ons."

"Ons sal jou gou by die huis gaan aflaai Emmie, ons wil met die bakkie bo na die lyndraad gaan kyk en dit regmaak as daar iets skort. Ons sal miskien laat wees vir middagete, moenie bekommerd wees nie."

Gert trek die bakkie uit die skuur en roep vir April om al die benodigdhede te kom help oplaai: 'n Rol draad, draadtrekker, 'n paar draadpale, tange en los gereedskap. Hulle ry na die boonste lyndraad. Die pad is redelik vol klippe, maar die bakkie is hoog en dit neem net tyd want hulle moet versigtig ry. Bo by die punt van die plaas het daar twee drade losgekom en dit word netjies reggemaak. Die uitsig is mooi van die koppie af. Die opstal lê rustig onder by die rivier. Die perskeboord is pienk in die blom en die appelkoosbome het wit bloeisels, dis 'n mooi gesig. Gert sê dat as hy kon skilder hy die blomtyd mooi sou kon verewig.

"Ja, Gertman, dis vir my altyd wonderlik as ek sien hoe goed party skilders die natuur so perfek kan verewig soos jy dit uitdruk. Miskien moet ons rond verneem of ons iemand kan kry wat vir ons 'n paar skilderye kan maak. Uitzicht se huis daar teen die koppie sal pragtig lyk en hier is nog baie ander mooi plekke op die plaas om te skilder."

Hulle ry al langs die lyndraad af in Uitzicht se rigting en gelukkig is die draad reg. By Uitzicht se lyndraad is dit te moeilik om teen die rand te ry. Gert sê sy pa moet daar in die skaduwee parkeer, sodat hy en April te voet langs die lyndraad kan oploop. Die eerste ent is dit alles reg, maar hulle kom by 'n plek waar 'n groot tak van 'n doringboom afgebreek en die lyndraad plat geval het. Hulle sal die tak moet afsaag en verwyder voor hulle die draad kan regmaak.

"April, ons sal vanmiddag werkers moet bring om te help, ons twee sal dit nie alleen regkry nie. Dis al laat ons moet maar teruggaan en eers gaan eet."

Hulle gaan terug bakkie toe. Gert vertel vir oom Willem van die tak en stel voor dat hulle maar eers moet gaan eet en na middagete moet terugkom. Na ete sê Gert: "Ek sal alleen teruggaan, rus Pa maar 'n bietjie. Ek gaan gou van Uitzicht se werkers haal om die tak te gaan opsaag dan kan ons die draad regmaak."

Die middag bel Riek en vra vir oom Willem dat hy en Gert die volgende dag asseblief dokumente moet kom teken wat hy aktekantoor toe moet stuur.

Dis al skemer toe Gert en die werkers by die huis terugkom, maar die lyndraad is gelukkig herstel. Toe Gert by die huis kom, is Zeppie so bly om sy baas te sien dat hy teen hom opspring.

"Zeppie as jy eers groter is, gaan ek jou saamneem as ek gaan werk, nou moet jy maar eers soet hier by die ounooi speel."

Hy tel die hondjie op, stap kombuis toe en sit hom op sy kussing neer.

"Naand Ma, ek gaan gou stort, die son en stof het ons gekarnuffel."

"Goed my kind, jou pa is nog by die melkery, hy sal seker aanstons hier wees."

Die opskepbakke met heerlike kos word op die tafel gesit. Gert is goed honger, hy skep van die skaapskenkels wat sag gekook is met jong aartappeltjies en groenboontjies, dis lekker saam met die rys, maar die soetpatats eet hy laaste. Oom Willem vertel vir Gert van Riek se oproep, hulle sal die volgende oggend dorp toe ry sodra alles op die twee plase aan die gang is.

Hoofstuk 5: Weersiens

Tant Emmie het 'n paar goedjies nodig in die dorp, dus ry sy saam met hulle. Gert laai haar by die winkel af voor hulle na Riek se kantoor gaan. Op die stoep voor Riek se kantoor loop hulle oom Nicolaas raak wat net uit Riek se wagkamer kom.

"Dis nou 'n verrassing," sê oom Willem, "dis goed om jou te sien. Is julle al inwoners van ons dorpie?"

"Ja, Willem, ons het die naweek ingetrek. Hettie is nog besig om uit te pak en alles op hulle plekke te kry. Gelukkig het ons seun by die weermag uitgeklaar en hy is nou hier by ons.

Gert sê: "Oom Nicolaas julle moet kom kuier as julle 'n kansie kry, ek wil graag jou seun ontmoet, miskien het ons mekaar daar in die woestynkampe gesien."

"Nou maar Nicolaas, gesels met jou vrou en hoor of dit reg is, dan kom julle Sondag na kerk uit plaas toe. Dit sal lekker wees om julle beter te leer ken. My vrou sal julle ook graag wil ontmoet. Sy hou van kook en sy sal 'n lekker ete voorberei, ek glo julle sal dit geniet. Het julle al 'n telefoon in julle huis?"

"Ja, die poskantoor was baie gaaf, dit is gister geïnstalleer en die nommer is 371."

Gert skryf die nommer in sy sakboekie. "Ek sal oom Saterdagmiddag bel en hoor of julle kan kom."

"Dit was goed om jou weer te sien. Dra ons groete oor aan jou vrou en seun. Ons moet Riek kom sien oor iets," sê oom Willem.

Oom Willem en Gert stap in, Rita groet vriendelik en sê: "U kan maar deurgaan, meneer Mulder verwag u."

Riek groet vriendelik en vra hoe dit met hulle gaan. Rita bring die skinkbord met tee in en sit dit op die lessenaar neer. Hulle drink gesellig die tee klaar, dan bespreek hulle die besonderhede wat Riek benodig en teken die dokumente sodat die testament se bepalings uitgevoer kan word. Hulle groet mekaar en kry tant Emmie by die winkel voordat hulle teruggaan plaas toe.

Die res van die week vlieg verby, dis ongelooflik hoe vinnig die tyd verbygaan. Saterdagmiddag bel Gert na oom Nic se huis. Tant Hettie antwoord die foon, hulle groet en vra uit na die twee gesinne se welstand.

"Tant Hettie sien ons julle môre na kerk op Driefontein?"

"Ja, dankie Gert, ons sien uit na die kuier, groete aan jou ouers."

Op Driefontein word 'n groot skaapboud opgestop met spek en knoffel, die speserye word saam met die spekstrokies ingestop. Daar word ook 'n hoender voorberei. Sondagmôre vroeg word die vleis in die groot antrasiet stoof se oonde gesit om stadig gaar te stowe. Sara is daar om na alles om te sien terwyl tant Emmie-hulle in die kerk is. Mina van Uitzicht is ook gevra om te kom help. Tant Emmie is gerus, sy weet die twee sal alles onder beheer hê.

Die groot geelhouttafel in die eetkamer is Saterdagaand al mooi gedek met die wit damastafeldoek en die ligblou eetstel en kristalglase wat tant Emmie-hulle as trougeskenk gekry het. Die wit servette is opgerol en met ligblou satynlint met 'n strikkie bo-op vasgebind. 'n Lae rangskikking van pienk en wit rose in die middel van die tafel rond dit mooi af. Die groot geelhouttafel en die tien geelhoutstoele met riempiesmat sitplekke het nog aan oom Willem se ouers behoort. Die geelhoutbuffet met sy mooi gedraaide raamwerk en rakkies met die groot spieël, is 'n pragstuk.

Sondagoggend is dit die gewone regmaak vir kerk. Net koffie en beskuit vir ontbyt. Tant Emmie gaan weer saam met Sara en Mina deur die spyskaart. Toe Gert voor die kerk stilhou, kom van die gemeentelede hulle groet en spreek hulle blydskap uit dat Gert veilig terug is. Hulle simpatiseer ook omdat Jan, sy vriend, nie teruggekom het nie. Dis 'n klein dorpie, almal ken mekaar en is lief vir mekaar, dis regtig 'n voorreg om so te bly.

Die ou NG kerk met sy mooi toring is stampvol en die orrelspel is rustig. Presies om tienuur lui die kerkklok. Die predikant, dominee Kobus de Jager, kom binne gevolg deur die ouderlinge en diakens. Dominee De Jager is nog 'n jongman, maar is baie geliefd onder oud en jonk. By die trappies van die preekstoel buig hy sy hoof vir 'n wyle, dan neem hy sy plek op die preekstoel in en die kerkdiens begin.

Na kerk, staan die gemeentelede buite. Hulle stap al geselsend na die kerksaal waar die susters tee en koffie bedien, daar is ook borde met southappies. Oom Willem-hulle besluit om nie vanoggend te gaan teedrink nie. Hulle wil huis toe gaan om toe te sien dat alles gereed is wanneer die Vermeulens aankom.

Gees van die Labrador

Presies halftwaalf hou die groen motor voor die deur stil. Oom Nicolaas klim uit en hou die motordeur vir tant Hettie oop wat agter gesit het. 'n Ligtekop jongman klim agter die stuur uit, hy is lank en goed gebou. Oom Willem en Gert stap nader en hulle word aan Johan, oom Nic-hulle se seun voorgestel. Gert vat sy hand en kyk in 'n paar helder blou oë vas. Verbeel hy hom of het hy al die man gesien? Tant Emmie groet die gaste vriendelik en lei hulle na die groot stoep waar die stoepstoele met gemaklike kussings uitnodigend staan. Mooi houers met varings en ander plante laat die groot stoep heerlik koel lyk.

Hettie kyk rond. "Emmie jou stoep is 'n lushof, jy het die spreekwoordelike groenvingers, ek sal graag by jou raad wil vra."

"En seker 'n paar steggies ook," voeg Nicolaas laggend by.

"Jy is baie welkom Hettie, kry jou huis reg dan kom ek kyk waarmee ek jou kan help. Ek gee graag plantjies en steggies weg, want dan kry ek weer waarvan ek nie het nie."

Almal kry 'n lekker sitplek en hulle gesels oor die mooi omgewing en die rustige wilgers by die rivier. Die omgewing is vir Nicolaas en sy gesin nuut. Hulle het in die Landbouweekblad die advertensie van die huisie gesien, vlugtig kom kyk en dadelik van die dorpie gehou. Nou is hulle van plan om die mooi omgewing te geniet.

Sara, netjies in haar pienk uniform uitgevat, stoot die teewaentjie uit op die stoep en groet die gaste vriendelik. Sy is gelukkig in hierdie huis, sy word baie goed behandel en lewer ook haar beste diens. Emmie staan op, stoot die waentjie tot teen die stoeptafel. Hettie vra of sy kan help.

"Dankie Hettie, alles is reg. Wat verkies jy rooibos- of gewone tee?"

"Rooibos asseblief."

"Nicolaas wat kan ek vir jou skink? Hier is koffie ook as jy dit verkies."

"Ja, dankie, boeretroos is altyd bo."

"Johan en jy?"

"O, koffie asseblief tant Emmie."

Emmie weet haar man en seun sal ook koffie drink en al word daar van "elfuurtee" gepraat, verkies hulle koffie. Toe almal drinkgoed het, bied Emmie pynappel- en melktertjies aan. Die gesellige samesyn is gemaklik en dit is duidelik dat die twee gesinne goed sal klaarkom. Die vriendskap sal vir almal aangenaam wees.

Gert en Johan het bymekaar gaan sit en hulle gesels oor die tyd toe hulle in die woestyn was.

Gert kyk reguit vir Johan. "Ek verbeel my seker, maar dit voel vir my ons het mekaar daarbo iewers gesien."

Johan kyk voor hom op die vloer: "Dit is waar ek het jou gehelp om die man wat in sy gesig gewond was na die Rooikruis se wa te dra. Dis jammer ons was net te laat. Ek het jou baie jammer gekry, want mens kon sien dat julle twee baie goeie vriende was en dat sy dood vir jou moeilik was om te verwerk. Ons het nie met mekaar kennis gemaak nie. Jy was gebroke en ek wou die volgende dag my simpatie betuig, maar jy was nie meer in die kamp nie."

Oom Willem staan op, steek sy hand na Johan uit. "Ou seun, baie dankie dat jy vir Gert gehelp het met Jan. Dis omtrent ongelooflik hoe die Here 'n mens se pad kan uitlê. Van al die honderde soldate was dit jy wat Gert gehelp het en nou ontmoet julle mekaar vandag hier op Driefontein. Sien jy daardie huis by die koppie? Dit is Uitzicht waar Jan gebore is. Hy en Gert het saam grootgeword, hulle is saam weermag toe en daar in die woestyn moes Gert sy speelmaat begrawe. Ons is almal nog bedroef oor wat gebeur het."

Daar heers 'n stilte op die stoep, niemand weet wat om te sê nie.

"Dis ongelooflik die toeval: Ook die treinrit toe ons vir Gert van julle ontmoet het. Dis geen toeval nie, dit is uit die Hoërhand so beskik, sê oom Nicolaas."

Almal se oë is op Uitzicht gerig, die mooi huis teen die koppie.

"Leef sy ouers nog?" vra oom Nicolaas.

"Nee, sy pa is so agtien maande gelede oorlede en sy moeder 'n bietjie meer as 'n maand gelede. Sy het drie dae voor haar dood vir Riek Mulder plaas toe ontbied. Sy het gesê sy voel daar gaan iets met Jan in die oorlog gebeur. Sy het 'n klousule by die testament bygevoeg dat as haar seun dalk verongeluk en nie self kan boer nie, Gert na die plaas moes omsien en vir Jan versorg. Die plaas is aan Gert bemaak en die beeste en skape het ek gekry. Ek sou vir Gert met Jan moes help. Dit is so tragies: Toe sy die bekommernis oor haar seun gehad het, was hy reeds oorlede en daar in die woestyn begrawe.

"Ek en Gert het ons voorgeneem, hoe moeilik dit ook al gaan wees, ons gaan sy oorskot daar haal en hier op Uitzicht langs sy ouers kom begrawe."

Tant Hettie vee die trane uit haar oë. "Dankie Here, dat Johan en Gert teruggekom het."

Sara kom haal die teewaentjie en almal bedank Emmie en Sara vir die lekker eet- en drinkgoed.

"Nicolaas, kom ons mans stap af na die boord toe."

Die son is warm, maar daar waai 'n ligte windjie van die rivier af en dit maak altyd 'n koeligheid. Emmie en Hettie gaan kombuis toe om alles gereed te kry vir middagete.

In die kombuis sê Hettie: "Dit is tragies van Jan se dood en sy moeder wat vol bekommernis oorlede is, dit is tog snaaks die aanvoeling wat 'n moeder vir haar kind het. Ons is baie dankbaar dat Johan en Gert albei veilig by die huis teruggekom het. Dit is wonderbaarlik dat ons vir Gert op die trein moes ontmoet en die feit dat hy en Johan vir Jan daarbo in Egipte kon help. Ek is verder dankbaar dat ons Gert ontmoet het, want ons is nog vreemd hier op die dorp. Ons het wel een van ons bure ontmoet en hulle is baie gaaf, maar hulle is nog jonk met twee klein kindertjies. Die vroutjie is so besig, daar sal nie kans wees vir kuier nie."

Sara en Mina het die kos al in opskepbakke geskep en dit staan in die lou oonde gereed vir opdra. Emmie hoor die mans buite praat. Die kos word op die dienwaentjie gepak en eetkamer toe geneem. Hulle sit by die groot tafel aan en oom Willem vra die seën. Hy vra ook dat hulle gaste geseën word in hierdie nuwe omgewing en dat hulle baie gelukkig sal wees.

Almal skep van die geurige kos in en oom Nicolaas sê: "Baie dankie julle drie nuwe vriende, ons voel geëerd om julle gaste te wees op hierdie lieflike Sondagmiddag."

Die ete verloop gesellig en toe almal klaar is, dra Sara en Mina die gebruikte skottelgoed af. Vir nagereg het Emmie souskluitjies met kaneel gemaak.

Oom Nicolaas skep sy bakkie hoogvol. "Julle moet my verskoon mense, vandag doen ek sonde, maar die kos was heerlik, my ma het dikwels vir ons souskluitjies gemaak, dis my gunsteling."

Na ete gaan sit almal weer op die stoep waar die windjie koel oor die lae muurtjies waai. Mina bring die teewaentjie met koffie en 'n beker lemoensap waarin die ysblokkies gesellig klingel. Oom Willem en oom Nicolaas drink koffie, die ander verkies die koue lemoensap.

"Hettie, Gert vertel vir ons julle het 'n dogter ook wat nog in Pretoria werk, het sy al werk gekry hier in Rietfontein?"

"Nee, nog nie verseker nie, maar Rita wat by Riek werk is verloof en gaan binnekort trou. Hy het gesê as Marinda volgende naweek huis toe kom, moet sy hom kom sien, so hou asseblief saam met ons duim vas dat sy die werk kry."

"Wel, aangesien sy reeds kennis van 'n prokureurskantoor het, glo ek sy sal die werk kry," voeg oom Willem by.

"Nicolaas sê dit sal wonderlik wees as al twee ons kinders by die huis kan wees. Ons moet net vir Johan ook werk kry op Rietfontein. Julle moet uitkyk en ons asseblief laat weet as julle van iets hoor."

"Wat het jy voor die oorlog gedoen Johan?" Gert kyk hom belangstellend aan.

"Na matriek het ek 'n houtwerkkursus gaan doen om meubels te maak en ou meubels te restoureer. Ek hou van hout, dit verskaf my plesier om 'n ou meubelstuk wat al afgeskryf is weer te herstel tot sy oorspronklike glorie. My ouers se huis is klein, maar die erf is baie groot, dus beplan ons om agter op die erf vir my 'n stoor te bou om in te werk. Langs die stoor wil ons vir my 'n klein woonstelletjie bou, maar dis nog in beplanning. As ek solank 'n werk kan kry, kan ek in my vrye tyd aan die stoor werk."

Oom Willem kyk na Gert. "Ek wil nie uit my beurt praat nie, maar Gert, die voormanshuis op Uitzicht word nou net vir stoorplek gebruik, miskien kan julle twee manne die saak bespreek dan kan Johan solank sy houtwerk daar doen?"

"Ja Pa," sê Gert. "Dis 'n baie goeie idee, dan is daar op Uitzicht iemand wat die plek lewe gee. Dis nie goed dat alles so leeg staan nie."

Johan is vuur en vlam. "Kan ons asseblief gaan kyk of dit geskik sal wees?"

Die vier mans is daar weg. Hulle sluit die voormanshuis oop. Daar is net rommel en ou meubels in die huis.

"Nou toe Johan, daar staan jou eerste werk. Die ou meubels het seker nog aan Stefaans se ouers behoort. Daar was seker te veel meubels op Uitzicht, want tant Maria het haar ouers se meubels ook gekry toe hulle oorlede is."

Johan is in die wolke. "Dis wonderlik maar ons moet praat oor die huur van die huis en, as julle dit goedkeur, sal ek graag die meubels wil koop wat oom Willem-hulle nie wil hê nie."

Oom Willem sê: "Dit is vandag Sondag, ons is geleer mens doen nie besigheid op Sondag nie. Kom môre vroeg dan kyk ons alles deur en maak 'n prys."

Die mans gaan terug Driefontein toe. Daar word vars koffie en 'n beker lemoensap gemaak. Die vrouens is baie nuuskierig, hulle wil graag weet wat die mans gesien het. Johan verduidelik vir hulle alles. Die huis het drie slaapkamers, 'n groot sitkamer, kombuis, badkamer en 'n groot stoep aan die agterkant. Die stoep is ideaal vir skuur- en timmerwerk. Hy sal net 'n seil aan die buitekant vassit en oprol, wat hy kan afrol as dit reën sodat dit nie op die stoep inreën nie.

Daar is trane in tant Hettie se oë. "Baie dankie Willem en Gert, ek is die Here dankbaar dat my seun nou hier naby kan werk. Dis werk waarvoor hy lief is, julle sal nog sien wat kom uit daardie huis uit."

Tant Emmie sê sy het nog 'n wakis wat sy by haar ouers gekry het en sy wil dit graag laat afskuur en poleer.

Oom Willem lag, "Jy sien Johan, jy is voor jy kan dink, tot oor jou ore in die werk. As al die buurvrouens eers hiervan gehoor het, gaan jy nie tyd kry vir ontspan nie."

"Dis maar reg oom Willem, ek wens dit is al môre vroeg dat ek kan begin."

Hettie is 'n lang donkerkop vrou in haar veertigs, goed versorg en sy lyk nog baie mooi. sy kyk na Nicolaas: "Nic jy gesels nou lekker, maar ons moet nou huis kry."

Gees van die Labrador

"Dis reg Vrou, dit was 'n dag wat ons nooit sal vergeet nie. Baie dankie Willem, Emmie dit was 'n plesier om hier te kuier. Gert, baie dankie vir die kans wat jy vir ons kind gee."

Die drie Van Tonders vergesel hulle nuwe vriende motor toe en hulle vertrek vrolik. Willem en Gert staan nog buite, maar Emmie is terug stoep toe.

"Gertman, ek hoop nie ek het jou in die besigheid met Johan in geboelie nie?"

"Nee, Pa dit is die beste besluit wat ons kon gemaak het. Ek het al skuldig gevoel dat ek nie op Uitzicht gaan bly nie, maar nou is ek tevrede. Johan sal 'n ogie hou."

Hoofstuk 6: Meubels

Vroeg Maandagmôre is oom Willem en Gert op Uitzicht. Hulle roep Koos nader en verduidelik vir hom dat Johan nou die voormanshuis gaan gebruik om in te bly en daar met houtwerk sal aangaan.

Koos is baie tevrede. "Meneer Willem dan sal hy seker vir Mina nodig hê?"

"Ja, Koos en ook twee jong manne wat hy kan oplei sodat hulle elke dag saam met hom kan werk. Hoe lyk dit, sal Faan van jou en Petrus van Sam, dit wil doen? Hulle is handig, ek glo hulle sal goed werk."

"Ja, meneer Willem, dis net wat hulle nodig het: 'n vaste hand wat hulle mooi sal leer."

"As jy hulle gaan roep, bring dan nog twee manne van Uitzicht saam, want ons moet die ou huis goed gaan skoonmaak."

Hulle staan nog met Koos en gesels toe Johan met 'n bakkie by hulle stilhou.

"Koos, dit is meneer Johan, hy het my daarbo in die oorlog met meneer Jan gehelp. Die Here het hom na ons toe gestuur."

Koos knip die trane weg, steek sy hand uit en groet vir Johan. "Baie dankie meneer , welkom op Uitzicht, ons sal ons beste doen om meneer te help, ek gaan roep die ander mense."

Gert verduidelik dat hy twee werkers vir Johan het om hom permanent te help en dat Mina vir hom in die huis sal werk.

"Baie dankie oom Willem en Gert, ek kan my geluk nie glo nie."

By die ou huis word daar die hele môre skoon- en reggemaak. Johan kies die slaapkamer wat aan die kombuis grens en die badkamer is ook net aan die anderkant. Mina het Flip se vrou gaan haal en hulle was die slaapkamer en kombuis se mure af. Gert het verf en kwaste gaan koop. Hulle verf Johan se slaapkamer eerste uit, dan die kombuis. Die badkamer sal die volgende dag gedoen word.

Johan en Gert beplan om die meubels wat in die huis is, in een slaapkamer te pak. Die ander slaapkamer het 'n deur wat op die groot stoep uitgaan. Dit sal ideaal wees om die gereedskap, olie, vernis ensovoorts daar te bêre. Die groot sitkamer sal verdeel word: 'n Hoekie sal Johan as sitkamer gebruik en in die res sal die meubels waarmee hy klaar is staan. Hy sal tant Hettie vra om vir hom lakens van ongebleikte linne te maak waarmee die meubels teen stof beskerm sal word.

Oom Willem, Gert en Johan gaan Driefontein toe vir middagete. Mina het vir die werkers buite pap en vleis gaargemaak en hulle sal onder die koeltebome eet.

Tuis aan tafel sê Gert: "Ma daar is baie mooi ou meubels in die ou huis wat ons nou skoonmaak. Kom kyk of daar iets is wat Ma wil hê, dan sal ons met Johan onderhandel oor die res."

"Dankie, my kind, ek sal graag wil sien wat daar is, ek sal sommer saam met julle ry na ete."

Hulle drink koffie op die stoep en tweeuur is almal weer aan die werk. Tant Emmie kyk na die pragtige ou meubels. Daar is 'n wastafeltjie met mooi teëls en 'n marmerblad wat sy in die badkamer op Driefontein kan gebruik. Daar is ook 'n hoektafeltjie van stinkhout wat mooi in haar sitkamer sal pas.

"Gert ek wil graag dié twee stukke hê."

"Is ma seker?"

"Ja, my kind ons huis is alreeds oorvol."

Versigtig word die twee stukke Driefontein toe geneem. Net voor sononder word al die gereedskap gebêre. Die werkers groet en gaan na hulle huise toe. Hulle sal die volgende dag verder werk.

In die sitkamer staan 'n stinkhoutbank met vier bypassende gemakstoele. Johan kyk na Gert: "My vriend kan ons nou maar besigheid praat, eerstens wat moet ek maandeliks vir die huur van die gebou betaal?"

Gert dink 'n bietjie. "Ek weet jy sal dit nie verniet wil hê nie, so wat van twintig pond per maand?"

Johan skud sy kop. "Bedoel jy vir die hele huis?"

"Ja, Johan, jy doen my 'n guns om hier te kom woon, dan is Uitzicht nie onbewoon nie. Hier is maar selde misdaad, maar dit gebeur tog."

"Wel, Gert as jy seker is, sê ek baie dankie. Nou wat van die meubels?"

Gees van die Labrador

"Wel, hier is 'n paar stukke wat ek wil omruil met Uitzicht se meubels, byvoorbeeld die stinkhout sitkamerstel. Die hangkas en bed in die middelste kamer wil ek met die meubels in tant Maria se ou kamer ruil. Die meubels wat nou in Uitzicht gebruik word kom dan terug hierheen. Ons sal oor die prys praat as die omruiling môre klaar gedoen is."

"Dankie, Gert, ek gaan vanaand nog by my ouers slaap, maar ek wil môreaand hier slaap. Ek wil my eie kamer se meubels hierheen bring, want daar is nie plek by my ouers daarvoor nie. Ek sal ook meer tuis voel met die goedjies waarmee ek grootgeword het."

"Dis 'n goeie plan," sê Gert. "Hier is die huis se sleutels. My vriend, ek hoop jy gaan baie gelukkig wees hier op Uitzicht."

Gert ry saam met hom tot regoor Driefontein se paadjie.

"Sê groete vir jou ouers." Hy klim uit en wuif totsiens.

Gert stap met die pad op huis toe. In die weste is 'n pragtige wit wolk wat nog karmosyn gekleur is, dis wonderlik om die dag so rustig te sien daal. Gert hoor 'n geblaf. Daar kom Zeppie in volle vaart op sy kort beentjies aangehardloop.

"Oubaas se honne is uitasem, kom ek dra jou maar huis toe."

Zeppie is opgewonde en snuffel in Gert se nek. Op die stoep sit sy ouers. Hulle groet hom en vertel dat hulle Zeppie nie daar kon hou nie. Toe hy die bakkie se deur hoor klap het hy met sy skerp ogies sy baas gesien en soos blits na hom toe gehardloop. Zep is nou tevrede en gaan lê op sy kussing.

"Kan ek vir jou koeldrank ingooi Boetie?"

"Asseblief ma, dit was 'n warm stowwerige dag."

Gert kyk na sy pa: "Ek het Johan twintig pond per maand gevra vir die huur van die ou huis. Ons sal oor die prys van die meubels gesels as ek eers die stukke omgeruil het met Uitzicht se meubels. Ek het vir hom genoem van die stinkhout sitkamerstel en die meubels in tant Maria se slaapkamer en ons sal môre die omruiling doen. Sal Pa asseblief kom help om die pryse en die voorwaardes te bepaal? Dis antieke stukke, tog wil ek dit vir hom teen 'n billike prys gee."

"Reg my seun, ons maak so."

Intussen het dit donker geword en die eerste sterre begin skyn met die maan wat aan die afgaan is. Sara kom sê die ete is gereed en hulle gaan eetkamer toe.

"Verskoon my net 'n oomblik ek wil net gaan hande was."

Gert gaan badkamer toe en terug in die eetkamer sê hy: "Ma dit is nou regtig 'n pragtige wastafeltjie, dit pas perfek in die badkamer."

Vir ete is daar heerlike frikkadelle wat tant Emmie gemaak het met kapokaartappels en groenertjies, asook wortel- en beetslaai. Gert skep sy bord vol. Na ete gaan drink hulle koffie op die stoep. Die windjie van die rivier af is vars en koel. Die telefoon lui Driefontein se kode.

Gert gaan antwoord. Dit is Helena Beukes, oom Piet en tant Grieta se dogter.

"Gert ek is bly jy is terug by die huis, ek was twee weke by my tante in Pretoria, dis hoekom ons mekaar nog nie raakgeloop het nie."

"Dit moet dadelik reggestel word," antwoord Gert.

"Wel, ek verjaar Saterdag en ons sal jou en jou ouers graag hier op Kromdraai wil sien. Sal julle Saterdagaand kan oorkom?"

"Hou net 'n oomblik aan dat ek my ouers kan vra."

"Dis reg, ons kom graag."

"Helena, daar is iets wat ek wil vra. Hier op Uitzicht is 'n vriend van my, Johan Vermeulen, mag ek hom en sy suster saambring?"

"Natuurlik Gert, hulle is baie welkom. Dit sal lekker wees om nuwe jongmense te ontmoet. Tot Saterdagaand dan Gert."

"Dankie, vir die uitnodiging Helena."

Gert stap terug stoep toe, dit sal lekker wees om Helena weer te sien. Oom Willem sê: "Sy het 'n mooi meisie geword, sy het verlede jaar matriek geskryf, maar haar ouers wou nie hê dat sy universiteit toe moes gaan nie. Haar pa het vir haar 'n kweekhuis opgerig waarin sy rose kweek. Dis die pragtigste rose wat sy aan die blommemark lewer."

"Dit klink interessant," sê Gert. "Sy was altyd lief vir blomme, ek sal gaan kyk as ek 'n kansie kry."

Oom Willem staan op. "Sal julle my verskoon, ek gaan nou stort en slaap."

"Seker my man, ek kom ook aanstons."

Tant Emmie kyk na Gert. "Ek is bly dat Johan nou hier op Uitzicht bly, hier is so min jongmense oor, almal gaan studeer of werk in die groot stede. Ek hoop Marinda van Nic en Hettie kry die werk by Riek. Verskoon my ook my kind, jy moet lekker slaap."

"Nag ma, kom Zep, ek en jy gaan gou na die sterre kyk, dan kom ons ook slaap." Zeppie spring op en draf saam met Gert buite toe.

Vroeg die volgende oggend, drink Gert koffie by sy ma in die kombuis toe hy die dreuning van 'n voertuig hoor. Hy kyk deur die venster en sien dis Johan met sy bakkie hoog gelaai vol meubels.

"Dis Johan Ma, hy het 'n vrag meubels op die bakkie, hy wil vanaand op Uitzicht slaap."

"Dis gaaf," sê tant Emmie, "nooi hom om vanaand hier te kom eet."

"Goed Ma, totsiens ek ry nou oor Uitzicht toe om te gaan help."

Johan se twee helpers, Koos en die ander twee is besig om Johan se meubels in sy kamer in te dra. Johan het by sy ouers 'n mooi groot grysblou mat gekry, dis oopgerol en die bed en kaste is al op hulle plekke gesit. Mina is besig om die bed op te maak en Flip se vrou hang die

Gees van die Labrador

gordyne, dit lyk al heel gesellig.

Die meubels wat Uitzicht toe moet gaan word gelaai en sal eers op die stoep van die groot huis op Uitzicht staan. Gert wil die sitkamer en die slaapkamer laat skoonmaak en uitverf. Uitzicht se sit- en slaapkamermeubels word na die ou huis vervoer.

Die hele voormiddag is almal baie besig, kamer vir kamer word alles skoongemaak. Die badkamer is ook geverf en alles is agtermekaar. Eenuur bring tant Emmie vir die mans toebroodjies en koffie. Mina het weer buite gekook vir die werkers. Almal is goed honger en lê weg aan die kos.

Tweeuur ry Johan gou met sy twee werkers om sy gereedskap wat by sy ouers in die motorhuis gestoor is, te gaan haal. Hy brand om aan die werk te spring. Hy is gou terug en hulle dra dit in die stoorkamer in. Hy wil vroeg die volgende oggend begin werk.

Gert het werkers Uitzicht toe geneem en laat die sit- en slaapkamer se mure afwas, want hy wil eers die twee vertrekke verf voordat hy die meubels indra. Intussen word die stinkhoutmeubels goed gepoleer – die hout het 'n diep donkerbruin glans en dit blink pragtig. Gert beplan om die sitkamerstel se kussings nuut te laat oortrek. Daarvoor het hy sy ma se hulp nodig, want sy sal weet watter materiaal en kleur reg sal wees.

Die ou huis se mure en vloere is alles afgewas en sal met verdrag geverf word. Die buitekant van die huis en die dak sal later geverf word. Johan is haastig om te begin werk, maar heel eerste, wil hy tant Emmie se wakis gaan haal en dit mooi afskuur en poleer. Hy roep vir Faan om gou saam te ry."

Tant Emmie is besig om blomplantjies uit te plant. Johan groet en sê: "Tant Emmie ons kom die wakis haal om dit reg te maak."

"Johan, dis nie dringend nie, doen eers jou eie werk."

"Nee, tante, dis my eerste takie op Uitzicht, ek wil dit graag doen."

"Nou kom Johan."

Tant Emmie loop voor hulle uit na die pakkamer waar die kis nog al die jare staan. Johan en Faan laai dit op die bakkie, groet en vertrek terug na hulle werkplek.

Die kis word eers met 'n droë lap skoongevee – dit is sowaar geelhout waarvan die kis gemaak is! Met fyn skuurpapier word dit mooi skoongeskuur en die klein plekkies waar dit oor die jare beskadig is, word toegesmeer met byewas. Hulle skuur dit weer 'n keer en smeer die meubelpolitoer egalig aan en laat dit vir 'n rukkie om droog te word. Die laaste keer word dit met fyner papier geskuur tot dit blinkglad is en meer meubelpolitoer word aangesmeer. Dan poleer hulle die kis blink met 'n droë doek. Johan is tevrede, die wakis lyk splinternuut.

Die middag neem hy en Faan die kis vir tant Emmie terug. Sy kan haar oë nie glo nie.

"Johan dit lyk pragtig, wat skuld ek jou?"

"Nee, tant Emmie, dis met liefde vir tannie gedoen. Moet ons die kis weer in die pakkamer sit?"

"Nee, nooit! Hy word nou hier in die ingangsportaal uitgestal, baie dankie Johan. Het Gert vir jou gesê jy moet vanaand hier by ons kom eet?"

"Ja, dankie tante, ek kom graag."

Toe oom Willem en Gert by die voordeur inkom, verstom hulle hul aan die ou wakis wat nou blink in die voorportaal staan. Tant Emmie vertel vir hulle dat Johan dit vanoggend kom haal het.

"Daardie man kan met hout werk, hy sal 'n sukses maak," sê oom Willem.

Die mans gaan stort en verklee. Buite op die stoep is 'n groot beker met lemoensap en ys. Hulle neem plaas en teug elkeen behaaglik aan 'n glas yskoue sap. Hulle bespreek die dag se werksaamhede asook wat hulle die volgende dag moet doen. Hulle sien Johan by Driefontein se pad indraai. Zeppie staan op die stoep en blaf, hy word by die dag ouliker.

Johan hou voor die stoep stil, klim uit en trek Zeppie se ore: "Jy word mos nou groot ou Zep, blaf glad al vir vreemde mense."

Hulle groet en Johan kry 'n glas lemoensap.

"Dankie, tant Emmie, dis net die ding om die stof uit 'n mens se keel te spoel."

Oom Willem kyk na Johan. "Ou seun, jou ma het die Sondag toe hulle hier gekuier het, gesê ons sal nog verstom wees as jy met 'n ou meubelstuk klaar is. Dis waar, ons het amper nie die ou wakis herken toe ons vanaand by die huis kom nie. Baie dankie, tant Emmie heg baie waarde aan die ou kis. Haar ouers het dit nog tydens die Groot Trek uit die Kaapkolonie saamgebring."

Sara verskyn op die stoep. "Mevrou, die kos is op die tafel."

"Dankie, Sara ons kom."

Die ete bestaan uit potgebraaide hoender met jong aartappeltjies en groenboontjies. As soetkos is daar wieletjie-geelwortels, taai gekook en groen slaai met tamatie. Almal neem hulle plekke in en oom Willem vra die seën. Die mans skep hulle borde vol, hulle is honger en alles lyk so lekker.

Gert vertel vir Johan dat Helena Beukes, 'n ou skoolmaat van hom en Jan, Saterdag verjaar en dat hulle oorgenooi is vir die aand.

"Jy en Marinda is baie welkom. Dit sal jou 'n geleentheid gee om die jongmense en plaasboere te ontmoet."

"Kromdraai is oom Piet Beukes se plaas. Dit grens aan die anderkant van Uitzicht, daar waar die rivier 'n draai om die koppies maak. Dis die laaste plaas op die rivierpad wat hier onder verby Uitzicht en Driefontein gaan. Helena is die jongste kind. Oom Piet-hulle het 'n ouer seun Herman wat saam met sy pa boer."

"Dankie Gert, dit klink lekker, ek sal Marinda vra om saam te kom."

Na ete drink hulle koffie op die stoep en daar slaan weerlig agter Kromdraai se koppies uit.

Oom Willem sê: "Dit sal wonderlik wees as ons 'n mooi bui reën kry. Die veld begin verdroog, so reën sal 'n uitkoms wees."

Johan kyk na Gert. "Ons was so besig die laaste paar dae, ons het nog nie uitgekom by die prys van die meubels in die ou huis nie."

Gert knik sy kop. "Ja, dis waar. Pa is dit moontlik dat ons môre vroeg Uitzicht toe kan gaan om die sakie af te handel? Johan jy brand seker al om die ou meubels mooi te maak?"

"Ja, Gert, dis 'n uitdaging waarvoor ek baie lus het."

"Nou ja kinders, môre is nog 'n dag, ek gaan nou bed toe. Nag Johan, lekker slaap die eerste nag op Uitzicht en nog baie nagte in die toekoms."

"Dankie, oom Willem, nag tant Emmie, dankie vir die heerlike kos. Tante moet vir Mina 'n paar resepte gee sodat sy ook so lekker kan kook."

"Mina gaan jou verras Johan, tant Maria het haar mooi geleer. Laat sy vir jou 'n lysie gee van die bestanddele wat sy nodig het, dan sal jy sien ek oordryf nie."

Johan groet en ry Uitzicht toe. Dit gaan heerlik wees om daar in sy kamer te luister na die water in die rivier waar dit oor die klippe spoel, ook die kiewiete wat daar bo by die koppie hulle neste het. Die ander veld- en die dieregeluide sal soos musiek in sy ore wees.

In die ou huis op Uitzicht het Mina 'n termosfles met koffie en 'n beker op die kombuistafel neergesit. Hy skink vir hom 'n beker vol en neem dit saam kamer toe. Hy verklee, neem die Bybel op die bedkassie en lees 'n hoofstuk. Met die Bybel in sy hande, buig hy sy hoof om die Here te dank vir al die wonderlike dinge wat met hom gebeur het, veral die geleentheid om op Uitzicht te kan werk. "Here wees asseblief met ons almal, Amen."

Hoofstuk 7: Helena en Marinda Verjaar

Dis vroeg en die son is nog nie op nie, toe Zeppie op sy kussing vroetel. Gert word wakker.

"Zeppie is jy al moeg geslaap? Kom ons gaan soek koffie in die kombuis.

"Môre Ma, die koffie ruik lekker."

"Môre Boetie, dié klein Zep is 'n vroeë brakkie, hy gun jou nie 'n laat slapie nie."

"Dis maar goed Ma, 'n boer moet vroeg roer om alles te doen wat gedoen moet word. Is dit Pa se koffie?"

"Ja, my kind neem dit asseblief vir hom?"

Gert gee twee kloppies aan die deur en gaan in. "Môre Pa, dis 'n lieflike dag, ons het verlede nag 'n buitjie reën gehad, maar met die grasdak weet mens nie wanneer dit in die nag reën nie."

"Ag, ek is bly, al is dit nie baie reën nie help dit om die stof af te was."

Oom Willem geniet sy koffie. "As Pa kombuis toe kom, moet ons 'n lys opstel van die meubels en wat 'n billike prys is. Johan het seker nie baie geld nie en as dit reg is met Pa kan hy dit afbetaal soos hy dit kan bekostig."

"Jy is reg Gert, ons sal hom tegemoetkom."

Toe oom Willem in die kombuis kom is Gert al besig om 'n lys van die meubels te maak. Hulle beraadslaag oor die pryse en skryf elke artikel se prys neer.

"Emmie ons gaan nou eers Uitzicht toe om vir Johan die pryse te gee, ons sal later kom ontbyt eet."

Stories uit die Riemland

Op Uitzicht is Johan en sy helpers al besig om die stoep reg te kry. Oom Willem en Gert groet.

"Het jy lekker geslaap Johan?"

"Ja, dankie oom Willem, ek het net wakker geword toe die reën op die sinkdak val. Dis baie welkom, nou sal die gras begin groei."

"Johan hier is die lys van die meubels en die pryse. Kom ons stap binne toe en gaan elke stuk na. As jy dink die prys van 'n meubelstuk is te duur, praat asseblief, ons is dom met die pryse van meubels."

Die drie mans stap deur die huis. Elke meubelstuk word op die lys afgemerk. Toe alles nagegaan is vra oom Willem: "Johan is jy tevrede met die pryse, sal jy darem 'n wins kan maak?"

"Ja, oom Willem, die pryse is baie laag, veral daardie hemelbed van tant Maria, daarvoor kon julle meer gevra het."

"Nee Johan, dis reg. Daar is nog 'n ding: Gert wil nie die geld hê voordat jy nie die artikel verkoop het nie, so my seun, gaan aan en maak die meubels mooi. Plaaslik sal jy dalk sukkel om die meubels te verkoop, daarom sal dit wys wees as jy in die Landbouweekblad 'n advertensie sit van die meubels wat jy te koop aanbied en ook vra vir mense wat meubels het om te verkoop. Meld ook dat jy alle meubels kan restoureer as al die oorspronklike stukke nog beskikbaar is. Die Landbouweekblad word wyd gelees, ek is seker dit sal baie besigheid vir jou inbring."

"Nogmaals baie dankie oom Willem en jy, Gert, julle het vir my 'n wonderlike geleentheid geskep, ek dank julle daarvoor."

Gert steek sy hand uit. "Johan jou koms na Uitzicht is deur die Hoër Hand berei. Mag jy baie gelukkig wees vorentoe. Ons sien jou vanmiddag."

Oom Willem en Gert vertrek huis toe om 'n laat ontbyt te gaan nuttig. Tant Emmie wou weet of Johan tevrede is met die pryse van die meubels. Oom Willem het sy tevredenheid bevestig asook die feit dat hy nie alles dadelik sou betaal nie, maar dat hy sou terugbetaal soos hy die meubels verkoop.

Gert hou voor die poskantoor stil om die plase se pos te kry. in die deur loop hy vir Helena raak.

"Mensig maar jy het 'n mooi nooientjie geword, oom Piet het seker 'n goeie haelgeweer om die vryers op hulle plekke te hou?"

"Ja, Gert, jy het self 'n agtermekaar jong man geword."

"Sien ons julle môreaand?"

"Ja, verseker, Johan en Marinda sal ook daar wees. Mooi dag vir jou verder Helena."

"Totsiens Gert"

Met die twee pakkies pos in sy hand klim hy in die motor, sy gedagtes is by die mooi nooientjie wat hy omtrent driejaar gelede laas gesien het. Na matriek is hy en Jan Pretoria toe en later is hulle oorlog toe.

Gees van die Labrador

Hulle drie het elke oggend en middag met hulle fietse saam skool toe gery. Jan het opgery na Kromdraai se paadjie waar hy Helena gekry het, dan het hulle hom by Driefontein se paadjie ontmoet en dan het hulle drie saam skool toe gery. Helena was altyd 'n vrolike opgewekte meisie, dit was 'n plesier om saam met haar te wees. Haar broer Herman was 'n hele paar jaar ouer as sy. Hy het na standerd ses na 'n landbouskool gegaan en eers na sy graadkursus plaas toe gekom om te kom boer.

Gert is net betyds vir middagete: Koue skaapboud, aartappelslaai, wortelslaai en groenslaai. Dis warm buite en die heerlike koue ete is net reg en hulle drink glase vol lemoensap met ys.

Saterdagmôre is dit bewolk. Oom Willem kyk na die wolke.

"Nee, Gert dis miswolke, dit het seker anderkant die berg gereën, die son sal die wolke gou wegbrand. Hoe graag ons ook al wil reën hê dink ek vir Kromdraai se mense sal reën vandag moeilik wees. Ons hou maar duim vas dat vanaand 'n lekker aand sal wees."

Laat Saterdagmiddag gaan Johan dorp toe om bietjie by sy ouers te kuier. Hy en Gert het afgespreek dat hy die aand Driefontein toe sou gaan sodat hulle saam Kromdraai toe kan ry.

Gert het die oggend vir Helena 'n mooi tieroog armbandjie gekoop en namens sy ouers vir haar 'n ruiker angeliere gestuur, want rose het sy in oorvloed. Johan het van kiaathout vir Helena 'n kersstaander gemaak en Marinda het 'n mooi kers gekoop wat in die stander pas.

Sesuur die aand hou Johan en Marinda voor Driefontein se deur stil en hy loop om die bakkie om vir sy suster die deur oop te maak. Die drie Van Tonders stap hulle tegemoet. Johan stel hulle aan Marinda voor. "Aangenaam om jou te ontmoet Marinda, vanaand gaan die jong kêrels vuisslaan oor jou en Helena."

"Nee, oom Willem moet nie soos sê nie, ek sal te skaam wees om vir die jong mans te glimlag."

"Nee, ek maak maar 'n grap, maar julle is albei baie mooi."

"Dankie, oom Willem," glimlag Marinda skaam.

"Gert, bring die motor dat ons die mense nie laat wag nie."

Gert ry voor en Johan volg in sy bakkie. Hy is ook maar sku vir vreemde mense, veral vreemde meisies. Op Kromdraai is daar omtrent nie parkeerplek nie. Gert laai sy ouers af sodat hy en Johan elk verder 'n staanplek kan kry en hy maak die deur vir Marinda oop.

"Hoe lyk ons wêreld vir jou?"

"Baie mooi, die wilgers langs die rivier is seker baie oud, ek het nog nooit sulke groot wilgerbome gesien nie."

"Ja, hulle is nog deur ons oupas geplant. Dit klink seker vir jou snaaks, maar dit is waar, hierdie drie plase behoort al vir drie geslagte aan dieselfde families. Hulle was ook groot vriende en het baie dinge saam gedoen. Hulle het byvoorbeeld daar by die spruit populierbome geplant en met die hout en takke word allerhande goed op die plase gedoen."

Die drie jongmense stap nader en Helena ontmoet hulle onder by die stoep. Gert stel vir Marinda aan Helena voor. "Aangename kennis Marinda. Gert, dit is seker jou vriend Johan met net een linkeroog?"

Johan staar haar aan.

"Ek hét twee oë."

Helena skater dit uit van die lag. "Jy is reg, jy het twee oë, maar net een linkeroog."

Gert bars ook uit van die lag en Marinda vat Johan aan sy arm. "Boeta vir dié meisie moet jy ligloop."

"Ja, Sus, sy sal met my woer-woer speel."

Van die ander jongmense het ook die petalje gehoor en hulle skater dit uit van die lag. Johan lag maar saam, hy sal die meisiekind nog terugkry belowe hy homself.

Helena vra Gert om hulle twee nuwe vriende aan almal voor te stel. Helena se ouers oom Piet en tant Grieta kom hulle tegemoet en hy vra vir Johan: "Wat het daardie stout meisiekind van ons met jou gedoen?"

Johan lag so skamerig saam en antwoord: "Ek gaan haar terugkry Oom, gee my net kans."

Gert stel Johan en Marinda aan almal voor, maar hy weet sy sal nie almal se name onthou nie. Die jongmense baljaar op die grasperk. Daar is voerbale uitgesit met komberse oor en dis nogal 'n gemaklike sitplek. Orals is tafels met southappies, klein koesistertjies, konfyttertjies, kanne gemmerbier en lemoensap met ys. Die jongmense eet en drink te vrolik.

Herman, Helena se broer, kom groet vir Gert. Johan en Marinda word ook aan hom voorgestel. Hy is 'n besadigde persoon – nie so wild soos sy kleinsus nie. Hy vra vir Gert of hy nou permanent op Driefontein is.

"Ja, my pa is nie meer so gesond nie, jy weet seker dat Uitzicht nou ons verantwoordelikheid is?"

"Ja, Gert, my innige simpatie met Jan, dit was vir ons 'n groot skok, so saam met tant Maria se dood."

"Komaan, wat staan julle so en ginnegaap?" Roep Helena na hulle. "Herman bring jou kitaar dat ons 'n bietjie kan sing."

Herman skud net sy kop. "Kan julle nou sien wat ek elke dag moet trotseer."

"Ek kry jou jammer my maat," sê Johan.

Herman bring die kitaar, die jongmense vergader op die grasperk. Party sit op die voerbale en ander sit sommer op komberse op die gras. Herman vat die noot en die jongmense sing vrolik *My Sarie Marais, Aai, Aai die witborskraai, Vêr in die ou Kalahari* en *Daar kom die wa.* Almal klap vrolik hande op die maat van die musiek.

Gees van die Labrador

Oom Willem kyk na oom Piet. "Pietman, waar is ons jongdae tog, dit was lekker tye."

"Ja, Willem ek kan nie help nie. Ek dink aan Stefaans, Maria en Jan. Dit is hartseer, maar ons moet berus, die Vader daarbo het seker Sy rede."

Die heerlike geur wat van die braaivleisvuur af kom, maak almal honger. Oom Piet roep drie jong manne om te kom help om die sjampanje te skink sodat hy die heildronk op Helena kan instel voor almal begin eet. Tant Grieta vra van die meisies om te help om die tafels skoon te kry, aangesien die borde met southappies leeg is. Die bakke slaai word uitgedra en op die tafels gesit. Vir die ouer mense is daar 'n groot tafel gedek, want die jongmense gaan sommer op die voerbale sit en eet.

Oom Piet vra almal se aandag. "Vriende, familie en ook ons twee nuwe vriende. Baie welkom op Kromdraai. Soos julle weet is Helena vandag negentien jaar oud, of kom ons sê liewer jonk, want met haar streke sal sy nie eers groot word nie. Baie dankie aan almal wat vanaand hier is, ek hoop julle geniet dit. Helena, mag ons Hemelse Vader jou altyd behoed en bewaar."

Hy lig sy glasie: "Veels geluk my kind."

Almal klink glasies. Oom Piet draai na oom Willem: "Sal jy asseblief vir ons die tafelgebed doen?"

Oom Willem vra die seën, ook dat almal veilig by hulle huise sal kom.

Die sosaties, skaaptjops en wors word van die vuur af gebring, asook die pot mieliepap en tamatiebredie – dis mos boerekos. So tussen die gelag en geskerts skep almal in, kry 'n sitplek en val weg aan die heerlike kos. Helena sien Johan sit op 'n voerbaal en sy gaan ewe langs hom sit.

Hy kyk so skuins vir haar en vra: "Meisiekind het jy al weer 'n plan in daardie bruinkop van jou?"

"Nee, my vriend, ek is bly julle het ook gekom, ons het baie min jongmense in die distrik, dus is elke toevoeging 'n bonus. Ek hoop Marinda kry die werk by Riek. Tant Emmie het vir ons vertel hoe jy haar ou wakis reggetoor het. Ek het 'n ou lessenaar, dit was nog my oupa s'n wat redelik verniel is. Sal jy dit asseblief vir my regmaak as jy 'n tydjie kry?"

"Ja, met graagte, ek hou daarvan om ou meubels weer mooi te maak. Is al die laaie nog in?"

"Ja, dit is net 'n bietjie lendelam en van die handvatsels is weg, maar ons kan 'n nuwe stel aansit."

"Ek sal graag eers wil sien hoe dit lyk, sodat ek seker kan wees dat ek dit kan herstel."

"Dis in my kantoor by die kwekery, as jy môremiddag kom, kan ons daarna gaan kyk."

"Dis reg ek sal so vieruur kom as dit jou pas."

Helena kyk na Johan: "Vieruur is piekfyn. dan kan jy saam met ons koffie drink."

Gert het 'n paar keer na Johan en Helena gekyk waar hulle so gemoedelik eet en gesels en hy voel nie gelukkig nie. Hy kan dit nie help nie, maar hy is 'n bietjie jaloers.

'n Paartjie het Marinda betrek. Hulle gesels met haar en vra of sy en Johan tennis speel.

"Ja, in die stad het ons, wanneer daar kans was gespeel. Is hier 'n tennisklub op die dorp?"

"Wel, dis nie 'n vreeslike klub nie. Ons is maar ses paartjies, daarom sal ons bly wees as ons nog 'n paar mense bykry, byvoorbeeld vir jou, jou broer en vir Gert."

"Ek is seker hulle sal aansluit, - maar ek sal eers volgende week verseker wees van die werk by Riek."

"Jy is aan ons voorgestel, onthou jy nog ons name?, Ek is Susie Vercuil en dit is Wikus Pretorius. Ons is albei verbonde aan die Rietfontein Laerskool, ons woon in die koshuis."

"Aangename kennis, nou sal ek julle onthou."

Gert sluit by hulle aan. "Marinda ek is bly jy het vriende gemaak."

"Ja, Susie het gevra ons moet by die tennisklub aansluit."

Gert kyk na Susie. "Dit sal lekker wees, wanneer speel julle?"

"Wel, ons rig die skoolkinders, gedurende die week by die klub af, maar Saterdae speel die grootmense, julle is baie welkom."

"Dankie, ons kom verseker."

Gert vat Marinda aan die hand. "Kom ek wil jou voorstel aan nog mense. Oom Tobie, ek wil julle graag voorstel aan Johan se suster Marinda, dit is ons bankbestuurder oom Tobie en tant Wilma de Wet."

"Aangename kennis Marinda, ons sal bly wees as jy in ons dorpie kom woon."

"Baie dankie meneer De Wet, ek hoop ek kry die werk by meneer Mulder."

"Ons hou saam met jou duim vas" sê tannie Wilma de Wet.

Toe almal het klaar geëet het, begin die meisies die skottelgoed kombuis toe dra waar die werkers besig is om op te was. Hulle sit koffie, tee en koeldrank op die groot tafel op die stoep uit. .

"Kom help julleself vriende," Nooi tant Grieta.

Gert skink vir hom en Marinda koffie in.

"Jy moet net proe, my Ma en tant Grieta is die bobaas koffiemakers van die kontrei, proe en oortuig jouself."

Marinda vat 'n slukkie van die koffie. "Dit is regtig die lekkerste koffie wat ek nog ooit geproe het."

Sy gaan staan teen die reling van die stoep. Sy dra 'n wit rokkie met blinkers bo by die nek. Sy lyk pragtig en het nes haar broer, helder blou oë.

Gees van die Labrador

Gert glimlag en sê: "Jy lyk baie mooi Marinda."

"Dankie," glimlag sy vir hom, "gelukkig het die jongmans nog nie oor my en Helena vuisgeslaan nie."

Gert se oë dwaal na waar Johan en Helena besig is om koffie te skink. Sy het 'n helder oranje broekpak aan. Haar donkerbruin hare hang tot op haar skouers en haar oë blink soos glad gepoleerde tieroogstene . Skielik val dit hom by dat hy nog nie haar armband vir haar gegee het nie. Hulle het so gesoek na parkeerplek toe hulle gekom het dat hy seker is Johan het ook nog nie haar geskenk vir haar gegee nie.

"Marinda, weet jy ons het geskenke vir die verjaardagmeisie gebring, maar dit is nog in die bakkie. Wat nou, hoe gee ons dit nou eers vir haar?"

"Gert, gaan haal jou geskenk, ek sal vir Johan vra om ons geskenke te gaan haal, dan sit ons dit in die eetkamer op die buffet neer."

Johan kry Gert nog by die motor. "Jy weet Gert, ons het mis gevat, ek dink ons moet die geskenke persoonlik vir haar gee."

Die twee mans kom terug by die stoep waar Marinda hulle inwag. Die drie staan nog en beraadslaag wat om te doen, toe Helena by hulle kom staan.

"Wat se sameswering is hier aan die gang?"

Gert sit sy arm om Helena se skouer. "Jy weet meisiekind, ons het jou geskenkies in die motor vergeet toe ons gekom het, nou het ons gewonder hoe moet ons dit vir jou gee?"

"Man Gert, gee my goed, ek wil sien wat het julle vir my gebring."

Sy maak eerste Johan se pakkie oop.

"Dis pragtig Johan, het jy dit self gemaak?"

"Ja, met bloedsweet en kyk hoe ontvang jy my." Helena skater dit uit van die lag.

"Ek gaan jou 'n soentjie gee vir jou harde werk."

Sy sit haar arms om sy nek en soen hom op sy mond. Johan bloos bloedrooi.

"Nou Gert wat het jy vir my gemaak?"

"Wel, dis nou nie met bloedsweet gemaak nie, maar in my armoede het ek vir jou die armbandjie gekoop wat net so blink is soos jou twee bruin oë."

"Dankie, Gert." Sy sit haar arms om sy nek en soen hom ook, maar Gert gebruik sy kans en hou haar styf vas en soen haar voorkop en oë. Helena draai haar uit sy arms.

"Gert jy is 'n boelie!"

Sy maak Marinda se pakkie oop.

"Baie dankie Marinda, die kers gaan ek in my kamer in Johan se houer sit." Sy druk Marinda en soen haar op die wang, Gert knipoog vir Johan.

"Volgende jaar gaan ons weer Helena se geskenkies in die motor vergeet, dan moet sy ons twee weer soen. Ai dis jammer die jaar is so lank."

Die tyd het verbygevlieg. Oom Willem kom vra vir Gert om hom en tant Emmie huis toe te neem.

"Julle jonges kan nog kuier dan kan Gert terugkom as hy nog wil kuier."

Gert kyk op sy horlosie. "Dis al halftwaalf, ek sal net hoor of daar iets is waarmee ek oom Piet kan help, dan ry ons."

"Oom Piet my ouers wil nou huis toe gaan, is daar iets waarmee ek kan help voor ek ry?"

"Nee wat Gert, ek sal die ander jongklomp nou nader roep om die voerbale weer skuur toe te dra. Gaan julle gerus."

Oom Willem en tant Emmie groet almal. Gert groet ook en hulle vertrek. Oom Willem sê: "Dit was nou 'n aangename aandjie so saam met al die ou vriende."

Tuis vra tant Emmie of hulle koffie wil hê.

"Nee dankie Ma, nou wil ek wil nou maar bed toe gaan, kom Zeppie ons gaan slaap."

Hoofstuk 8: Die Liefde

Sondagmôre is alles rustig. Na kerk gaan drink meeste van die gemeente tee in die kerksaal. Dominee De Jager beweeg tussen die gemeentelede rond en verneem hoe dit met almal gaan – dis hoekom almal van hom hou. Hy sê vir oom Willem dat hy en ouderling Swanepoel hulle wyk die komende week sal besoek.

"Sal Dinsdagmiddag vir oom en tante pas?"

"Verseker dominee ons sal tuis wees."

Almal begin huiswaarts keer. Oom Willem vra tant Emmie om 'n baksel beskuit en 'n skaapboud gaar te maak wat hulle vir dominee kan gee.

"Dis seker moeilik om kos te maak so sonder 'n vroutjie. Daar was eenkeer sprake dat hy verloof was en sou trou, maar iets moes skeef geloop het, want hy is toe nie getroud nie. So het ons almal ons probleme," vertel oom Willem.

By die huis trek die Van Tonders hulle kerkklere uit. Gert sê hy en Zeppie wil 'n draai loop by die perske- en appelkoosboorde om te kyk of alles nog reg is. Die bome is al vol vrugte en binne plus-minus 'n maand sal hulle moet begin pluk vir die mark. Gert loop tot by die rivier se wal en Zeppie wil net water toe,

"Nou kom Zep, kom speel in die water."

Gert gooi 'n stok in die water. Zep bring dit vir hom terug.

"Jy is 'n slim klein brakkie, ek sal jou nog baie goed leer."

Gert stap huis toe, tant Emmie het alles op die dienwaentjie. Hulle eet sommer op die stoep, want dis heerlik koel daar. Na ete, terwyl hulle koffie drink, vra oom Willem:

"Gertman het jy al Uitzicht se boeke deurgegaan?"

"Nee, Pa, dit was vir my nog te swaar. Ek kan myself nog nie indink dat die plaas aan my behoort nie, maar ek sal môre vroeg nadat ons sake gereël het op die twee plase, na tant Maria se studeerkamer toe gaan om vas te stel wat gedoen moet word."

"Ja, my kind ek verkwalik jou nie. Ek dink ons moet At Fourie vra om saam met jou die boeke deur te gaan. Hy sal weet wat jy nodig het vir inkomstebelasting.

"Reg Pa, ek sal hom agtuur môreoggend bel en hoor of hy sal kom."

"Emmie, baie dankie vir die lekker ete, ek wil bietjie gaan skuins lê tot koffietyd."

"Reg my man ek ruim net gou op dan kom ek ook."

Gert help sy ma om die skottelgoed op die dienwaentjie te laai en stoot dit vir haar kombuis toe.

"Is daar nog iets waarmee ek kan help Ma?"

"Nee dankie, my kind, gaan rus jy ook 'n bietjie."

Vieruur die middag drink hulle koffie op die stoep. Dis rustig, geen gewoel en gewerskaf nie – almal is rustig by hulle huise. Hulle sien Johan se bakkie onder in die pad. Hy het seker by sy ouers geëet en gekuier. Hy draai nie by Uitzicht se pad in nie, maar ry verby. Wel, dan gaan hy verseker Kromdraai toe. Gert sê niks, maar daar kriewel iets in sy binneste. Hy voel sy ma se oë op hom.

"Boetie, sou Johan so bevriend geraak het met Helena dat hy vir haar gaan kuier?"

"Ek weet nie Ma, hulle het gisteraand by haar verjaarsdag lank gesit en gesels toe ons geëet het."

"Gertman, ek kan aan jou oë sien jy hou nie van die idee dat Johan vir haar gaan kuier nie. As jy iets vir haar voel, gaan kuier vir haar, Julle het saam grootgeword en sy is 'n oulike meisie. Bel haar môre vroeg en gaan kyk na haar kweekhuisboerdery. Sê jy oorweeg om ook kweekhuise op te sit."

"Dankie Pa, ek sal maar iets doen, want ek hou baie van haar. Pa, hoe het Pa en Ma by mekaar uitgekom?"

"Jy moenie vra nie seun, sy was baie hardekwas. Sy het 'n vriend gehad wat gedink het hy gaan met haar trou, maar ek het besluit hierdie nooientjie is myne. Sy wou eers nie met my uitgaan nie, want sy wou nie haar vriend teleurstel nie. Ek het vasgebyt. Ek was bietjie ouer as haar vriend en 'n bietjie slimmer. Ek het vriende gemaak met haar ouers en veral haar ma het van my gehou. Haar pa was passief, maar so met die familie uitlê het ons agtergekom dat haar ma en my ma se suster saam op onderwyskollege was. Ek het tannie Susan se hulp ingeroep en sy het die vriendskap met my ouma hernu.

Gees van die Labrador

Tannie Susan het jou ma vir 'n langnaweek wildtuin toe genooi. Heel toevallig sal ons maar sê, het my ouers saamgegaan en natuurlik was ek ook by. Daar in die wildtuin het ons mekaar beter leer ken. Ek was natuurlik lankal verlief op jou ma en sy het gesien ek is nie so 'n slegte outjie nie. Ek het nooit uitgevra nie, maar haar vriend het nie meer vir haar gaan kuier nie. Ek het vir haar vertel dat ek al lankal verlief is op haar en ek is vandag nog net so lief vir haar. Sy is vrou duisend, dit weet jy tog. Emmie, jy was nog nooit spyt dat ek jou afgevry het van jou vriend nie, was jy?"

"Nee, my man, beter kon ek nooit gekry het nie, ek is ook nog net so lief vir jou."

"Wel, dan moet ek maar 'n plan maak om Helena van Johan af weg te kry. Ek sal nie gemeen wees nie, sy sal moet kies, maar ek sal my beste voetjie voor sit."

Maandagoggend is almal weer vroeg aan die gang. Gert bel vir At Fourie.

"Oom At, dis Gert van Tonder, oom Willem se seun."

"Môre Gert, ek het jou pa verlede week in die dorp gekry. Hy het vir my vertel jy is nou terug op Driefontein. Wel ou seun, waarmee kan ek help?"

"Dis Uitzicht se boeke oom At. Tant Maria het die plaas aan my bemaak, maar ek kon nog nie in haar studeerkamer ingaan en na haar boeke kyk nie. Sal oom At asseblief saam met my kom sodat ons Uitzicht se boeke op datum kan bring?"

"Wel, Gert, daar is nie juis 'n probleem nie. Ek het elke jaar op die 30ste Junie haar state na die Inkomstekantoor ingestuur, vanjaar ook. Al die besonderhede is in 'n lêer."

"Oom At, ek is bly om dit te hoor, maar sal oom asseblief tog kom en vir my wys hoe ek die strokies moet uitsoek, wat moet gehou word vir die state en die ander wat ek eenkant moet bêre?"

"Goed Gert, kan ons dit Woensdagoggend doen? Ek sal so negeuur op Uitzicht wees."

"Baie dankie oom At, sien oom dan Woensdagoggend, totsiens."

Gert sit in die studeerkamer by sy pa se lessenaar en dis vir hom 'n verligting dat Uitzicht se boeke op datum is. Wel hy is nou by die foon, hy sal sommer gou vir Helena bel. Hy lui Kromdraai se kode, een kort en een lank. Tant Grieta antwoord die foon.

"Dis 'n verrassing Gert, hoe gaan dit met julle almal?"

"Dit gaan goed dankie tante, kan ek asseblief met Helena praat?"

"Sy is bo by die kweekhuis, as jy wil aanhou roep ek haar gou."

Helena is net effens uitasem toe sy die telefoon beantwoord.

"Goeiemôre, dis Helena wat praat."

"Môre Leentjie, hoe gaan dit met jou?"

"Gert, ek is bly om van jou te hoor, hoe gaan dit met julle?"

"Dit gaan goed met almal, ek het net gewonder of jy vanmiddag by die huis sal wees?"

"Ai Gert, ek is jammer, ek het 'n afspraak op die dorp, kan ons dit môremiddag maak?"

"Ek sal maar my verlange moet verduur, sal vieruur reg wees?"

"Piekfyn Gert, sien jou môre."

Dis vir hom vreemd, die skielike jaloesie wat hy oor Helena het. Hy sal maar moet sien wat gebeur vorentoe.

Hy stap kombuis toe. Sy ma het vars koffie gemaak en terwyl hy drink, vertel hy vir haar dat oom At Fourie Woensdagoggend saam met hom deur tant Maria se dokumente sal gaan, ook dat die state die einde van Junie na die Inkomstekantoor gestuur is.

"Ag, ek is bly my kind, jy sal mettertyd weet wat om te doen."

"Kan Ma nog tant Maria se suster onthou?"

"Ja Boetie, sy en haar seuntjie, hy is seker so twee jaar ouer as jy, het wintervakansies hier kom kuier. Sy naam is Martin, 'n baie oulike kind. Haar man het selde saamgekom en ons het nooit uitgevra nie.

"Wel, ek beter vir Pa gaan help, ek ry nou, sien Ma later."

Oom Willem is besig by die skaapkraal om die skape te doseer en dit sal nog 'n tydjie neem voor hulle deur die trop is. Gert wuif vir sy pa en beduie hy gaan Uitzicht toe.

Op Uitzicht kom Koos aangehardloop. "Meneer Gert, Gertjie is siek. Ek het haar en Blommetjie in die kraal gesit, ek dink dit is hartwater."

"Koos dis mos lelik, ek het gedink hartwater kom nie in ons kontrei voor nie. Het julle dalk entstof sodat ons haar kan inspuit?"

"Nee meneer, ons het net entstof vir drie-dae-stywe-siekte."

"Op Driefontein het ons ook nie iets vir hartwater nie, ek sal meneer Piet van Kromdraai bel en hoor of hy vir ons 'n dosis het, ek sien jou nou weer."

Gert bel Kromdraai toe en tant Grieta antwoord.

"Tante is die oom dalk naby, ek wil baie graag met hom praat."

"Hou aan Gert ek roep hom."

"Gertman ek hoor jy soek my dringend."

"Ja, oom Piet, ek het 'n kalf wat lyk of sy hartwater onder lede het, het Oom dalk vir my entstof om haar te spuit?"

"Gert, ek het nog nooit van hartwater in ons kontrei gehoor nie. As dit so is het ons moeilikheid. Wat ek wel gesien het is dat erge stywe siekte partykeer soos hartwater kan lyk. Ek stel voor jy behandel vir stywe siekte en dan kyk ons wat gebeur. As die kalf vrek moet jy die staatsveearts kry om te kom toets vir hartwater."

Gees van die Labrador

"Dankie oom Piet, ek maak so."

"Koos, kry vir ons kookwater en die spuit reg, ons gaan sommer spuit vir stywe siekte."

Gert besluit om die entstof by oom Piet te gaan haal. Hy kry vir Johan langs die pad en vertel hom vinnig van die kalf. Johan noem weer dat hy op pad is na Helena toe. Langs die pad knaag dit aan hom en hy weet nie wat Johan nou by Helena wil gaan karring nie. Hy is haastig om terug te kom op Uitzicht maar die gedagte van Johan by Helena wil maar net nie wyk nie. Op Uitzicht staan Koos vir hom en wag voor die kraal – alles is op 'n kas uitgepak. Gert meng die spuitstof en trek dit in die spuit op. Koos druk vir Gertjie op die grond vas en Gert spuit die dosis in.

"Koos mag die Here help dat ons Gertjie dit maak. Laat haar rustig lê, haar ma is by haar. Bly 'n rukkie hier en kyk dat sy rustig bly, ek moet meneer Willem help met die skape, hulle doseer vanoggend."

Toe Gert op Driefontein by die skaapkraal kom is daar nog skape in die kraal, April en Moos staan by die drukgang.

"Waar is meneer Willem?"

"Hy is huis toe meneer, hy voel nie lekker nie. Jantjie het saam met hom geloop."

Gert spring in die bakkie en ry met 'n spoed huis toe. By die huis staan dokter Venter se motor voor die deur. Gert spring die trappe twee-twee op en gaan in die gang af na sy ouers se slaapkamer. Sy ma het hom hoor stilhou en kom uit die kamer na hom toe.

"Boetie jou pa is benoud, dokter Venter het hom 'n inspuiting gegee. Kom ons gaan kyk hoe dit nou gaan."

Outomaties klop Gert twee kloppies aan die deur en gaan in. Dokter Venter kyk op vanwaar hy langs die bed sit.

"Gert dit is 'n ligte hartaanval wat jou pa gehad het, hy sal netnou beter voel. Hy moet net stil gehou word, sodat hy kan herstel."

Gert buk oor sy pa, vat sy hand en hou dit vas. Oom Willem maak sy oë oop en kyk na sy seun.

"Gertman ek het sommer naar geword daar by die kraal toe het Jantjie my huis toe gebring, maar ek sal netnou beter wees. Daar is nog 'n klompie skaap wat moet deurgaan."

"Pa moenie bekommerd wees nie, rus nou uit, ek sal gaan klaarmaak."

"Dankie dokter Venter, ek voel nou baie beter."

"Ek is bly oom Willem, maar jy moet jou stil gedra. Gelukkig is Gert nou hier om na dinge om te sien. Mooi bly, ek sien oom vanmiddag weer."

Dokter Venter en Gert stap uit. Hy gee vir Gert 'n voorskrif wat hy by die apteek moet gaan haal. "Dankie, dokter ek gaan dit dadelik kry."

Gert stap terug kamer toe. Sy ma sit op die stoel voor die bed en hou oom Willem se hand vas.

"Ma ek gaan gou apteek toe, is daar iets wat Ma nodig het?"

"Nee, dankie my kind, mooi ry."

"Ek sien julle nou weer."

Gert ry eers kraal toe, Jantjie het die skape klaar gedoseer en hulle bêre die goed waarmee hulle gewerk het. Gert hou by hulle stil.

"Dankie Jantjie dat julle my pa so mooi gehelp het. Die dokter het hom 'n inspuiting gegee en dit gaan nou beter. Ek gaan gou apteek toe om vir hom medisyne te kry, ek is nou terug."

Die werkers kyk vir mekaar. "Die Here was goed om meneer Gert veilig terug te bring." Hulle gaan help met die melkery.

Gert is gou terug. Sy ma lees die voorskrif en gee die nodige dosis vir oom Willem. Gert wink vir sy ma om hom te volg. In die kombuis vertel hy vir haar van Gertjie wat vermoedelik hartwater het, maar stel haar gerus dat hy haar solank behandel vir stywe siekte.

"Ek ry gou Uitzicht toe om te gaan kyk hoe dit met haar gaan."

Op Uitzicht is Koos in die kraal. "Sy lyk beter meneer Gert, ek kom maar kort-kort kyk hoe sy lyk."

Gert vertel vir Koos van sy pa se siekte.

"Ai meneer Gert, ons moet net bid en vertrou dat meneer Willem en Gertjie gou gesond moet word."

Gert besluit om by Johan aan te ry. Johan is op die stoep besig met Helena se lessenaar.

"Middag Johan."

"Middag Gert, ek het dokter Venter se motor vinnig Driefontein toe gesien ry, ek was net van plan om te gaan hoor of daar fout by julle is."

"Dit is my pa, hy het 'n ligte hartaanval gehad. Dokter Venter het vir hom 'n inspuiting gegee, hy is nou beter."

"Ek is bly Gert, jy moet sê as daar iets is wat ek kan doen, ek help graag."

Gees van die Labrador

Gert kyk na die lessenaar en dit lyk vir hom bekend. Johan vee oor die gladgeskuurde blad.

"Dit was nog Helena se oupa se lessenaar, dis tambotiehout, ruik net die geur van die hout. Sy het Saterdagaand gevra ek moet gaan kyk of ek dit kan herstel. Ek het Sondagmiddag gou gaan kyk, vanoggend het ons dit gaan haal en gou begin skuur. Sy sal dit nie herken as dit klaar is nie."

"Johan jy is 'n meester as dit by hout kom, dit lyk alreeds baie mooi. Totsiens, ek gaan nou weer huis toe."

Gert ry huis toe, hy voel gemeen. Wat het hy nie alles in sy gedagtes gedink nie. Johan se kuiers by Helena was net besigheid, hy skaam hom oor sy agterdog.

Gert kry sy ma in die kombuis. Sy en Sara is besig om aandete voor te berei: Beeslewer met gebraaide uie en knoffel, vir sy pa is daar hoendersop, want sy ma is bang die uie sal te swaar wees vir sy pa se maag.

"Hoe gaan dit met Gertjie my kind?"

"Sy is al beter Ma, ek sal later weer gaan kyk."

Dokter Venter bel om te hoor hoe dit met oom Willem gaan. Hy nie kan uitkom plaas toe soos hy belowe het nie, want hy het 'n pasiënt wat in kraam is. Gert verseker hom dat sy pa rustig slaap waarop die dokter hom nooi om te skakel as dit nie beter gaan nie.

Na ete ry Gert weer Uitzicht toe.

Koos rapporteer: "Onse Gertjie is baie beter meneer Gert, sy het 'n bietjie melk by haar ma gedrink."

"Dankie, Koos, gaan nou huis toe, ek sal bietjie by hulle sit."

Gert hoor voetstappe buite, hy kyk by die deur uit, dis Johan. Hy groet en vra hoe dit met Gertjie en sy pa gaan.

"Altwee is baie beter, dankie Johan."

Hulle staan buite, die lug is helder, die sterre blink in die hemelruim.

"Jy weet Gert, ek het nooit kon dink dat soveel geluk na my kant sou kom nie, baie dankie, dis wonderlik om op so 'n mooi plaas te bly."

"Ek is bly jy is gelukkig hier. Het Marinda al sekerheid of sy die werk by Riek sal kry?"

"Ja, my pa het my vanoggend gesê hulle gaan haar volgende week haal, sy begin die eerste van volgende maand werk. My ouers was baie bekommerd oor haar daar in die stad. Ons weet orals is daar gevaar, maar hier is dit nog stil en rustig."

Gert sê hy sal nooit in die stad kan woon nie. Met al die geraas en ligte wat so aan en af gaan, kan hy nie geslaap kry nie.

Hulle staan nog rustig en gesels toe daar 'n groot ster verskiet.

"Dis pragtig."

'n Groen lig trek deur die donker nag.

"Dis wonderlik, in die stad sou ons nie die voorreg gehad het om die verskynsel te sien nie."

Blommetjie gee 'n kort bulk, Gert draai om, Blom en Gertjie lê styf teen mekaar.

"Hoe lyk dit Blom, wil julle nou slaap?"

Gert dra die lantern buite toe.

"Julle moet lekker slaap."

Johan lag. "Dit lyk my jou beeste kan Afrikaans praat en verstaan."

"Dis die liefde Johan, jy moet weet Gertjie is my eerste verbintenis met Uitzicht."

Die mans groet, Johan stap terug na die ou huis en Gert ry terug Driefontein toe.

Hoofstuk 9: Blommemeisie

Dinsdagmôre breek aan en Zep is weer eerste wakker. Hy is nou al so slim, hy spring teen die bed op en maak vir Gert wakker.

"Jou klein twak, wil jy al weer uit buite toe?"

Gert trek gou aan, in die kombuis maak sy ma koffie en die geur hang al in die gang.

"Môre Ma."

"Môre Boetie."

Zep is by die agterdeur uit, hy jaag die rooi haan 'n entjie weg. Dis 'n ou speletjie van hom.

"Hoe gaan dit vanmôre met Pa?"

"Dit gaan beter, hy het goed geslaap. Ek het gister baie groot geskrik. Toe Jantjie met hom hier aankom, was hy doodsbleek. Jantjie het gehelp dat hy in die bed kom en hy het daar by hom gesit terwyl ek dokter Venter bel. Dokter het dadelik gekom. Ek dank die Here dat jou pa soveel beter is, maar Boetie ons moet hom maar stil hou. Ek wens ons kon 'n betroubare man kry om jou met Uitzicht te help. Die twee plase is groot en een van die dae moet ons begin met die vrugte: Pluk, verpak en dan die vervoer mark toe."

"Ma weet ek het gevra van tant Maria se suster se seun. Ek wens ek kan hom opspoor, miskien stel hy belang om te boer."

"Boetie, dit sal wonderlik wees. Dis tant Maria se enigste familie. Hoe sal ons maak om hom op te spoor?"

Gert dink 'n bietjie en dan sê hy: "Ma sê sy naam is Martin, weet ma wat sy van is?"

Stories uit die Riemland

"Ja, Brown. Sy oupa was van Skotse afkoms. Hulle het vir 'n paar jaar elke winter kom kuier, maar later het hy en Alet alleen gekom. Haar man het ver gewerk en kon nie saamkom nie."

"Ek kan nog vaagweg onthou van die tante en seun, maar ek was nog klein."

"Boetie vra vir Riek Mulder. As daar een mens is wat hom sal opspoor is dit Riek."

Tant Emmie skink drie bekers koffie.

"Kom ons gaan drink ons koffie saam met Pa."

Gert klop twee kloppies en gaan in. Oom Willem sit gemaklik teen 'n paar kussings wat tant Emmie agter sy rug gepak het.

"Môre Pa, ek kan sien dit gaan baie beter met pa vanoggend."

"Ja, Gertman. Jammer ek het julle gister so laat skrik, maar ek voel nou beter. Dankie Emmie, die koffie gaan lekker smaak."

Gert vertel vir sy pa van klein Gertjie wat so siek was dat hulle amper gedink het dit is hartwater.

"Ek het van ons entstof gebruik en vir Gertjie ingespuit. Sy was gisteraand al baie beter."

"Gertman, kyk by die telefoon, daar is die nommers vir Onderstepoort. Skakel hulle en bestel nog entstof: Tien vir stywe siekte en vir jou ma se hoenderkuikens ook entstof teen hoenderpokkies. Julle moet dipstof aanmaak. Laat die beeste deur die drukgang uitgaan nadat hulle almal goed bespuit is. Kyk veral onder die voor- en agterbene en ore. dis daar waar die bosluise vasbyt en die diere besmet."

"Goed Pa, ek sal sommer vanoggend daarmee begin, moet Pa nie verder bekommer nie. Jantjie en April weet waar alles is, hulle sal my help. Ma moet die nuwe Landbouweekblad wat ek gister gebring het vir Pa gee om te lees." Tant Emmie vat die drie leë koffie bekers en gaan kombuis toe om met die ontbyt te begin. Sy bring eers Willem se leesbril en die Landbouweekblad.

"Lekker lees my man, moet jou oor niks bekommer nie, ons is baie lief vir jou."

Gert groet sy pa en stap kombuis toe.

"Ma ek gaan eers alles op die twee plase aan die gang sit, dan gaan ek dorp toe om Riek te vra om met die opsporing te begin, maar moet asseblief nie nou al vir Pa daarvan sê nie, eers as ons Martin gekry het sal ons vir Pa vertel."

Gert ry Uitzicht toe en kry Koos by die kraal.

"Môre meneer Gert, onse klein Gertjie is baie beter, sal ons vir Blom en Gertjie weer in die kampie sit?"

"Ja, Koos, laat hulle vandag nog bietjie rus. Laat Andries en Elias met 'n span werkers die boord deurgaan en die bossies wat opgekom het, uitkap voor dit begin saad maak. Martiens moet vir Tallie vat en die gras om die twee huise van Uitzicht kort sny, die reëntjie het die gras laat groei."

"Reg meneer Gert, ek maak so."

"Koos daar is nog iets, onthou jy oumies se suster Alet?"

"Ja, meneer Gert, hulle het lankal se tyd elke wintervakansie hier kom kuier, sy en klein Martin."

"Weet jy dalk waar het hulle gebly daardie jare?"

"In Kimberley meneer, maar sy is lankal oorlede, haar man ook. Martin het nog nie kom kuier na sy ma se dood nie."

"Dankie, Koos, ek sien julle weer later."

Op Driefontein laat Gert ook die boorde skoonmaak. Jantjie stuur die spanne uit en dit help Gert baie. Hy eet gou ontbyt en gaan dan reguit na Riek toe, want hulle moet probeer om Martin op te spoor. By Riek se kantoor groet Rita vriendelik.

"Gert sal jy 'n paar minute sit, meneer Mulder is besig met 'n kliënt?"

"Seker Rita, ek hoor jy gaan ons binnekort verlaat om te gaan trou, baie geluk. Dis 'n gelukkige man wat jou kry, ken ons hom?"

"Dankie, Gert, dit is Wynand Malan van Rietkuil, hulle plaas is so veertig kilometer van Rietfontein af teen die rivier op."

"Miskien het ek hom al gesien, maar ek het hom nog nie ontmoet nie, hoop jy sal baie gelukkig wees."

"Dankie, Gert, maar in my plek kom die mooiste blonde meisie met pragtige blou oë, sy is ook baie vriendelik, moenie jou kanse verspeel nie hoor."

"Ek ken haar, sy is alles wat jy gesê het. Haar broer bly nou op Uitzicht in die ou huis en hy het 'n houtwerkbesigheid begin. Daar is pragtige antieke meubels as jy van ou meubels hou."

"Regtig? Ek is baie lief vir ou Kaapse meubels, ek sal vir Wynand daarvan sê dan kan ons gaan kyk."

Riek se deur gaan oop.

"Totsiens oom Hendrik, ek sal oom laat weet. Môre Gert, hoe gaan dit met julle, ek het gehoor jou pa het 'n ligte hartaanval gehad?"

"Ja, Riek, maar dit gaan vanoggend baie beter, ons het groot geskrik. Dokter Venter was gelukkig gou daar en die inspuiting het dadelik gewerk."

Hulle stap in en Riek maak die deur toe.

"Sit Gert, waarmee kan ek help?"

"Riek ons het jou hulp nodig om tant Maria se suster se seun op te spoor. Hy is so 'n paar jaar ouer as ek. Dit sal seker vir jou vreemd wees, maar ek het hulp op die twee plase nodig. My pa moet hom nou stil gedra, so as ek vir Martin kan opspoor en hy is gewillig om my te kom help sal dit baie goed wees."

"Wel, wat weet jy van hom? Gee vir my die besonderhede."

Stories uit die Riemland

"Sy naam is Martin Brown en hulle het jare gelede op Kimberley gebly. Sy pa was net twee keer saam met hulle op Uitzicht. Later het net hy en tant Alet elke wintervakansie kom kuier."

"Jy weet Gert, dit sal baie help as jy hulle adres van destyds kan kry. Gaan kyk in tant Maria se laaie of daar nie dalk 'n brief of iets is nie."

"Goed Riek, môre kom oom At Fourie Uitzicht toe dan gaan ons deur tant Maria se dokumente. Hy sal my touwys maak oor wat alles gedoen en gebêre moet word, miskien kry ons iets wat jou sal kan help. Gelukkig was oom At tant Maria se boekhouer, so dit help my baie."

"Goed Gert, ek sal die bal aan die rol sit, laat weet my as jy môre iets raakloop."

"Ek maak so, totsiens Riek, totsiens Rita."

Gert gaan gou by die poskantoor aan vir die twee plase se pos. Sy ontslagdokumente het gekom en hy is weer baie bly die oorlog is verby. By die huis gaan groet hy sy ouers. Hulle gesels oor Johan se houtwerk, want daar was vroeër die dag 'n man wat meubels wil laat maak dus kan Johan nou volstoom begin werk.

Na middagete loop Gert deur die boorde. 'n Groot deel is skoongemaak, die bossies is op hope gegooi en hulle sal dit later uitry. Hy ry Uitzicht toe en kry almal hard aan die werk. Gertjie staan by haar ma en sy lyk baie beter, dis 'n geluk dat oom Piet vir hom entstof gehad het. Daarvandaan ry Gert Kromdraai toe, Helena sit saam met haar ouers op die stoep en koffie drink. Gert draf die trappies op.

"Is dit hoe daar op Kromdraai geboer word?" skerts hy.

"Kom nader ou grootmond, jou bakkie is meer op die dorp as op Driefontein," terg Helena.

"Dis vir sake ou kinta. Oom Piet, baie dankie vir die entstof, my kalf is baie beter, sy drink al weer aan haar ma. Ek het vanoggend entstof bestel van Onderstepoort af en ek sal oom s'n bring sodra dit hier is."

"Ek is bly dat ek jou kon help Gert, dis 'n groot verlies as mens 'n kalf verloor. Ons is bly dat jou pa beter is, hy is nie meer jonk nie en jy sal nou maar die meeste van die werk moet doen."

Helena staan op.

"Kom meneer met die groot mond, kom kyk hoe boer ons op Kromdraai."

Hulle stap laggend na die kweekhuis.

"Wat sê jy hiervan Grootmond?" Helena stap met die gange af, die rose is pragtig. Gert verstom hom aan die lang stele en pragtige kleure.

"Jy ken van rose Leentjie. Rose is pragtig maar wat van angeliere?"

"Ja, ek het al oorweeg om 'n kweekhuis met angeliere te vestig, want daar is 'n groot mark daarvoor en krisante is ook baie in aanvraag. Ek sal bietjie dink voor ek nog kweekhuises bou, ek wil my nie doodwerk nie – net besig bly, want ek wil bietjie ontspanning ook hê."

"Jy praat die waarheid, kom ons begin by die ontspanning. Wat van 'n ete en dan 'n fliek vir Saterdagaand?"

"Gert dit klink lekker, maar ons dorpie is bietjie beperk, kom ons maak 'n paar vriende bymekaar dan ry ons vir die naweek dam toe, daar is lekker vermaak."

"Leentjie, dit sal bietjie moet wag. Dit klink heerlik, maar ek wil nie so ver gaan voor my pa nie gesond is nie, maar ek hou jou by daardie plan."

"Wel, Gert, kom ons gaan speel Saterdagmiddag tennis. Ons neem Johan saam, hy kan ook doen met bietjie plesier. Na tennis dan gaan drink ons koeldrank by die Hoekkafee."

"Dis in die haak Leentjie, ek sal met Johan reël."

"Wanneer kom Marinda huis toe?"

"Johan het gisteraand vir my gesê sy ouers gaan haar volgende week haal."

Gelukkig het tant Emmie onthou van dominee De Jager se huisbesoek die middag. Sara het klaar die beskuit gebak en die gestopte skaapboud is in die oond. Oom Willem voel soveel beter dat hy op die stoep gaan sit het. Tant Emmie bring 'n beker lemoensap met ys en skink vir hulle elkeen 'n glas vol. Rustig gesels hulle oor die inwoners van die dorp, want daar het 'n hele paar gebel om oom Willem beterskap toe te wens . Hulle sien dominee De Jager se motor by Driefontein se paadjie indraai. Zeppie blaf asof hy betaal word. Voor die stoep hou hy stil en hy en ouderling Swanepoel klim uit. Hulle lag te lekker vir die klein

71

worshondjie wat so blaf.

Tant Emmie nooi hulle in en dominee De Jager groet oom Willem met die hand.

"Hoe laat oom Willem ons so skrik, ek is dankbaar om te sien oom is beter."

Ouderling Swanepoel groet, hy is 'n lang skraal man met rooibruin krulhare.

"Willem jy moet gou gesond word, ons moet weer gaan visvang by die dam."

"Reg, nes ek beter is," sê oom Willem.

Dominee De Jager is nie self 'n plaasseun nie. Hy het altyd in die Karoo by sy oupa gekuier en gesien hoe droog dit daar word. Hy het hom altyd aan die rivier vol water verwonder en gewens hy kon vir sy Oupa daarvan gee.

"Julle is gelukkig, die boorde is pragtig groen, alles groei so mooi."

"Ja, Dominee, maar die Karoo het weer die pragtigste vygies en ander blomme as dit die keer reën. Julle skaapvleis is die lekkerste wat ek nog geëet het."

"Dis waar oom Willem, party jare is hulle gelukkig om heelwat reën te kry."

Dominee verneem na Gert.

"Nee, dominee, hy is op Uitzicht besig," sê tant Emmie.

Sara bring die teetrollie met tee, koffie en lemoensap. Tant Emmie skink vir elkeen wat hy wil drink. Daar is warm vleispasteitjies en almal geniet dit. Tant Emmie sit die leë koppies op die waentjie.

Dominee De Jager lees 'n stukkie uit die Bybel dan bid hy vir die gesin, hy loof die Here dat oom Willem weer beter is. Hy dra ook vir tant Emmie en Gert aan die Here op. Dominee de Jager staan op om te gaan. Tant Emmie vra hy moet bietjie sit, sy het iets wat hy moet saamneem. Die boud is in 'n erdebak toegebind en nog warm. Die beskuit is in 'n blik.

"Ek hoop dominee geniet die eetgoedjies."

"Baie dankie tant Emmie, julle bederf my altyd, ek is dankbaar en gaan dit verseker geniet."

Hulle groet en vertrek terug dorp toe.

Gert kuier lekker by die Beukes-gesin op Kromdraai. Hy het vergeet van dominee De Jager se besoek die middag en kom eers sononder weer op Driefontein aan. Sy pa is terug bed toe en sy ma is met aandete besig. Gert kom by die agterdeur in.

"Naand Ma, gaan dit goed met Pa?"

"Ja, my kind, hy het bietjie op die stoep gekuier terwyl dominee De Jager huisbesoek gedoen het."

"Hemel Ma, ek het skoon vergeet van sy besoek vanmiddag. Het hy

Gees van die Labrador

na my gevra?"

"Ja, ons het gesê jy werk op Uitzicht."

"Ag, dankie Ma, my kop is te vol van baie dinge. Ek was vanmiddag op Kromdraai om na Helena se kweekhuis te kyk. Sy kweek regtig pragtige rose. Almal stuur groete en beterskap vir Pa. Oom Piet en tant Grieta kom môremiddag kuier."

Gert gaan groet sy pa in die kamer.

"Hoe voel Pa vanaand?"

"Heel goed Gertman, die medisyne van dokter Venter het my gou gehelp en met die genade van Bo sal ek weer gesond word."

Tant Emmie bring vir oom Willem lekker groentesop en hy eet die bakkie leeg.

"Dankie Emmie, dit was lekker, maar môreaand wil ek saggekookte rugstring met groente hê asseblief."

"Goed my man, ek sien jy is al baie beter, jy sal dit kry."

Na ete gaan drink tant Emmie en Gert hulle koffie by oom Willem in die kamer. Gert vertel vir sy pa dat hy die middag op Kromdraai was om na Helena se kweekhuis te kyk.

"Dis mooi Gert, nou kom jy reg. Jy moet haar gaan haal om hier by ons te kom kuier."

"Ek sal so maak Pa. Nag Pa, nag Ma, julle moet lekker slaap."

Hoofstuk 10: Erfgenaam

Woensdagoggend is Zeppie weer eerste wakker. Gert trek sy ore.

"Jy is 'n goeie wekker, kom ons gaan soek koffie in die kombuis."

Tant Emmie skink drie bekers koffie in die kombuis en vir Zep 'n bakkie melk wat hy gulsig oplek.

"Bring die koffie Boetie dan drink ons sommer by Pa."

"Môre Pa, die koffie gaan pa heeltemal gesond maak."

"Môre Gertman, ja, jou ma weet hoe om koffie te maak, jy sal haar resep moet afskryf sodat jou vroutjie ook eendag vir julle sulke lekker koffie kan maak."

"Dankie, julle twee vleiers, is daar iets spesiaals wat julle vir ontbyt wil hê?"

"Ja, Emmie ek is lus vir hawermoutpap met suiker en koue melk."

"Goed my man ek gaan dit vir jou maak en jy Gert, wat is jou bestelling?"

"Dieselfde vir my, dankie Ma."

"Pa, oom At Fourie kom vanoggend Uitzicht toe om my touwys te maak met die plaas se boekhoustelsel."

"Dis goed Gertman, hy is regtig baie betroubaar en sekuur. In al die jare wat hy my boeke afsluit was daar nog nooit fout nie."

Gert staan op. "Sien Pa later."

In die kombuis groet hy sy ma en ry na die boord op Driefontein. Almal is aan die werk. Hy gaan by die melkery aan, hulle het amper klaar gemelk.

"Jantjie ek gaan Uitzicht toe, kyk dat alles reg gaan hier."

"Reg meneer Gert."

Op Uitzicht is almal aan die gang, die boorde is amper deurgewerk.

Stories uit die Riemland

Koos kom groet: "Hoe gaan dit met meneer Willem meneer Gert?"

"Dit gaan baie beter dankie Koos."

"Meneer Gert, Blom en Gertjie is nou in die groot kamp, ek sal 'n ogie hou."

"Koos, Uitzicht se beeste moet vir bosluise gedip word. Na die reën het hulle uitgebroei, het julle dipstof?"

"Meneer Gert, net 'n bietjie, dit het maar moeilik gegaan hier op Uitzicht. Ek is bly Meneer is nou hier."

"Koos, maak 'n lys van alles wat julle nodig het, ek sal vanmiddag die nodige by die Koöperasie gaan koop. Ek werk vanoggend in die oumies se studeerkamer as julle na my soek. Meneer At Fourie kom my help om Uitzicht se boeke reg te kry."

"Reg Meneer."

Gert sluit Uitzicht se huis oop. Hy maak die deure en vensters oop sodat die vars lug kan deurwaai. Hy is nog besig toe At Fourie aanklop.

"Môre oom At, dankie dat oom gekom het. Ek was nog nie in die studeerkamer nie, kom stap voor."

At kry Gert jammer. Hy maak die deur oop, trek die gordyne weg en skuif die vensters oop. Op die lessenaar staan 'n foto van oom Stefaans, tant Maria en Jan toe hy ongeveer so agtien jaar oud was. At neem die foto, sit dit in 'n laai en maak die laai toe.

"Gert ek weet dis vir jou moeilik, maar die Here gee mens krag om oor die teenslae van die lewe te kom, jy sal met tyd berusting vind."

Die studeerkamer is nie vir At vreemd nie, want hy het dikwels die state daar kom doen. Hy wys vir Gert waar alles gebêre word, asook die lêer met die ontvanger se opgawes.

"Oom At, kan ons kyk of hier dalk 'n brief is van tant Maria se suster. Ons wil graag haar seun Martin opspoor. Ek wil hom vra of hy my nie wil kom help op Uitzicht nie."

"Dis 'n wonderlike plan, hy was jare gelede elke wintervakansie op Uitzicht saam met sy ma om by tant Maria te kuier."

"Ek het vir Riek gevra om hom te probeer opspoor. Weet oom At wat dalk kan help? Ek sal bly wees as ons hom kan kry."

"Gertman ek sal kyk wat ek kan doen."

Hulle gaan deur die laaie van die lessenaar. In die onderste laai is foto's en briewe wat Alet vir haar suster gestuur het. Die adres is ongelukkig 'n posbusnommer in Kimberley. Die foto's is van Martin toe hy so drie, vyf en sewe jaar oud was. Hy was 'n lang skraal seuntjie met ligrooi hare – 'n mooi kind. Hulle soek maar dit is net die een laai wat foto's en briewe het.

"Baie dankie oom At. Stuur jou rekening, ek sal in die toekoms van Oom se dienste gebruik maak."

Gees van die Labrador

Gert maak die venster weer toe en trek die gordyne dig. Hulle trek die deur agter hulle toe. Oom At groet en ry terug dorp toe. In sy gedagtes verwonder hy hom aan die onbaatsugtige karaktertrek wat Gert openbaar. Baie ander mans sou inhalig alles ingepalm het, maar hy glo dat Gert Uitzicht aan Martin gaan gee … as hulle hom kan opspoor.

Intussen het Riek advertensies in verskeie tydskrifte en in die Landbouweekblad geplaas. Hulle hoop maar dat hulle hom so sal opspoor.

Johan is besig om die outydse koperhandvatsels wat hy al jare in sy voorraadkas het, die lessenaar se laaie te sit. Dit lyk perfek. Gert streel met sy hand oor die pragtige tambotiehout lessenaar.

"Johan ek is seker Helena gaan die lessenaar nie ken nie, jy is sowaar 'n kunstenaar met hout."

"Dankie, Gert, ek geniet dit om met hout te werk, ek gaan haar bel en sê sy moet gou kom kyk."

Johan kry haar in die hande en sy sê sy kom dadelik. Hy rond gou die werk af en vryf die lessenaar mooi blink. Mina bring 'n skinkbord met koffie en 'n beker lemoensap.

"Meneer, julle is seker baie dors."

"Dankie, Mina dit gaan lekker smaak."

Helena hou voor die stoep stil.

"Môre julle twee gawe manne, wat wil julle vir my wys?"

Sy steek vas en kyk na die lessenaar.

"Is dit my oupa se lessenaar?"

"Ja, Leentjie, Johan het dit nuut getoor."

"Dis ongelooflik, baie dankie Johan, my ouers sal dit nie herken nie."

Sy vryf oor die spieëlgladde blad.

"Die handvatsels is seker vyftig jaar oud, waar kry jy dit Johan?"

"Ek was by 'n veilig waar ou meubels en verskeie soorte handvatsels opgeveil is. Ek het die hele bondel, soos hulle dit noem, gekoop. Dit was eers by die huis toe ek alles deur gegaan het, dat ek besef het dit was 'n ongelooflike winskoop. Ek het van die mooistes gebêre en geweet eendag gaan ek dit gebruik en vandag het ek hierdie handvatsels tot hulle reg laat kom. Ek is bly jy hou van jou oupa se lessenaar soos dit nou lyk."

"Johan dis pragtig, ek sal dit nie weer na my kantoor by die kweekhuis neem nie, dis te waardevol. Dit is 'n erfstuk vir die nageslag."

"Ja, dit sal na ons oudste seun gaan."

Gert glimlag vir haar.

"Genade, maar jy is voor op die wa Gert. Jy weet van my pa se haelgeweer? So meneertjie, wees op jou hoede."

Johan lag vir die twee se geskerts.

"Is dit reg as ek dit vanmiddag vir jou bring?"

"Ja, dankie Johan, ek gaan gou plek maak vir die pragstuk."

Sy groet en ry gou terug Kromdraai toe.

"Wel, Johan, baie geluk met jou werk, jy sal nog baie besig raak, nuus versprei vinnig en hier in die kontrei is daar baie ou meubels. Waarmee gaan jy nou begin?"

"Met tant Maria se hemelbed – my hande jeuk om dit mooi nuut te maak."

"Johan onthou van Saterdagmiddag se tennis, ek sal jou kom oplaai. Totsiens, lekker werk."

Gert ry huis toe. Voor die deur staan oom Nicolaas se motor en hulle sit op die stoep en tee drink saam met sy ouers.

"Goeiemiddag oom Nic en tant Hettie, gaan dit goed met julle?"

"Ja, dankie Gert, ons is ingeburger en alles het nou 'n plek. Ons het nou net jou ouers genooi om Sondag na kerk by ons te kom kuier, jy is ook baie welkom."

"Dankie, dit sal lekker wees. Ek kom nou van Johan af, hy het 'n ou lessenaar van Helena se oupa in 'n pragstuk omskep. Dis die eerste keer dat ek 'n tambotie meubelstuk sien en dit ruik."

"Ek het julle mos gesê, julle sal nog verstom staan oor wat uit daardie kind se hande kom. Hy was van kleins af lief vir houtwerk en Nic het hom gehelp om speelgoed van hout te maak."

Oom Willem sê: "Julle moet kom kyk hoe pragtig het hy Emmie se wakis herstel, daardie seun gaan nog geskiedenis maak op Rietfontein."

Gert het foto's en een brief van tant Alet in sy bakkie gesit. hy wil dit vir Riek gaan wys.

"Sal julle mense my asseblief verskoon? Pa ek gaan koöperasie toe om 'n paar goed vir Uitzicht te koop, kan Pa dalk dink aan iets wat ons nodig het?"

"Gertman, ry skuur toe. Sê Jantjie moet saam met jou deur ons rakke gaan. As daar iets kortkom, koop dit gerus."

"Ek maak so Pa. Totsiens almal."

By die koöperasie word Gert vriendelik gehelp met alles wat hy nodig het.

Riek is dadelik beskikbaar toe Gert daar aankom en hy wys vir hom die foto's en brief.

"Dis baie jammer dat dit 'n posbusnommer is, die poskantoor help nie graag om mense se besonderhede te verstrek nie."

"Ja, Gert, mens kan dit half verstaan. Kom ons kyk maar wat gebeur gedurende die volgende paar weke. Van die advertensies het al verskyn. Ons hoop op die beste."

"Totsiens Riek."

"Totsiens Gert, groete vir jou ouers."

Op Uitzicht word Koos se bestelling in die stoorkamer gepak.

Gees van die Labrador

"Koos, nou kan julle môre vroeg die beeste dip, ek sal 'n draai kom maak."

Oom Nic se motor staan by die ou huis, hulle het gou vir Johan kom groet. Hulle is baie trots op hulle seun.

Gert ry na Driefontein se skuur toe. Jantjie en April laai die voorraad af wat hy by die koöperasie gekoop het en pak dit netjies in die rakke. Gert maak 'n draai by die boorde. Die vruggies begin mooi word. Dis nog so twee weke dan kan hulle die eerste perskes begin pluk.

Terug op die werf loop hy en Zeppie melkery toe. Die hondjie is in die wolke dat sy basie hom saamgeneem het. Hy leer hom om nie vir die koeie te blaf nie en hy sit soet by Gert se voete – hy is lus om Gert se skoenveter te trek, maar hou hom in.

Tydens aandete vertel oom Willem dat oom Piet en tant Grieta die middag kom kuier het. Hulle was verstom oor hoe mooi die lessenaar lyk wat Helena laat regmaak het. Johan word goed aangeprys. Die tyd vlieg met 'n spoed verby, elke dag is daar werk wat gedoen moet word.

Hoofstuk 11: Vriende

Saterdag is 'n heerlike sonnige dag. Gert kry alles agtermekaar sodat hy en Johan vir Helena kan gaan haal vir tennis die middag. Die entstof het die vorige middag per geregistreerde pos by die poskantoor aangekom. Lalie wat al jare in die poskantoor werk, het vir Gert gebel om dit gou te gaan haal. Hy neem vir oom Piet twee dosisse entstof saam Kromdraai toe. Helena is in haar kort tennisrokkie besig om saam met haar ouers koeldrank te drink toe die twee mans daar aankom.

Gert buig verspot voor haar: "Tot u diens, skone dame."

Hulle groet haar ouers.

"Hoe gaan dit vandag met jou pa?"

"Baie beter dankie oom Piet, hy wil net uit om te werk. My ma moet net mooi praat."

"Kan ek iets vir julle ingooi om te drink?" Helena kyk die mans vraend aan.

"Nee, dankie Leentjie, ons het koeldrank gedrink voor ons op Driefontein weg is."

Die twee mans lyk koel in die wit kortbroeke en -hemde.

"Nou laat ons dan weg wees."

Helena vat haar handsak en tennisraket en spring ligvoets die trappe af. Hulle groet die ouerpaar wat op die stoep agterbly.

"Geniet die middag!" roep tant Grieta agterna.

Gert maak die voorste deur van die motor vir haar oop en sy klim in. "Dankie, Gertman."

Johan klim agter in. Hy verkyk hom aan die pragtige meisie met haar blink bruin hare en laggende oë. By die tennisklub is daar al 'n hele paar mense. Hulle sit onder die koel grasdak op stoele met vrolike bont kussings op. Buite is daar groot skadubome waar die motors parkeer. Susie en Wikus stap hulle tegemoet.

"Ek is baie bly dat julle kon kom, kom ons gaan stel julle aan die ander voor."

Helena is 'n ou bekende en met grappige aanmerkings word Gert en Johan aan almal voorgestel. Dis 'n vrolike span jongmense. Die besonderhede van die gemengde dubbelspel word op die swartbord geskryf, asook wanneer dit elke paartjie se beurt is. Susie en Johan, Gert en Rienie van Wyk, Wikus en Helena en Lalie en Pieter is saam geloot. Hulle slaan ook eerste af op baan een, op baan twee speel van die hoërskool kinders.

Sommer met die eerste paar houe sê Gert vir Johan: "My vriend, ek weet nie of ons 'n kans teen enige van daardie twee gaan hê nie.. Ek het driejaar laas tennis gespeel."

Johan stem saam: "Ons sal maar ons beste probeer, ons dames sal die wa deur die drif moet trek"

Die groepie wat nie speel nie hou die spel op die bane dop. Helena is rats en Wikus moet spring om by te bly. Lalie en Pieter is gewoond om saam te speel en hulle spel is genotvol om na te kyk. Helena se spel gee die deurslag en sy en Wikus wen na 'n harde stryd. Lalie en Pieter wens hulle geluk, maar dreig om hulle volgende keer op te dreun. Helena lag en draf onder die grasdak in waar sy in 'n stoel neerval. Nou sal iets koud om te drink darem welkom wees. Wikus bring vir hulle twee botteltjies koeldrank en hulle geniet die koue voggies.

Susie en Johan stap op die baan met Gert en Rienie wat teenoor hulle plekke inneem. Gert hoop maar Johan en Susie is hulle genadig en maak nie 'n gek van hom nie, die spel begin. Gert is bietjie uit oefening, maar kom na 'n rukkie reg. Rienie het gehoor toe hy vir Johan gesê het dat hy

Gees van die Labrador

driejaar laas gespeel het. Sy is rats voor by die net en Gert is baie bly hy het Rienie vir 'n maat gekry.

Susie en Johan speel lekker saam. Johan se rughandhoue is baie goed en hy laat Gert goed rondhardloop. Dis 'n gemaklike spel tussen twee spanne wat goed opweeg teen mekaar. Die telling bly ook baie gelyk. Die deurslag kom toe Rienie die ander twee onkant betrap met 'n kort kaphoutjie oor die net. Johan wens hulle geluk, stap af en gaan kry vir hulle koeldrank. Daar heers 'n gemoedelike atmosfeer en nou word heelwat opmerkings gemaak oor hoe Helena en Wikus die vloer gaan vryf met Gert en Rienie.

Gert kyk na Johan en sê: "Ek dink Jy en Rienie moet daardie twee aanvat, dit lyk of jy goeie tennis kan speel, waar en wanneer het jy dit geleer?" Johan glimlag. "Ag, op skool was ek nie te vrot nie, maar moenie nou jou moeilikheid myne maak nie, Rienie sal jou beskerm teen Helena." Rienie glimlag skaam, maar kan nie wag om weer saam met Gert te speel nie, al word hulle ook as vloerlappe gebruik, gee sy nie om nie.

Susie en Johan het weer baie lekker saam gespeel en net-net teen Lalie en Pieter verloor. Dit was duidelik dat Johan se spel vinnig begin verbeter en dat hy en Susie nog 'n gedugte span kan vorm. Kort hierna is Helena en Wikus sommer vinnig op die baan en slaan die bal liggies tussen mekaar rond terwyl hulle wag vir Rienie en Gert. Die spel is 'n bietjie eensydig en as dit nie vir Rienie se verassende houe oor die net was nie sou Gert-hulle die vloerlappe gewees het. Helena prys vir Rienie en bied aan om haar bietjie te help met haar tennis. Al het hulle verloor is Gert baie trots op Rienie en sy glimlag van oor-tot-oor.

Die middag vlieg om en daar heers 'n lekker gees onder die jongmense. Helena vertel vir almal van die naweek wat hulle beplan om dam toe te gaan.

"Daar is rondawels wat vier mense kan akkommodeer. Wie van julle wil saamgaan?"

Party het reeds afsprake vir die naweek en uiteindelik is dit Gert, Johan en Wikus, Helena, Suzie, Rienie en dalk Marinda wat wil gaan. Hulle sal later finaal besluit. Na tennis besluit die wat nie alreeds afsprake het nie, om by die Hoekkafee melkskommels te gaan drink.

Die Hoekkafee is die jongmense se bymekaarkomplek. Dis 'n ruim vertrek op die hoek met groot stoepe waar tafeltjies met stoele rondstaan. Die stoepe het pragtige palms, varings en ander potplante. Dit is gesellig, want die plante is so geplaas dat daar privaat hoekies is waar die mense lekker kan gesels. Die twee susters Hermien Els en Kitty Smith is albei weduwees. Nadat hulle mans oorlede is, het hulle die kafee gekoop en die stoepe laat aanbou. Dit is 'n rustige, dog vrolike plek en die ligte musiek op die agtergrond maak dit baie gewild by die jongmense.

Stories uit die Riemland

"Jammer, dat ek julle nou moet verlaat, ek moet gaan toesig hou by die melkery. Johan, jy en Helena kan nog kuier, ek sal julle oor 'n uur weer kom haal."

Johan sê: "Gert ek weet nie van Helena nie maar ek het boekwerk wat ek moet gaan doen."

Wikus en Susie bied aan om Helena later terug te neem huis toe.

Gert en Johan groet en ry Driefontein toe.

Op pad plaas toe vra Gert: "Johan moet jy dadelik met jou boekwerk begin?"

"Nie noodwendig nie, ek kan dit later ook doen."

"Nou kom saam, ons gaan by die melkery 'n ogie hou, dan kuier jy 'n bietjie by ons voor ek jou terugneem Uitzicht toe."

"Dankie, Gert, dit sal gaaf wees."

Tant Emmie het die twee vriende gesien verbyry melkery toe en sy dek nog 'n plek vir Johan. By die melkery is Jantjie en Flip amper klaar. Gert kyk dat alles reg en gebêre is, dan ry hulle huis toe.

Oom Willem en tant Emmie sit op die stoep.

"Het julle die tennis geniet?"

"Ja dankie, dis 'n gawe groepie jongmense. Ons is altwee uit oefening, maar dit sal nog regkom."

"Johan jy is welkom om saam met ons te eet, ek het vir jou 'n plek gedek."

"Dankie, tant Emmie, dit sal lekker wees. Ek het Mina die naweek af gegee, want môre gaan ons mos by my ouers eet."

"Ja, ek is al nuuskierig om te sien wat hulle met die huis gedoen het. Ek het 'n paar plante vir jou ma oorgeplant. Gert sal dit in volgende week met die bakkie neem. Die kos is gereed, julle kan kom aansit."

"Ons was net gou hande Ma, ons is nou daar."

Tant Emmie het 'n groot hoenderpastei gebak wat sy met gemengde groente voorsit. Die manne is honger en hulle lê weg aan die heerlike kos. Na ete gaan sit hulle weer op die stoep om koffie te drink. Oom Willem prys Johan met die houtwerk wat hy gedoen het.

"Jy sal bekend word, dan sal jy 'n goeie lewe kan maak."

"Waarmee is jy nou besig?"

"Ek het tant Maria se hemelbed en die kas afgeskuur. Die laaste laag politoer is opgesit en dit moet nou nog net mooi blink gepoets word ."

Gert onthou van Rita Botha wat miskien sal belang stel.

"Johan ek sal Maandagoggend vir Rita wat by Riek werk, bel en sê hulle moet kom kyk, dalk het jy 'n koper vir 'n hele paar meubelstukke."

"Dankie, Gert, ek sal bly wees. Het jy dalk vir my die adres van die Landbouweekblad? Ek wil 'n advertensie plaas vir my meubels en ook vra of daar mense is wat meubels het om te verkoop."

Gees van die Labrador

Gert gaan haal 'n Landbouweekblad en gee dit vir Johan.

"Jy sal al die besonderhede hierin kry."

Oom Willem staan op.

"Sal julle my verskoon? Ek wil in die bed kom, nag julle almal."

"Nag oom. Gert, ek wil ook maar huis kry. Totsiens tant Emmie, dankie vir die heerlike kos."

Die twee mans klim in die bakkie en ry Uitzicht toe.

"Baie dankie Gert vir die tennis, dit was lekker om weer saam met jongmense te kuier. Lekker slaap, sien julle môre by my ouers."

"Nag Johan, dit was 'n plesier."

Sondagoggend is dit die gewone koffie en beskuit vir ontbyt. By die kerk groet almal oom Willem vriendelik. Almal is bly dat dit so goed gaan met hom. Gedurende die diens het dominee De Jager die Here gedank dat oom Willem gespaar is vir almal wat hom liefhet. Sy preek was interessant en boeiend. Hy is werklik 'n mens wat sy lidmate se wel en weë op die hart dra.

Oom Nic en tant Hettie nooi oom Willem en sy gesin oor na hulle toe. Daar aangekom is hulle verbaas oor al die veranderings wat aangebring is.

"Wêreld mense maar julle het julle huis pragtig gemaak!" sê tant Emmie.

"Hettie kon nie rus nadat sy julle lekker stoep gesien het nie. Ek moes Piet Nel, die bouer, kry om vir ons ook so 'n lekker stoep te bou.."

Die stoep is oor die hele lengte van die huis aangebou. Die een kant is toegebou met 'n vleisbraaiplek in en aan die voorkant is 'n groot venster ingebreek. Agter die braaiplek is leiklip teen die muur geplak en alkante daarvan is ruimte gelaat vir vuurmaakhout. Bo-op is 'n graniet werkoppervlakte., Hulle het ook 'n klein koelkassie en 'n wasbak met warm en koue water geïnstalleer.

Die braai area beslaan min of meer een derde van die stoep en die twee word geskei deur 'n hardekool stomp. Die takke is korter gesaag en daar hang potte met plante aan die takke – hulle het 'n regte bosveld atmosfeer daar geskep. Emmie is verstom oor hoe mooi hulle alles gemaak het.

Oom Willem vat aan sy ken.

"Nicolaas julle het alles baie mooi gemaak, ek is seker julle gaan dit geniet, maar as ek so na Emmie se gesig kyk, dink ek Piet Nel sal binnekort weer werk hê."

Nicolaas lag.

"Ja my vriend, die liefdes van ons lewens moet gelukkig gehou word."

Nadat hulle alles bekyk en bewonder het, gaan sit hulle gemaklik op die stoep. Hettie bring die teewaentjie met drinkgoed en southappies. Johan het eers op Uitzicht in gemaklike klere gaan verklee en kom die trappies opgestap.

"Goeiemôre oom Willem, tant Emmie en Gert, dis 'n lieflike dag."

Tant Hettie gee vir hom koffie en sit die southappies binne sy bereik.

"Dankie Ma, dit gaan lekker wees."

"So volgende naweek is julle dogter ook hier?" vra tant Emmie. "Ek hoop sy geniet die klein dorpie, hier is nie baie jongmense nie, daarom geniet hulle mekaar se geselskap."

Hettie maak verskoning en neem die teewaentjie kombuis toe. Emmie stap saam en pak die gebruikte koppies in die opwasbak. Dora, Hettie se huishulp was die koppies en pak dit weg.

Vir middagete het Hettie twee beessterte sag gekook met klein aartappeltjies en worteltjies, geelrys met rosyne, oondgebakte blomkool met kaassous en soet groenertjies met klein koekkluitjies.

Emmie sê: "Hettie jou kos lyk heerlik, jy het baie moeite gedoen, dankie."

Die groot tafel op die stoep is netjies gedek met 'n heldergroen tafeldoek en servette. Die wit eetstel lyk pragtig, daar is 'n plat bak met goudgeel kappertjies in die middel van die tafel. Emmie help Hettie met die slaai. In 'n mooi glasbeker is appelsap met ysblokkies en die bypassende glase op die tafel lyk deftig. Die kos word in opskepbakke geskep in die lou oond gesit om warm te bly. Dora was die gebruikte kastrolle en ruim op. Toe die twee dames terugkom stoep toe, is dit amper etenstyd.

"Willem is julle al honger genoeg vir daardie kos wat so lekker ruik?"

"Vir seker Nic, ons is gelukkig om sulke goeie lewensmaats te hê wat ons so bederf."

Hettie bring die waentjie met die opskepbakke.

"Julle kan maar kom aansit."

Nadat elkeen sy sitplek ingeneem het, neem hulle mekaar se hande. Nicolaas vra die seën, sê ook dankie dat die Here hulle na die pragtige dorpie gebring het en op so 'n wonderbaarlike wyse met die Van Tonder-gesin laat kennismaak het.."

Die opskepbakke word omgestuur. Die kos ruik en lyk baie lekker. Daar is 'n gesellige atmosfeer om die tafel.

Oom Willem sê: "My ma het altyd die ertjies soet gekook met koekkluitjies soos Hettie dit gemaak het, ek kon nooit genoeg kry nie."

Nic sê hy het dit die eerste keer by Hettie se ouers so geëet. Sy ma het dit gekook met bietjie botter, sout en peper en dit was ook lekker.

Gert kyk na Johan: "Ons sal seker ook eendag vertel hoe lekker ons moeders die kos gekook het."

Nic lag, "Julle sal eers meisies moet kry wat bereid is om met julle te trou."

"Ons werk daaraan oom Nic."

Gees van die Labrador

Die gebruikte borde word afgedra en die opskepbakke teruggeneem kombuis toe. Hettie het 'n outydse doekpoeding met brandewynsous gemaak. Sy laai dit met die nagereg bakkies op die waentjie en stoot dit stoep toe.

Oom Willem sê: "Hoekom het jy nie gesê dit is so 'n lekker nagereg nie, dan het ek minder kos geëet."

"Willem eet net 'n klein bietjie, ek sal vir julle 'n groot stuk met sous saamgee, dan kan jy dit later eet."

"Baie dankie Hettie ons gaan dit baie geniet."

Die outydse doekpoeding bring herinnering van toeka se dae terug, toe hulle nog klein was.

"Baie dankie vir die heerlike ete Nic en Hettie, dit was 'n groot bederf."

Die tafel word afgedek.

"Wie van julle is lus vir koffie?" vra tant Hettie.

"Nie nou nie, dankie Hettie, bietjie later asseblief."

Almal gaan sit weer gemaklik op die stoep. Emmie gaan kyk weer na die braaihoekie.

"Dis vir my te pragtig en gemaklik, alles is byderhand, jy sal nie omgee as ek bietjie met die oë steel nie Hettie?"

"Nee, Emmie, ek het eerste julle stoep nageboots, net bietjie verander."

"Hettie ek het vir jou plante oorgeplant ek sal dit in die week saam met Gert vir jou stuur."

"Baie dankie Emmie, kom ons stap bietjie in my tuin in wording, ek is seker jy kan vir my goeie idees gee."

Die dames stap in die tuin rond. Emmie is van groot hulp vir Hettie, want sy weet watter tipes plante in hulle wêreld mooi groei. Dit sal 'n rukkie neem om al die plante te vestig.

Die mans gesels oor die weerpatroon wat met die jare verander het. Die tyd stap aan en oom Willem vra of hulle verskoon kan word. Hulle het baie lekker gekuier, maar hy voel bietjie moeg.

"Wat van koffie voor julle ry?" vra oom Nic.

"Dankie Nic, anderdag kom ons weer kuier."

Hettie sê: "Nie anderdag nie maar die vierde Desember, dan verjaar Marinda – sy is dan twintig jaar oud. Die vleisbraaiplek sal daardie aand ingewy word en ons sal julle graag hier wil hê, onthou die datum Emmie."

"Ons sal graag kom."

Gert kyk vir oom Nic. "Ek sal vir julle 'n lam slag en opsaag, daar is 'n hele paar op Uitzicht wat lekker sal braai."

"Dis 'n wonderlike geskenk Gert, ek en my vrou sê baie dankie."

"'n Plesier oom Nic, nogmaals dankie vir alles, ons sien julle dan die vierde Desember."

Stories uit die Riemland

Hoofstuk 12: Martin Brown

Op Driefontein gaan Gert gou na die melkery kyk. Hy ry ook Uitzicht toe en daar is alles ook reg onder Koos se toesig.

"Dankie Koos, jy is 'n man op wie 'n mens kan staatmaak, totsiens sien julle môre."

Intussen het oom Willem gaan stort en in die bed geklim.

Die son lê laag op die horison en die wolke in die weste is pragtig karmosyn gekleur. Gert sit gemaklik op die stoep met Zeppie op sy skoot. Dan lig hy sy koppie en kyk na die rivier. Gert sien 'n rooi motor by Driefontein se paadjie indraai. Hy wonder wie dit is, want die motor is vir hom heeltemal onbekend. Zeppie blaf van die stoep af en Gert maak hom stil – hy kom traag op die kussing lê. Dis 'n skraal jong man met 'n bril wat uit die motor klim. Sy hare is ligbruin en hy kom stoep toe gestap. Gert ontmoet hom onder by die trappies.

"Goeienaand meneer , ek is Gert van Tonder."

"Aangename kennis Gert, ek hoor jy soek na my?"

Gert lyk verbaas. "Jy is Martin Brown? Tant Maria se suster Alet se seun?"

"Dis ek ja."

"Baie welkom op Driefontein, maar eintlik op Uitzicht."

"Kom ons gaan sit op die stoep, ons het baie om oor te gesels, maak jou tuis."

Hulle gaan sit en kyk na mekaar.

"Martin ek is baie bly dat jy hier is, maar sê vir my waar het jy gehoor ek soek jou?"

"Jy sal dit nie glo nie, dis die grootste toeval in my lewe. Ek woon in

Stories uit die Riemland

Braamfontein en werk in die poskantoor sedert ek van die oorlog af teruggekom het. Ken jy Braamfontein?"

"Nee, ek weet dit is 'n voorstad van Johannesburg, dis al, ek was nog nooit daar nie," sê Gert.

"Ek kon nie anders nie. Nadat ek uitgeklaar het uit die Weermag, moes ek werk soek om aan die lewe te bly. As ek so vasgedruk voel in my kamertjie koop ek die Landbouweekblad en kyk of daar nie 'n vakante betrekking is waarvoor ek kan aansoek doen nie. Ongeveer drie maande gelede het ek aansoek gedoen vir 'n pos as plaasbestuurder, maar my ondervinding van gemengde boerdery was te min, ek het nie die werk gekry nie.

"Vrydagmiddag na werk het ek vir my 'n paar goedjies gaan koop. By die tydskrifrak was daar onder andere 'n paar Landbouweekblaaie. Ek het vasgesteek asof iets vir my sê: 'Koop die Landbouweekblad,' en ek koop toe een. Ek het dadelik op my bed gaan lê en na die kolom vir vakante betrekkings gesoek. Die tweede advertensie was: *Soek na Martin Brown, het betrekking as plaasbestuurder*. Ek kon my oë nie glo nie, ek het dit weer gelees. Die kontaknommer was 'n meneer Riek Mulder. Ek het dadelik die nommer gaan skakel, maar daar was nie antwoord nie. Vrydagnag het ek nie 'n oog toe toegemaak nie.

"Agtuur Saterdagmôre het ek weer die nommer gaan skakel en meneer Mulder het geantwoord. Ek vertel hom toe wie ek is en vra of die advertensie in die Landbouweekblad regtig bestaan. Hy het gelag en gesê: 'Ja, ons soek na jou, weet jy iets van die plaas Uitzicht?' Toe antwoord ek: 'Ja, as kind het ek en my ma elke wintervakansie vir oom Stefaans en tant Maria gaan kuier.' Hy het vir my gevra wat my werksomstandighede is en wanneer die vroegste datum is wat julle my op Rietfontein kan verwag. My antwoord was: So gou as wat ek sake kan reël, bel ek jou.'

"Toevallig het daar drie dae tevore 'n jongman van Bloemfontein af die kamer langs my gehuur. Hy was op soek na werk. Hy het twee jaar in die poskantoor gewerk voordat hy by die Weermag aangesluit het. Hy het na die oorlog sy ontslag gekry. Ek kon my geluk nie glo nie. Ek vra hom toe of hy bewyse het dat hy in die poskantoor gewerk het. Hy het vir my sy dienssertifikaat gewys en ek het hom net daar opgelaai en poskantoor toe gery. Gelukkig was die posmeester, meneer Van Graan, in sy kantoor. Ek vertel hom toe my storie, wys hom die advertensie en smeek hom om my te laat gaan omdat dit my kans in die lewe is.

"Ek het hom ook aan die plaasvervanger, met meer diensjare as ek en wat dadelik Maandagoggend kon begin, voorgestel. Ek is seker meneer Van Graan het my jammer gekry. Hy bring dit toe onder my aandag dat as ek nie vier-en-twintig uur kennis gee nie, ek my maand se salaris en ook my bonus sou verloor. Ek het hom verseker dat ek seker is dat die nuwe lewe wat vir my wag, sal opmaak vir alles wat ek sou verloor."

"Martin, kom ek gaan jou aan my ouers voorstel. Hulle kan nog onthou toe julle by tant Maria gekuier het. Moenie sê wie jy is nie, kom ons kyk of hulle jou nog onthou."

Oom Willem sit in die bed met kussings agter sy rug en tant Emmie lees vir hom voor uit die nuutste Landbouweekblad. Gert klop oudergewoonte twee kloppies aan die oop kamerdeur en stap in. Oom Willem kyk vraend na Gert.

"Ken Pa miskien dié jongman?"

Tant Emmie kyk na Martin, sy glimlag vir hom.

Oom Willem sê: "Is jy nie Alet se seun Martin nie?"

"Ja oom Willem, dit is ek in lewende lywe."

"Nou toe, dit is jare sedert jy laas op Uitzicht was, welkom terug in ons wêreld."

Oom Willem kyk met vraagtekens in sy oë na Gert. Hy wonder of Martin weet dat al Uitzicht se mense nie meer leef nie.

Tant Emmie nooi: "Sit julle, ek gaan iets maak om te drink, wat sal jy drink Martin? Tee, koffie of lemoensap?"

"Tant Emmie ek sal graag koffie drink, ek onthou tannie het altyd die lekkerste koffie gemaak."

Gert staan op. "Ek sal vir ma die skinkbord dra."

In die kombuis vra tant Emmie vir Gert: "Dink jy Martin weet van Uitzicht se mense wat ons almal vooruit gegaan het?"

"Ek weet nie, hy het met Riek gepraat, ek gaan gou bel en kyk of ek Riek kry." Die sentrale lui Riek se nommer en hy antwoord.

"Riek dis Gert hier. Martin het sononder hier by ons van Johannesburg af aangekom. Het jy vir hom vertel dat Uitzicht se mense almal oorlede is?"

"Ja Gert, ek kon nie anders nie, ek moes hom vertel. Hy was baie geskok, so noem dit maar met groot omsigtigheid."

"Goed Riek, dankie vir jou aandeel, julle moet lekker slaap, sien jou môre."

Gert gaan kombuis toe. Sy ma het klaar koffie gemaak en hy vertel vir haar wat Riek gesê het. In die kamer skink tant Emmie die koffie in, daar is vleispasteitjies wat sy warm gemaak het. Sy vra vir Martin of hy liewer 'n kouevleis toebroodjie wil hê.

"Dankie tant Emmie die vleispasteitjies is heerlik."

Daar is 'n effense spanning tussen die Van Tonders. Hulle weet nie hoe om in die geselskap na die treurige gebeure te verwys nie. Nadat hulle klaar koffie gedrink het, sê oom Willem: "Martin dis vir ons baie hartseer om jou te vertel dat Uitzicht se mense ons vooruitgegaan het."

"Ja oom Willem, ek was baie geskok toe meneer Mulder dit vir my vertel het. Dis amper ongelooflik. Hy het nie uitgebrei nie, net gesê oom

Stories uit die Riemland

Willem-hulle sal vir my al die besonderhede gee."

Oom Willem vertel van Stefaans en Maria. Dis Gert se moeilike taak om die gebeure omtrent Jan daar in Egipte vir Martin te vertel. Daar is trane in almal se oë – dis onbegryplik hoekom dinge so gebeur het.

Gert kyk na Martin: "Ons het gehoop jy sal bereid wees om op Uitzicht te kom werk om my te help, want die twee plase het baie aandag nodig. Hoe lyk dit, sien jy kans om my te kom help?"

"Baie dankie, dis 'n gebed wat vir my beantwoord is, want die stad het my vasgedruk. Op Kimberley waar ek groot geword het, het ons op 'n plaas gebly. My pa was 'n boorman vir die regering en hy was baie weg van die huis af, maar ons het betroubare kleurlinge gehad wat die boerdery vir my pa aan die gang gehou het. Kortvakansies het ek en my ma vir hom gaan kuier. Hy het oral geboor: In die Kalahari, die hele Noordkaap, Boesmanland en eenkeer selfs op Hondeklipbaai. Ons het saam met hom in tente gebly. Hy het 'n kleurlingman en sy vrou gehad, asook twee enkellopende kleurlingmans wat met die boerdery gehelp het. Die vrou het sy klere gewas en gestryk en kosgemaak. Ons het die buitelewe geniet, veral daar by Hondeklipbaai, al was die see te koud om in te swem. Ons het heerlik op die strand gespeel.

"Die kleurling egpaar het 'n klein dogtertjie gehad, haar naam was Kyleh. My ma het haar saamgeneem as ons strand toe gegaan het. Sy het baie skerp ogies gehad. Elke mooi skulpie het sy eerste gesien, dit opgetel en vir 'Ouma' gebring. Sy het my ma *Ouma* genoem, en *Ouma* het baie lief geword vir die pragtige klein meisietjie. Sy was baie slim. Sy het vir haar ma gewys wat sy wou aantrek – ook watter skoene daarby pas. Sy het geskree as haar ma vir haar iets anders wou aantrek. Sy het nog 'n snaakse gewoontetjie gehad: As mens vir haar 'n koekie of lekkertjie gegee het wat sy nie geken het nie, het sy daaraan geruik en dit vir jou teruggegee as dit haar nie geval het nie.

"My ma was baie lief om vir die familie briewe te skryf. As Kyleh sien my ma skryf, dan het sy op die stoel regoor my ma geklim en gevra: 'Ouma pen?' Dan moes my ma vir haar 'n pen en papier gee. Sy sou dan krap en sê: 'Mamma, pappa, ouma, oupa', maar sy kon nie my naam uitspreek nie. Sy was maar tweejaar oud en as ons na die vakansie teruggaan huis toe, het sy my ma vasgeklou en gesê: 'Bly ouma bly." Sy het so gehuil dat haar ma haar van my ma af moes losskeur. Dan het Kyleh en my ma ewe hard gehuil. My ma het haar eenkeer 'n pop belowe as sy soet by haar ma sou bly.

"Ons het ook vir my pa gaan kuier toe hy in Boesmanland geboor het. Dit was in die Septembervakansie en die blomme was nog mooi. Die kleure en verskeidenheid van blomme en vetplantjies is onbeskryflik. Ons het ver in die veld geloop en Kyleh was altyd saam. Sy het arms vol blomme vir haar ma gepluk en saamgeneem kamp toe. Sy was toe al groter en kon al my naam sê en het nog baie ander woordjies bygeleer.

"Wintervakansies het ons by tant Maria-hulle kom kuier. Dit was altyd baie lekker. Ek het saam met oom Stefaans in die bakkie gery, die hele plaas vol.

"Desembermaande het my pa huis toe gekom. Dan het hy die boerdery weer op datum gebring. Die manne wat by die boormasjien gewerk het, het dan ook na hulle huise en families toe gegaan. My ma het siek geword. Sy het nooit vir my gesê wat haar siekte was nie. Sy het in die bed gelê en baie maer geword, want sy wou nie eet nie. Sy het gesê as sy eet pyn haar maag baie. Gelukkig was Letta, haar bediende, daar en sy het die huis versorg en kosgemaak. Saans het sy my ma gebad en in die bed gesit. Sy het vir 'n paar jaar so siek gebly. Dit was vir my baie moeilik, want ek kon niks doen om haar beter te laat word nie. My pa het sy werk bedank om by haar te bly. Hy het soveel moontlik by haar in die kamer gesit en na 'n paar jaar se bittere lyding is sy oorlede.

"Ek was in standerd 8 en my pa het my koshuis toe gestuur. Ek was net vakansies by hom en my pa se gesondheid het ook begin kwyn. Gedurende Oktober van my matriekjaar is hy ook oorlede. Na sy begrafnis het die eienaar van die plaas waarop ons gebly het, met my gepraat. Hy was baie goed vir my. Hy het die gereedskap en trok waarmee my pa die boormasjien getrek het asook die meubels in die huis gekoop en die geld vir my in 'n bankrekening gedeponeer. Dit was genoeg sodat ek matriek kon klaarmaak.

"Na matriek het ek gelukkig by die poskantoor werk gekry. Ek het die werk geniet, maar is gedreig om by die Weermag aan te sluit. Ek het aangesluit, die Rooi Eed afgelê en uniforms gekry met rooi lussies op die skouer. Die Weermag het my Dunotter toe gestuur, waar ons moes help om die vliegveld te bewaak. Later was ek deel van Interne Veiligheid.

"Die Ossewabrandwag is gedurende die oorlog gestig deur mense wat gekant was teen Generaal Jan Smuts se ondersteuning van die Engelse. Hulle het gesê met die Anglo-Boereoorlog het van die Duitsers ons gehelp. Hulle het selfs saam met die Boere geveg, nou gaan ons teen hulle veg omdat Engeland oorlog verklaar het teen hulle. Ons het nie nodig om Engeland se oorlog te veg nie. Daar was egter 'n beweging binne die OB wat alles in hulle vermoë gedoen het om die oorlogspoging te belemmer. Hulle was die Stormjaers en hulle het oral staatsgeboue met handgranate stukkend geskiet, ook brûe opgeblaas. Ons moes heen en weer oor die land rondtrek om die twee bewegings aan bande te lê.

"Dit was vir my aaklig, ek moes my eie volk opspoor en na die internerings kamp op Zonderwater neem. Daar agter doringdraad is hulle verneder en vir die geringste misstap moes hulle boet. Dit was nie vir my reg wat die Stormjaers gedoen het nie, totdat een vir my gesê het, hulle wil nie graag die dade pleeg nie, maar dis al manier waarop hulle ons seuns in ons land kan hou, anders word hulle vir kanonvoer oorlog toe gestuur. Daar moet hulle gaan veg teen mense wat in die Boereoorlog ons goedgesind was en ons ondersteun het, toe het ek eers besef waarom hulle generaal Smuts so gehaat het. Duisende van ons jong manne moes gaan veg, teen hulle sin, daar op die slagveld is hulle doodgeskiet en vermink."

"Dis waar Martin, ek en Jan het ook teen ons sin aangesluit. Jan het in my arms gesterf. Daar in die woestyn moes ek hom begrawe, maar eendag gaan ek hom haal om hier op Uitzicht langs sy ouers te kom rus."

Oom Willem sê: "Nou is baie dinge vir my duidelik, ons het gewonder hoekom het jy en jou ma nie meer op Uitzicht kom kuier nie. Ons wou tant Maria nie uitvra nie en uit haar eie het sy niks gesê nie. Wat die Oorlog betref, was ons as gemeenskap redelik oningelig. Ons was hartseer toe ons seuns moes gaan veg. Ek wens die Stormjaers het meer gedoen, sodat ons seuns nie oorlog toe hoef te gegaan het nie, dan het Jan nog gelewe."

Tant Emmie het intussen vir Martin 'n kamer reggemaak en vir Gert kom sê om vir Martin te wys waar die badkamer en sy kamer is.

"Martin jy is baie welkom om hier by ons te bly. Baie dankie dat jy kom help, Gert sal jou alles leer wat jy van boerdery moet weet."

Gert staan op.

"Nou kan pa rustig wees, ek en Martin sal sake hier reg hou. Nag Pa, nag Ma, lekker slaap."

Martin kyk na oom Willem en dan na tant Emmie. "Baie dankie vir al u vriendelikheid, ek hoop ek sal van hulp kan wees, ek gaan my bes probeer.

Gees van die Labrador

Rustige nag Oom en Tante."

Op die stoep spring Zeppie teen Gert op, hy het al gewonder wanneer gaan hulle slaap. Die mans bring die tasse en losgoed na Martin se kamer toe.

"Maak jou tuis my vriend, môre praat ons verder, lekker slaap."

"Jy ook Gert, dankie vir die wonderlike geleentheid wat julle my bied."

Gert kon nie aan die slaap raak nie. Hy het die gebeure van die laaste paar maande lê en oordink. Hy het nog altyd geglo niks gebeur toevallig nie. Alles word vir 'n mens uit die Hoërhand beskik. Hy bid dat die Here se genade hulle in die toekoms sal omvou.

Martin het ook in sy kamer die Here gedank vir alles wat so wonderlik vir hom uitgewerk het en gevra dat hy die krag en genade sou kry om sy kant te bring.

Hoofstuk 13: Terug op Uitzicht

Maandagoggend breek met helder blou lug aan. Martin kon nie meer slaap nie. Hy loop saggies by die voordeur uit, volg 'n voetpaadjie wat loop in die rigting vanwaar hy beeste hoor bulk. Die grassade hang swaar van die dou. Hy neem aan dat die paadjie kraal toe gaan en dat daar koeie in die kraal is. Langsaan is die kalwerhok, hy vergaap hom aan die pragtige klein kalfies. Hulle spring vrolik rond en dit bring herinneringe terug van Uitzicht toe hy as jong seun saam met oom Stefaans by die kraal na die beeste gekyk het.

Nadat die koeie gemelk is word elke koei se kalfie by haar ingelaat om melk by sy ma te drink – te oulik pomp hulle dan met die voorkop die uier en sluk gulsig. Droomverlore kyk hy na die koppie teen die rand. Uitzicht se huis staan rustig daar teen die koppie en die son wat net opgekom het, laat die vensters blink. Hy kan dit nog nie glo nie, maar dit is 'n werklikheid:

Hy gaan op Uitzicht werk en Gert sal hom leer wat om te doen. Hy hoor voetstappe agter hom en draai om. Gert en Zeppie kom aangestap.

"Môre Martin, jy is vroeg op my maat?"

"Môre Gert ek kon nie meer slaap nie, toe glip ek saggies by die voordeur uit. Die oggend is vars en skoon, en ek het gedink aan die tyd lank gelede toe ek elke môre saam met oom Stefaans kraal toe gegaan het."

Gert kyk na Martin. "Op Uitzicht is die kraal en beeste nog net soos dit destyds was. Jy moet dink oor die saak. As jy graag op jou eie op Uitzicht wil gaan bly, is jy welkom. Die kamer waarin jy altyd geslaap het gedurende die wintervakansies sal jou tuis laat voel. Dink daaroor dan gesels ons later, besluit self wat jy verkies."

Jantjie en Jonas kom met die melkemmers van die melkkamer af. Oor elke emmer is 'n spierwit melkdoek gebind. Die melk word deur die doek gemelk sodat daar nie insekte of ander gemors inval nie. Daar is 'n wasbak by die kraalhek met seep en 'n handdoek. Die melkers was hulle hande en droog dit af voordat hulle die koeie melk. Jonas was die koeie se spene met skoon water en droog dit dan af voordat die melkers op die melkstoeltjies gaan sit om te melk.

April maak die koei se horings aan die krip vas, dan word die spene ritmies getrek en die melk spuit dan deur die doek in die melkemmer. Gert verkyk hom aan Martin se gesig wat alles met diep konsentrasie bekyk. Hy sal net wag dat die eerste kalfie na sy ma uitgekeer word, want hy weet Martin sal dit geniet om te kyk hoe die kalfies hulle stertjies swaai terwyl hulle drink en die wit skuim om hulle bekkies afloop. Daar is twee koeie gereed vir hulle kalfies. Jonas maak die kalwerhok oop en laat die twee uit, hulle hol na hulle mammas toe en begin gulsig drink. Die stertjies swaai vinnig heen en weer en Martin verkyk hom aan die kalfies.

"Martin ek het jou kom roep om koffie te kom drink. My ma maak vroegoggend die ketel vol."

"Dankie Gert, dit klink lekker."

Hulle stap terug huis toe. Die vier koffiebekers staan reg.

"Môre tant Emmie, ek het my vergaap aan die melkery, Gert moes my daar wegsleep."

"Môre Martin, koffie en beskuit vir jou?"

"Dankie dit gaan lekker smaak."

Gert neem sy pa se koffie kamer toe, klop twee kloppies en gaan dan in.

"Môre pa."

"Môre Gertman, waar is Martin, slaap hy nog?"

"Nooit gesien nie, hy is douvoordag met die voetpaadjie kraal toe. Hy het hom verwonder aan die melkery – gesê hy onthou hoe hy saam met oom Stefaans elke môre kraal toe gegaan en die klein kalfies geniet het."

"Dis goed my kind, jy moet hom met 'n ligte hand die boerdery leer, hy sal jou baie help in die toekoms."

"Dis waar Pa. Wat dink Pa, moet hy hier bly of op Uitzicht?"

"Dis 'n goeie vraag Gert. Ek dink laat hom 'n dag of wat hier bly. Gaan stel hom vandag aan Johan voor en as hy sien Johan bly op Uitzicht, sal hy dalk daarvan hou om self daar te bly, maar vra hom môreaand wat hy verkies."

"Goed Pa, ons gaan nou Uitzicht toe, sal later kom ontbyt eet."

In die kombuis gesels tant Emmie met Martin en hy vertel vir haar dat hy nog nie kan glo dat hy nou op 'n plaas kan bly nie, want die stad was vir hom 'n straf.

"Ons is bly jy is hier Martin. Gert het regtig jou hulp nodig. Moenie bekommerd wees nie, Gert en Koos sal jou alles leer wat jy moet weet."

"Wie is Koos tant Emmie?"

"Dis Uitzicht se voorman. Hy en sy vrou Mina is hulle lewe lank al op die plaas en het saam met oom Stefaans grootgeword. Hulle is baie betroubaar en lief vir Uitzicht."

Gert kom in en week 'n beskuit in sy koffie. "Ma ons gaan nou Uitzicht toe, ons sal later kom ontbyt eet."

"Reg Boetie, geniet julle dag."

Gert haal sy hoed van die kapstok af en gee vir Martin ook een. Die son verniel 'n man in die veld.

"Kom, jou eerste dag op Uitzicht het begin."

Die twee mans ry Uitzicht toe en Martin kan nie glo hoe groot die wilgers langs die rivier se wal geword het nie. Hy vertel vir Gert hoe hy aan die takke geswaai het en dat daar altyd baie geelvinke was wat hulle nessies oor die water gemaak het.

Gert antwoord: "Ons het ook altyd aan die takke geswaai. Ek is seker die geelvinke maak nog hulle nessies daar. As jy eendag kans het, moet jy gaan kyk hoe netjies vleg hulle die rietblare om hulle huisies dig te hou."

Gert hou voor die stoep stil.

"Jy onthou seker nog hoe die huis binne lyk?"

"Ek is seker ek sal onthou, maar dit is baie jare sedert ek laas hier was."

"Nou toe, ek kom nou en dan kyk of alles nog reg is."

Gert sluit die voordeur oop.

"Ek maak net van die vensters oop sodat daar vars lug deur die huis kan trek. Gaan kyk jy solank, ek sal nou-nou by jou aansluit."

Gert maak die vensters en deure oop, want hy wil Martin kans gee om op sy eie die herinnering wat hy van Uitzicht het, te herroep. Toe Gert die agterdeur oopmaak kom Koos die stoep opgestap.

"Môre meneer Gert."

"Môre Koos, ek het 'n verrassing vir jou."

"Nè meneer, wat is dit?"

"Wag 'n bietjie jy sal sien. Hoe lyk Gertjie, is sy nou gesond?"

"Ja meneer, sy word nou mooi groot."

Martin kom op die agterstoep uitgestap.

"My wêreld Koos, ek het al amper van jou vergeet."

"Nou hoe kan meneer Martin so iets sê, is dit nie Koos wat jou altyd deur die dubbeltjies geabba het nie? Meneer is nou te groot om geabba te word, maar waar was meneer al die jare, hoe gaan dit met meneer ?"

"Koos dit gaan baie goed. Meneer Gert het my laat kom om hier op Uitzicht te kom help met die werk, jy sal my moet touwys maak."

"Alte seker meneer Martin, welkom terug op Uitzicht."

Stories uit die Riemland

"Koos ons gaan net daar na meneer Johan toe, bring asseblief die bakkie soontoe? Jy moet vir meneer Martin die hele plaas gaan wys."

Hulle stap terug deur die sitkamer en Gert vra: "Is jou slaapkamer nog soos jy dit jare gelede geken het?"

"Ja Gert, alles is dieselfde, tot my plaasklere en skoene wat ek altyd gedra het is alles net so in die kas. Ek is hartseer om te dink die twee dierbare ou mense is nie meer hier nie. Jan was seker so vyf jaar oud toe ek laas hier was."

"Ja Martin, vir ons is dit nog onwerklik dat Uitzicht leeg staan."

Gert maak net die deure toe, hy sal vanaand vir Martin saambring om die vensters toe te maak. Hulle ry tot voor Johan se stoep waar hy besig is met 'n eetkamertafel.

"Môre Johan, ek wil jou voorstel aan Martin, tant Maria se susterskind."

Johan steek sy hand uit. "Aangenaam om met jou kennis te maak Martin, baie welkom hier op Uitzicht."

"Ek is bly om jou te ontmoet Johan, dis wonderlik om na al die jare weer hier te wees."

Gert kyk na die tafel. "Is dit geelhout Johan?"

"Ja na al die politoer afgeskuur is, sien mens eers hoe pragtig die hout regtig is. Daar is ook ses riempiesmatstoele wat hierby pas, dit gaan pragtig lyk as ek met die stel klaar is."

"Johan kan ek jou foon gebruik? Ek wil gou vir Rita wat by Riek werk bel en sê sy en Wynand moet kom kyk, ek is seker hulle sal dit koop."

Martin kyk na die tafel. "Jy geniet duidelik die houtwerk? Dit is iets waarvan ek niks weet nie, ek sou graag meer daarvan wou leer."

Gert kom terug.

"Rita sê jy moet asb die stel vir haar hou, ook die hemelbed en kas, hulle kom na vyf vanmiddag kyk."

"Dankie Gert, ek sal ten minste die een stoel ook afskuur, dan kan hulle sien hoe dit lyk."

"Hier kom Koos om jou op te laai Martin, geniet die veld. Hy sal vir jou baie leer.

"Dankie Gert, totsiens julle."

Martin klim in die bakkie en Johan kyk na Gert.

"Is dit die enigste oorblywende familielid van die Breedt-gesin?"

"Ja Johan, ek gaan hom leer van ons boerdery. As hy dit bevredigend vind, gaan ek hom my vennoot maak. Ek voel dit is die eerbaarste ding om te doen dat Uitzicht na Jan se neef moet gaan. Driefontein sal ek na my ouers se dood erf, dit is genoeg vir my."

"Ek hoop jy en Martin gaan goeie vriende word."

"Ek is seker ons sal," sê Johan.

Gees van die Labrador

"Johan mooi dag verder, ek moet gaan kyk wat op Driefontein gedoen moet word. Sê asseblief vir Koos hy moet Martin na ons toe bring as hulle terugkom van die veld af."

Koos ry tot op die punt van die plaas, hulle klim uit, dit is 'n pragtige uitsig oor die plaas met die groen wilgerbome al langs die rivier af.

"Meneer Martin, toe ek nog 'n klein klonkie was, het my pa vir meneer Jan se oupa gewerk. Meneer Stefaans was net so groot soos ek, ons het saamgespeel en in die rivier geswem, toe was daardie groot wilgerbome nog klein. Die drie plase Kromdraai, Uitzicht en Driefontein se eienaars was almal goeie vriende en hulle het daardie wilgers geplant. Vandag is dit groot bome en my mense is almal gebêre. Ek sê vir die Here dankie dat Hy meneer teruggebring het, ons sal mooi saamwerk, meneer Gert is 'n baie goeie mens."

"Ja Koos, ek is ook bly, jy moet my mooi leer sodat ek vir meneer Gert die werk minder kan maak."

"Dis reg so meneer."

Koos draai om. Daar wei beeste in die boonste kamp en in nog 'n kamp is daar 'n trop skape. Al die kampe is netjies omhein met suipplekke en blokke beeslek.

"Nou Koos, waar kom die water vandaan wat in die krippe is?"

"Sien meneer daar skuins bo waar die groen bome staan is 'n fontein. Daardie water word afgebring na die twee kampe toe en die fontein het sover ek weet, nog nooit opgedroog nie."

Hulle ry by die perske- en appelkoosboorde verby.

"Kom ons hou hier stil meneer, dan gaan ons kyk hoe ver is die vrugte ontwikkel, want ons moet regmaak as daar gepluk moet word."

Hulle stap na die perskeboord. Die perskes is goed ontwikkel, maar nog nie genoeg uitgeswel nie.

"Koos, wanneer sal hulle gepluk moet word?"

"So oor twee weke sal die eerstes kan afkom dan pak ons dit in kissies. Meneer Herman van Kromdraai en meneer Gert vat dit dan Johannesburg se mark toe, want daar kry hulle die beste pryse. Die appelkose kan so oor drie weke reg wees."

"Wie pluk die vrugte Koos?"

"O meneer, man en muis moet sy kant bring. Al die mans, hulle se vrouens en die kinders wat groot genoeg is. Dit is 'n groot werk, maar ons is bly. Al die vrugte wat nie reg is vir die mark nie, verdeel ons onder mekaar. Dis net so vier weke se harde werk dan is die oes afgepluk. Die appelkose is bietjie later as die perskes, dit gee ons bietjie tyd om eers die perskes af te haal.

"Al ons vrugte is lekker meneer, ons gooi kunsmis en beesmis onder die bome en werk dit dan liggies in die grond in. Dit is wat die vrugte so soet maak. Ons lei ook op die regte tyd die bome nat as dit nie genoeg gereën het nie. Die ou meneer het gesê die vrugte moenie dors ly nie."

Koos draai om en neem vir Martin Driefontein toe waar oom Willem op die stoep sit.

"Môre oom Willem."

"More Martin, hoe lyk die plaas vir jou?"

"Baie mooi Oom. Koos het my tot amper bo by die fontein geneem. Dit is 'n pragtige uitsig oor die plaas en ek kon toe sien hoekom die plaas se naam Uitzicht is. Ons het ook die kampe met beeste en skape gesien. Hy het vir my die boorde ook gewys en ek sal my sokkies moet optrek en my kant bring."

Tant Emmie bring die teewaentjie waarin sy Martin se ontbyt warm gehou het.

"Jy is seker al goed honger, kom sit hier by die tafel dan eet jy."

"Ja dankie tant Emmie, dit gaan lekker wees."

"Ou man, koffie vir jou?"

"Ja, dankie Emmie. Martin vertel sy oggend was interessant – Koos het vir hom die plaas gewys."

"Dis goed Martin, jy sal gou leer wat die noodsaaklikste dinge is om te doen."

Gert kom drink gou koffie.

"Ek wil jou aan Riek gaan voorstel, Martin."

Hulle ry dorp toe en by Riek se kantoor groet Rita vriendelik. Sy kla dat die dag nie wil omgaan nie, want sy is so nuuskierig om na die meubels by Johan te gaan kyk.

"Jy sal nie teleurgesteld wees nie Rita, dis egte ou Kaapse meubels, meer as 'n honderd jaar oud."

"Rita laat ek jou voorstel aan Martin, hy is tant Maria van Uitzicht se susterskind."

"Aangename kennis Martin, dis gaaf om jou te ontmoet."

"Dankie Rita, julle is almal so vriendelik met my, ek voel al heeltemal tuis."

Riek se kantoordeur gaan oop. Gert en Martin staan op. Riek groet en nooi hulle in sy kantoor in.

"Dis nou Martin, Riek."

"Aangename kennis, ek is bly dat jy hier is. Gert het jou hulp nodig op die twee plase."

Gert vra vir Riek om tant Maria se testament vir Martin te lees. Riek kry die dokument en lees die bepalings wat oom Willem en Gert raak.

"Ek dink tant Maria het nie geweet waar jy is nie Martin en sy het ook nie daaraan gedink nie – sy was net bekommerd oor Jan soos jy gehoor het."

Gees van die Labrador

Gert draai na Martin. "Ons moet jou toekoms op Uitzicht bespreek. Ek het gedink jy kan vir ses maande 'n vaste salaris en 'n deel van die plaas se winste ontvang, na ses maande sal jy weet of jy vir jouself hier 'n toekoms wil vestig. Besluit jy dis wat jy wil doen, maak ek jou my vennoot. Dan sal die salaris wegval en uit die inkomste van Uitzicht se boerdery, kry jy die helfte van die wins. As daar uitbreidings gemaak moet word, sal ons die kostes om die helfte dra. Wat dink jy daarvan?"

"Dit klink baie goed, jy weet ek het nie 'n idee wat boerdery alles behels nie. Kan ons asseblief na ses maande weer na Riek toe kom om die ooreenkoms breedvoerig te bespreek? Ek sal intussen my bes doen om alles te leer."

Riek kyk na die twee mans. "Dit is baie grootmoedig van jou Gert. Ons sal dan die vennootskap oor ses maande bespreek. Ek wens julle altwee net die beste toe."

Hulle bedank Riek en groet vir Rita.

"Martin ek wil net poskantoor toe gaan om die plase se pos te kry dan gaan ons huistoe."

Op pad terug plaas toe sê Martin: "Ek sal nooit die kans vergeet wat jy my gegee het nie, ek hoop jy kry nie later spyt nie."

Gert lag. "Ons sal dit moet laat werk."

Gedurende middagete op Driefontein vertel Gert vir sy ouers wat hulle by Riek bespreek het. Oom Willem sê hy glo alles sal goed uitwerk. Die middag ry Martin saam toe Gert Driefontein se kampe nagaan om te sien of alles reg is. Hulle ry deur die spruitjie waar die populiere hoog uittroon.

Gert vertel vir Martin van Driefontein. "Die spruitjie se boloop het twee fonteine wat dit voed, nou sal jy seker wonder hoekom is die plaas dan Driefontein? Wel, Driefontein is in drie dele verdeel waarvan een aan oom Piet Beukes se oupa verkoop is. Hy het sy plaas as Kromdraai geregistreer. Die middelste gedeelte waarop die ander fontein geval het, is aan oom Stefaans Breedt se oupa verkoop en hy het sy plaas as Uitzicht geregistreer. My oupa het egter nie die oorblywende gedeelte se naam verander nie."

"Koos het my vanoggend gewys waar die fontein teen die rand lê en dat dit die krippe in die kamp van water voorsien."

Net voor sononder ry hulle Uitzicht toe om die vensters toe te maak. Hulle gaan eers kraal toe en Gert wys vir Martin sy eerste nag se kalfie.

"Dis nou Gertjie. Koos het besluit ons moet haar my naam gee."

"Dis baie gepas, nou sal jy altyd weet van jou begin op Uitzicht."

Hulle stap huistoe en maak al die vensters toe. Gert stap in die gang af en kry vir Martin in sy ou slaapkamer.

"Gert kan ek maar hier intrek?"

"Jy is welkom Martin, ek het gesê dis jou keuse. Ons sal môre vir Flip se vrou, Katryn, vra om die huis te kom skoonmaak. Mina het altyd hier gewerk, maar nou werk sy by Johan. Katryn is Mina se suster sy is 'n goeie en betroubare werker."

Hulle sluit die huis toe dit begin skemer word.

"Kom ons gaan hoor hoe het Johan se meubels verkoop."

Toe hulle voor die stoep stilhou, kom Mina net uit die kombuis op pad na haar huis. Hulle groet haar.

"Mina, ken jy vir meneer Martin? Hy kom van môre af in Uitzicht se groot huis bly."

"Nou meneer Gert, ek het altyd daar gewerk, nou werk ek hier by meneer Johan."

"Mina ek weet, maar dit sal nou lelik lyk as jy meneer Johan los, dink jy ons kan jou suster Katryn, vra om by meneer Martin te help?"

"Dit sal seker ook reg wees meneer Gert."

"Mina, vra asseblief vir Katryn sy moet môre vroeg by Uitzicht wees, dan kan sy en meneer Martin praat."

"Goed meneer, nag meneer, nag meneer Martin ek is bly meneer het teruggekom."

Johan nooi hulle in en hulle gaan sit in sy sitkamer.

"Nou toe Johan, ons is vrek nuuskierig hoe het jou besigheid met Rita en Wynand verloop?"

"Baie goed, dankie. Hulle het die eetkamerstel, hemelbed en die kas gekoop en sal dit teen die einde van die week kom haal. Wynand het vir my 'n tjek gegee vir alles. Baie dankie vir jou aandeel. Kan ek jou bankbesonderhede kry, dan betaal ek jou deel in jou rekening oor?"

"Baie geluk, sien jy, ek het jou gesê dit sal goed gaan," sê Gert.

"Ek het 'n advertensie na die Landbouweekblad toe gestuur, ek hoop ek kry ou meubels te koop wat ek kan restoureer."

"Johan dit is 'n goeie begin, ons hou duim vas dat jy baie meubels sal kry. Jy moet elke maand die advertensie herhaal. Ek is nie seker nie, maar ek dink dan kry jy afslag."

" Ons moet nou huis kry, ma Emmie wag dalk al vir ons, lekker slaap Johan."

Martin groet ook. "Ek is van môreaand af jou buurman."

"Dis goeie nuus, totsiens julle."

Op Driefontein sit Gert se ouers op die stoep.

"Julle twee manne het 'n besige dag gehad," sê oom Willem.

"Ja pa, dit was 'n dag vol goeie dinge. Johan het tant Maria se eetkamerstel, hemelbed en kas wat in die ou huis was verkoop. Dit is van geelhout gemaak en lyk pragtig noudat dit skoon afgeskuur is. Rita en haar verloofde het dit gekoop."

"Wel dis 'n goeie begin vir hom," sê oom Willem.

Gees van die Labrador

"Dis wonderlik" sê tant Emmie. "Wil julle eers iets drink voordat julle eet?"

"Nee dankie Ma, ons het by Johan koffie gedrink. Ons sal nou ma se kos waardeer."

"Nou toe kom sit julle aan, ek bring die kos."

Oom Willem doen die tafelgebed en die opskepbakke word omgestuur. Elkeen skep van die gestoofde hoender met aartappels, groenboontjies en rys, en dan kom die soetpatats laaste aan die beurt.

"Die kos is baie lekker tant Emmie, ek hoop Katryn van Flip kan darem kook."

"Sy kan Martin. Sy het my al uitgehelp as Sara iewers heen moes gaan."

"Pa en Ma, Martin het gevra of hy in sy ou kamer op Uitzicht kan gaan bly. Katryn sal môre vroeg op Uitzicht wees, dan kan Martin met haar onderhandel. Ek noem dit maar net Martin, as jy haar nie elke dag nodig het nie, kan sy byvoorbeeld twee dae in die week vir jou werk."

"Dankie Gert, dit sal goed wees. Sal tant Emmie asseblief vir my sê hoeveel moet ek per dag betaal en waaroor daar alles onderhandel moet word?" Oom Willem daar is iets wat ek graag met al drie van julle wil bespreek, kan ons na ete daaroor praat?"

"Goed Martin ons luister graag."

Na ete gaan die mans op die stoep sit, tant Emmie stoot die waentjie met koffie uit en skink vir elkeen 'n koppie in.

"Oom Willem dit is vir my moeilik, maar dit is belangrik dat julle almal moet weet. Ek het in 'n huis grootgeword waar my ouers aan die Sewendedagadventiste Kerk behoort het en ek is nog in daardie kerk. Daar is 'n paar verskille tussen ons en die drie Susterskerke. Wat godsdiens betref, lees ons uit dieselfde Bybel en sing godsdienstige liedjies. Die enigste groot verskil is dat ons die Sabbat op 'n Saterdag hou en nie soos julle op 'n Sondag nie."

Oom Willem vat aan sy ken. "Martin as jy nou vir my gesê het, jy is 'n heiden, sou ek bekommerd gewees het, maar nou is jy gelukkig 'n kind van die Here net soos ons. So dit maak nie vir my saak aan watter kerk jy behoort nie, vrou wat is jou mening?"

"My man, ek het geweet Alet hulle is Sewendedagadventiste dit het my nooit gehinder nie. Gertman wat is jou mening?"

"Pa het my geleer, jy vra nie uit na iemand se geloof of aan watter politieke party hy behoort nie. As jy getroud is, bemoei jy jou nie met jou skoonfamilie nie, jy is vriendelik met hulle, want hulle het die meisie wat jy liefhet grootgemaak. Nou Martin daar het jy nou al drie van ons se menings."

"Baie dankie aan julle almal, ek moet sê ek was nogal bekommerd, maar nou is ek gelukkig ons sal ooreenkom watter Saterdag ek kan kerk toe gaan."

"Dit sal nie 'n probleem wees nie," sê Gert.

Oom Willem staan op. "Sal julle my verskoon, ek wil maar bed toe gaan, nag julle."

"Nag Pa, nag oom Willem."

Tant Emmie ruim op en staan kamer se kant toe. "Baie dankie julle, lekker slaap, sien julle môre."

"Nag Ma."

"Nag tant Emmie, dankie vir alles, ek sal môre vroeg my goedjies Uitzicht toe neem."

Martin kyk vir Gert.

"Julle Van Tonders is die beste mense wat ek nog ooit die voorreg gehad het om te ken, baie dankie."

"Nag Gert, ek sien Zeppie kyk al met 'n lang gesiggie, hy is seker ook al vaak."

"Nag Martin, lekker slaap. Kom Zeppie ons gaan slaap."

Die volgende oggend laai Martin sy tasse in die motor. Hy gaan groet eers tant Emmie in die kombuis. Sy het klaar vir hom en Gert koffie geskink met 'n bakkie beskuit wat hulle kan eet.

"Oom Willem slaap nog, jy sal hom gedurende middagete weer sien. Ons sal jou nie weggooi soos 'n ooi haar lam weggooi nie, kom eet die volgende paar dae nog middag- en aandetes hier tot jy alles in jou huis reg het. Hier is die nodige wat jy moet koop vir Katryn en onder aan is wat jy per dag kan betaal, ook die goed soos was en stryk wat sy vir jou moet doen."

"Baie dankie tant Emmie, ek waardeer dit baie."

"Plesier Martin, geniet jou huis."

Die dag vlieg verby. Gert gaan daagliks ook Uitzicht toe om te sien of Martin en Koos regkom. Johan noem dat sy ouers Johannesburg toe is om vir Marinda te gaan haal.

Vrydagmiddag gaan help hy sy ouers gaan om Marinda se besittings af te laai en die huis is vrolik soos die jongmense lag en skerts. Voor Johan terugry Uitzicht toe, herinner hy Marinda aan Saterdagmiddag se tennis.

"Boeta ek gaan my naam met 'n plank slaan, ek het seker twee jaar laas tennis gespeel."

"Moenie bekommerd wees nie, ek en Gert het verlede Saterdag vir die eerste keer na omtrent drie jaar gespeel. Die klub se mense is baie gaaf, jy sal dit geniet. Nag Sus, lekker slaap."

Saterdagoggend is die lug bewolk, die wind waai uit die ooste en dis 'n goeie teken dat dit later kan reën. Martin het die vorige aand vir Gert gevra om vir hom verskoning te maak. Saterdag is sy rusdag en hy sal liewer kyk of hy iemand kan kry wat een weeksmiddag saam met hom sal gaan speel.

Gert is redelik besig en die oggend vlieg verby. Halfdrie gaan laai hy Helena en Johan op vir tennis. Helena wil weet hoekom Martin nie ook kan gaan nie? Gert besluit om vir haar die waarheid te vertel. Dit sal beter wees as almal die ware toedrag van sake weet en so toekomstige ongemaklikheid uitskakel. Gert lig Helena in oor die geloofsverskil.

"Dis die eerste keer dat ek iemand ontmoet wat Saterdag as Sabbat huldig, maar as mens mooi dink, het die Jode deur die eeue ook hulle Sabbat op Saterdag gehuldig."

"Dankie Gert dat jy vir my gesê het, anders het ek dalk met my groot mond op die verkeerde tyd 'n uitlating gemaak, maar wat dink julle, moet ons dit vir die ander ook noem?"

"Ja Helena, ons moet dit net doodgewoon noem."

Gert hou voor oom Nic se huis stil waar hulle op die stoep sit en koeldrank drink. Hy klim uit, groet almal en noem dat hulle na tennis sal kom koeldrank drink aangesien hulle reeds bietjie laat is.

"Ons sien oom Nic-hulle later."

Hy neem Marinda aan die arm.

"Welkom in ons dorpie, ek hoop jy gaan gelukkig wees hier."

"Dankie Gert."

Helena en Johan het uitgeklim en waai vir Nic en Hettie. Die vier jongmense klim in die motor, hulle moet wikkel om betyds by die baan te wees. Susie en Wynand loop hulle tegemoet.

"Man ons is bly dat julle kon kom."

Gert stel vir Marinda aan hulle voor.

"Welkom Marinda, kom ons gaan loot gou vir maats, ons het net vir julle gewag."

Almal groet die drie nuwelinge vriendelik. Gert hoop dat hy weer vir Rienie van Wyk as maat kry. Dit is sy gelukkige dag en hy knik vir Rienie.

"Ek het duim vasgehou om jou as maat te kry, want jy is my genadig."

Rienie lag. "Ek hou daarvan om saam met jou te speel."

Marinda is saam met Wikus geloot. Gert is bly, dit gee haar kans om in die groep te kom.

Die weer het 'n paar keer gedreun, maar die onweer is agter Kromdraai se rante en dit sal 'n rukkie neem voor dit op die dorp reën. Gert en Rienie is op baan een vir hulle eerste spel en Johan en Helena op baan twee. Gert voel gemakliker – hy en Rienie geniet die spel. Hy kom agter dat Rienie opsetlik foute maak sodat hy moet wen. Hy wonder hoekom sy hom die voordeel gee. Na die spel gaan kry hy vir hulle koeldrank. Hy soek 'n sitplekkie eenkant, want hy wil met haar gesels.

Helena is rats op die baan, sy laat Johan goed rondhardloop. Hy besluit hy gaan haar vanmiddag laat wen, maar volgende keer sal sy haar rieme styfloop. Gert en Rienie sit gemaklik en gesels en hy vra haar waar sy grootgeword het. Hy weet sy is nie van Rietfontein of die omliggende plase nie.

"Gert ek probeer altyd wegskram as mense my vra waar ek grootgeword het, want ek is as baba op die Langlaagte weeshuis se stoep neergesit. Op babakleertjies was net *Rienie* geborduur en dit was baie netjies met 'n ringetjie pienk rosies omring. Die koshuismoeder, tannie Matilda Verhoef, het al die jare twee van die mooiste bababaadjies vir my bewaar en toe ek die dag na matriek die weeshuis verlaat, het sy vir my die pakkie gegee. Sy het vir my gesê: 'Die vrou wat jou verwag het, het met liefde vir jou koms gewag, sy was verseker 'n fyn opgevoede kunstige mens en die kleertjies het sy met liefde gemaak. Wat haar die wanhoopsdaad laat pleeg het om jou vroegmôre op die weeshuis se stoep agter te laat, het my al die jare laat wonder – dit moes iets baie dramaties gewees het.'

"Tannie Matilda het saam met die pakkie vir my 'n brief aan haar suster gegee. Haar suster, Annie Grové, het in Bloemfontein gebly. Sy was 'n weduwee sonder kinders en ek het by haar gaan bly. Sy was regtig soos 'n ma vir my. Ek het net langs haar huis in die apteek werk gekry. Ek skryf nog gereeld vir tannie Matilda en vir tannie Anna, dit is vir my of ek eie familie het."

Gert vat haar hand.

"Ek het dadelik toe ek jou die eerste keer ontmoet het geweet die lewe het 'n paar draaie met jou geloop, maar hoe kom jy toe op Rietfontein uit?"

"Die nuwe apteek in Du Toitstraat behoort aan die apteker vir wie ek al twee jaar werk. Hy het vir my en sy broer gestuur om dinge hier op koers te kry, want hy wil oor 'n jaar of so aftree en hom hier kom vestig."

"Baie dankie Rienie dat jy die vrymoedigheid gehad het om my in jou vertroue te neem, maar hoekom laat jy my wen?"

"Gert, tennis is vir my 'n spel om oefening te kry, ander jongmense te ontmoet en hulle vriendskap te geniet. Ek speel nie om te wen nie, want as jy altyd wen, verwag mense jy moet in toernooie speel en ek wil net vir my plesier speel."

Die donker wolke het ongesiens nader gekom en die lug het toegetrek. Weerlig speel in die groot wit wolke bo in die lug.

"Die weer het ons onverwags betrap, ek sal moet spore maak plaas toe om te gaan kyk na die melkery, het jy lus om saam te ry?"

"Ja graag."

Gert trek haar op uit die stoel, hy soek na Johan en Helena. Hulle kom aangestap met Marinda en Wikus by hulle.

"Jammer julle, ons sal moet ry, die weer het so vinnig opgesteek ek moet gaan toesig hou oor die melkery."

Helena is nog nie lus om terug te gaan plaas toe nie. Sy organiseer gou vir Wikus en Susie om saam te gaan Hoekkafee toe.

"Johan wat van jou en Marinda? Ek sal julle later terugneem," sê Wikus. Hulle stem in en Gert groet.

"Geniet julle aand, kom Rienie laat ons waai voor die reën op ons is."

Gert ry gou Uitzicht toe. Koos en Martin is by die melkery en alles is reg daar. Hy groet hulle en ry Driefontein toe waar Jantjie en Jonas ook amper klaar gemelk het. Hulle versorg die melkemmers en die melkdoeke word spierwit gewas en oor die reëling gehang om droog te word. Gert stel Rienie aan die werkers voor, sy groet en glimlag vriendelik.

"Julle melkkamer is pragtig skoon."

"Dankie juffrou Rienie, juffrou moet weer kom kuier."

"Ek sal dankie, mooi bly."

Gert ry tot voor die stoep, sy ouers sit ontspanne en geniet die wolke wat sekerlik reën gaan bring. Gert groet sy ouers.

"Dis Rienie van Wyk, sy laat my elke keer met tennis wen. Ek hou elke keer duim vas dat sy my tennismaat moet wees."

Oom Willem en tant Emmie groet vir Rienie.

"Baie welkom op Driefontein Rienie en dankie dat jy ons seun sy ego laat behou. Hy is baie uit oefening, wees hom maar bietjie genadig."

Tant Emmie nooi Rienie om te sit.

"Kan ek vir julle sap inskink?"

"Dankie tannie dit sal lekker wees."

Oom Willem staan by die stoepreling. Dit lyk my ons gaan reën kry, die wolke kom vinnig nader."

"Ja Pa, ons is in groot haas uit die dorp weg. Ek het gedink ons kry reën voor ons by die huis is."

Die wind gee 'n paar rukke, die bome in die tuin waai heen en weer en 'n skerp weerligstraal verlig die omgewing toe groot druppels op die grond spat. Daar kom 'n vaal reënbui van Uitzicht se rante af. Die lieflike geur slaan uit die grond op en vir Gert is daar niks wat so skoon ruik soos die geur van lentereën op die grond nie. Almal staan by die stoepreling en kyk hoe die druppels dammetjies vorm en dan afloop in 'n stroompie.

Gert kyk vir sy ma.

"Ma kan ek maar vir Martin gaan haal om hier te kom kuier? Hy is alleen op Uitzicht, Johan en Marinda kuier op die dorp."

"Dis 'n goeie plan Gert, ry julle twee en gaan haal hom."

Tant Emmie sit 'n groot hoenderpastei in die oond om weer warm te word. Sy dek die tafel en maak 'n groot bak groenslaai. Daar is ook aartappelslaai en vir later by die koffie, 'n melktert. Oom Willem kom sit op die riempiesbank in die eetkamer en kyk hoe vinnig en deeglik Emmie alles gereed kry.

"Emmie as ek dit nog nie genoeg vir jou gesê het nie: Jy is 'n vrou duisend en ek is baie trots en lief vir jou."

"Ag dankie my man, jy maak my hart bly en ek is ook baie lief vir jou."

Oom Willem vat aan sy ken.

"Ek hoop Gert kry ook 'n goeie vroutjie, wat dink jy van Rienie? Sy is 'n goeie, sagte en vriendelike mensie. As Gert haar liefkry sal dit my goedkeuring wegdra."

"Maar my man, wat van Helena?"

"Dis 'n goeie vraag, ons ken haar van haar geboorteuur af. Sy is oulik en mooi, maar baie veeleisend. Gert sal maar moet spring as sy haar vingertjies klap, maar dis nie vir ons om te kies nie, ons sal dit aan die toekoms oorlaat."

Hulle hoor stemme op die stoep en die jongspan kom ingestap.

"Goeienaand oom Willem en tant Emmie, dankie dat julle my laat haal het, die stil huis het my half en half bedruk laat voel."

"Ja my kind, 'n mens is nie gemaak om alleen te wees nie, 'n goeie maat is baie belangrik. Jy moet gerus kom kuier as jy eensaam voel, jy is baie welkom."

"Dankie tante."

Tant Emmie haal die pastei uit die oond, sit dit op die dienwaentjie en stoot dit eetkamer toe. Die geur trek deur die vertrek en almal is skielik honger.

"Die ete is gereed, julle kan kom aansit."

Oom Willem vra die seën en ook dat die jongmense wat saam onder hul dak is in die toekoms geluk sal vind. Hulle gesels en skerts jolig om die tafel. Na ete gaan die mans stoep toe. Tant Emmie en Rienie ruim op. Hulle pak die eetgerei in die wasbak, want Sara sal dit die volgende oggend gou was. Rienie sit die koppies en bordjies op die teewaentjie, tant Emmie maak koffie en Rienie snuif in die lug.

"Tannie die koffie ruik heerlik, sal Tannie my leer hoe om dit so te maak?"

Buite reën dit nog saggies en die lug is skoon en koel. Die paddas kwaak te vrolik, daar is meer as een soort, want die geluide verskil. Tant Emmie skink die geurige koffie, Gert hou vir elkeen om suiker en melk na smaak in te gooi. Rienie gee die bordjies met melktert aan, sy voel so tuis by die Van Tonder-gesin en Martin wat ook nes syself, 'n alleenloper is.

Hoofstuk 14: Hartseertyd

Rienie sit in haar eie gedagtes versonke. Hoe wonderlik moet dit nie wees nie om in 'n eie huis met wonderlik ouers te kan grootword. Tog is sy dankbaar dat sy vir tant Matilda. Sy het altyd tuis gevoel as sy by haar was, maar daar was meer as 'n honderd kinders in die weeshuis en almal moes bietjie aandag kry. Tant Annie was vir haar lief soos 'n ma en by haar het sy vir die eerste keer in haar lewe 'n eie kamer, eie klere en versorging gekry. Tog het sy nog altyd gewonder wat van haar eie ma en pa geword het. Gert hou Rienie so onderlangs dop. Hy wonder waaraan sy so ernstig dink, want haar gedagtes is ver van die gesprek wat Martin met sy ouers voer.

Gert staan op en trek Rienie aan die hand.

"Kom ons gaan haal nog koffie vir die wat wil hê, wie stem vir koffie?"

Oom Willem bedank dit want hy wil liewer gaan inkruip.

Tant Emmie staan op.

"Ek sal vir julle gaan maak."

"Dankie Ma, leer vir Rientjie hoe sy moet maak, wat van jou Martin?"

"Nee dankie tant Emmie, baie dankie vir die heerlike ete. Gert, sal jy my asseblief terugneem solank Rienie haar eerste les kry?"

"Seker kom ons ry gou."

"Nag tant Emmie en Rienie."

"Nag Martin."

Terug op Driefontein kry Gert sy ma en Rienie in die kombuis, die koffie is gemaak.

"Dit lyk my jy het die resep reggekry Rienie, dit ruik soos my Ma se koffie."

"Met jou ma se hulp ja."

Tant Emmie sê nag en laat die twee jongmense by die kombuistafel. Rienie skink hulle koppies vol en hulle bespreek die lieflike reën wat so nodig is vir die weiding.

"Dankie Gert, jy het my betyds gered voordat die ander mense kon agterkom dat my gedagtes myle ver van die punt van bespreking was. Ek sal jou anderdag vertel wat deur my gedagtes gegaan het."

"Ek sal geduldig wag vir daardie dag," sê Gert.

In die Hoekkafee sit die jongmense gesellig by twee tafels wat hulle teen mekaar gestoot het – besig om wafels en koffie te geniet. Susie draai na Johan.

"Hoekom het jy nie vir Martin saamgebring nie?"

Johan kyk na Helena wat dadelik begryp hy wil hê sy moet die saak regstel.

"Susie ek het ook maar vanmiddag gehoor dat Martin aan die Sewendedagadventiste Kerk behoort. Hulle, net soos miljoene Jode oor die eeue, hou Saterdag as hulle Sabbat. Hoe en waarom ons kerke dit na Sondag verskuif het weet ek nie, ek sal dit graag wil uitvind."

Marinda sê: "Ek weet dit ook nie, maar ons het huisvriende in Pretoria gehad wat ook Saterdag as Sabbat gehuldig het. Ons was vir baie jare vriende en dit het niks aan die vriendskap gedoen nie. Ons het Sondae vir hulle gaan kuier en ek en Johan het saam met hulle kinders grootgeword en baie aangename tye saam gehad. Die oom en tannie is al jare dood, maar ons hou nog kontak met hulle kinders."

Pieter vra: "Helena wat het nou van ons naweek by die dam geword?"

"Ja, weet jy ons was so besig, hoe lyk die eerskomende naweek, wie van julle kan saamgaan?"

Johan kyk na Marinda. "Ons sal nie kan gaan nie, jy verjaar Saterdag en pa-hulle het 'n braaivleis vir jou gereël. So mense, stel eerskomende naweek uit, julle is almal genooi vir Marinda se twintigste verjaarsdag Saterdagaand sesuur by ons huis."

"Dankie, ons sal dit vir niks verruil nie. Ons sal later weer praat oor die naweek by die dam."

Die tyd het gevlieg, dis nog net die jongmense by die twee tafels in die kafee. Wikus staan op.

"Baie dankie julle almal maar dis tyd vir huis toe gaan, môre gaap julle in die kerk."

Die jongmense groet en bedank vir tant Hermien en tant Kitty vir die lekker wafels met heuning en roomys.

"Sien tannies weer Saterdagmiddag."

Dit groet en lawaai soos die jongmense motors toe hardloop, want dit reën nog so ligweg.

Gees van die Labrador

Rienie staan op, spoel die koppies in die wasbak skoon, droog dit af en bêre dit op die rak.

"Gert, baie dankie vir die wonderlike middag, jy sal nooit besef hoeveel dit vir my beteken het nie. Jy moet jou seëninge tel om in so 'n huislike atmosfeer te kon grootword."

"Ja, Rientjies, ek weet ek is baie gelukkig, die Goeie Vader was nog altyd met ons as gesin. Kom ons gaan sit 'n rukkie op die stoep voor ek jou terugneem dorp toe."

Die windjie waai heerlik koel van die rivier af. Die paddakoor kwaak in reëlmaat en Gert wonder hoe hulle dit regkry. Selfs die krieke verstom hulle, dis onmoontlik om te bepaal uit watter hoek hulle so gelyk van hulle laat hoor. Gert en Rienie staan by die stoepreling. Die wolke het na die weste verby getrek en die blitse is ver weg nog duidelik op die horison. Reg bokant hulle skyn die sterre helder, die grond is nat en in die pad lê blink dammetjies water wat nog nie weggesypel het nie.

Gert sit sy arm om Rienie se skouer. Hy sal die hele nag hier kan staan en die varsheid van die natuur geniet.

"Ja Gert, dis wonderlik. In die stad is hierdie vreedsaamheid 'n mens nie beskore nie."

Onder in die rivierpad ry 'n motor in Kromdraai se rigting. Dis seker Wikus wat vir Johan en Helena terugbring.

"Gert as jy nie omgee nie, sal jy my asseblief terugneem huistoe?"

"Seker, ek gaan kry die motorsleutels." Gert vat Rienie aan die hand, hou die deur vir haar oop, loop om en klim in. Hy kyk na haar in die effense lig van die sterre.

"Dankie dat jy saamgekom het. Kan ek jou môremiddag kom oplaai, dan gaan wys ek jou ons mooi omgewing?"

"Dit sal heerlik wees, dankie Gert."

Hulle ry terug dorp toe. Sy woon by tant Mynie in Du Toitstraat. Gert stap saam met haar tot by die voordeur.

"Lekker slaap Rientjies."

"Dankie jy ook Gert, sien jou môre."

Op pad terug plaas toe, dink Gert aan hoe aangenaam en vriendelik die ligtekop bruinoog meisie is. Sy is slank en mooi gebou en dit tref hom dat sy ma as jongmeisie baie soos Rienie gelyk het. Sy ma is nog steeds baie mooi vir haar jare. Die effense grys in haar hare verhoog net haar statige voorkoms. Sy pa is baie trots op sy mooi vrou.

Op Driefontein staan Zeppie by die trappe. Hy blaf en draf Gert tegemoet. Hulle gaan slaap en Sondag môre is Zep weer eerste wakker, hy krap aan Gert se arm wat van die bed afhang. Tant Emmie sit by die kombuistafel en Gert sien dadelik daar skeel iets.

"Môre my kind, ek is bekommerd oor jou Pa, hy het laasnag rondgerol

113

en kon nie slaap nie. Ek het vir hom van die kalmeerpilletjies wat dokter Venter voorgeskryf het, gegee om te drink en hy slaap nou vir die eerste keer rustig."

"Hoekom het Ma my nie kom roep nie?"

"Ag my kind hy was nie siek nie, net baie rusteloos. Ek gaan hom vandag in die bed hou sodat hy goed kan uitrus, jy moet maar alleen kerk toe gaan, ek wil by hom bly."

"Goed Ma ek sal so maak, ek het Rienie belowe ek gaan haar vanmiddag die omgewing wys maar as dit reg is met ma bring ek haar liewer huistoe, ons kan hier kuier."

"Dis reg boetie, sy is regtig 'n baie gawe vriendelike meisie."

"Ek gaan net saggies by Pa inloer ek sal hom nie wakker maak nie."

Gert stap saggies met die gang na sy ouers se slaapkamer. Hy maak die deur stil oop en kyk na sy pa op die bed. Hy voel 'n koue rilling deur sy lyf trek. Sy pa lê skuins oor die bed en hy wonder of hy moet nader gaan om hom gemaklik te laat lê. Iets pla hom. Hy stap nader: Sy pa leef nie meer nie.

Hy word yskoud, hy kan dit nie glo nie, toe hy omdraai om sy ma te gaan roep, staan sy in die kamerdeur. Hy stap vinnig na haar toe, sit sy arms om haar en sy ma se snikke dring tot hom deur.

"Ma, miskien is hy net bewusteloos."

Hy snel terug bed toe maar helaas, sy pa is vir ewig weg. Hy en sy ma lê sy pa reguit op die bed en trek die laken oor sy dierbare pa se gesig. Hy laat sy ma voor die bed sit terwyl hy dokter Venter gaan bel. Dokter Venter belowe om dadelik uit te kom Driefontein toe.

Dis 'n onwerklike gevoel. Hy kan nie glo dat sy pa regtig oorlede is nie. Hy gaan terug kamer toe. Sy ma is wasbleek. Sy staar na die liggaam van die man wat vir haar alles beteken het. Die liefde wat hulle in hul getroude lewe ervaar het, was buitengewoon.

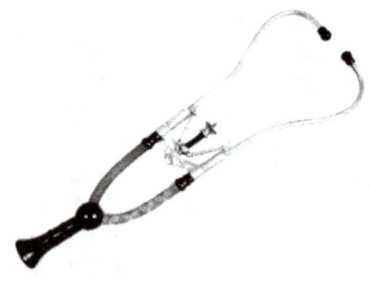

Gees van die Labrador

Sy wou graag meer as een kind wou gehad het, maar dit was hulle nie beskore nie. Gert was 'n pragtige, gesonde vriendelike baba en hulle het hom elke oomblik geniet. Destyds het hulle geglo daar sal nog kindertjies kom. Na drie jaar het hulle 'n ginekoloog in die stad gaan sien, hy het toetse op hulle albei uitgevoer en vir Emmie medikasie gegee, maar dit het nie gehelp nie. Al was Gert die enigste kind, is hy nooit bederf nie. Albei sy ouers het hom met liefde grootgemaak en hy het hulle gerespekteer en liefgehad.

Buite hou 'n motor stil. Gert staan op en deur die venster sien hy dokter Venter aangestap kom. Gert gaan maak die voordeur oop. Dokter Venter sit sy arm om Gert se skouer en druk hom teen hom vas.

"Gert ek is so jammer. Jou pa was vir ons almal 'n vriend en raadsman, ons gaan hom ongelooflik baie mis."

Hulle stap kamer toe. Emmie sit langs die bed met haar kop op die rand van die bed. Sy probeer haar snikke demp met die laken voor haar gesig. Dokter Venter trek Emmie op en druk haar saggies teen hom.

"My liewe Emmie ons innige simpatie vir jou en Gert, mag die Vader in die Hemel julle die krag gee om hierdie sware beproewing te bowe te kom.

"Gert neem jou moeder uit stoep toe, ek wil net 'n paar goed nagaan."

Gert neem sy huilende ma na buite. Zeppie kom sit voor tant Emmie. Hy probeer om op haar skoot te spring. Sy tel hom op, druk hom teen haar bors en vryf sy koppie.

Gert gaan sit langs sy ma, neem haar een hand en druk dit teen sy bors.

"Ma ek is so jammer, maar ons sal moet berus, dis ons Hemelse Vader se wil en Hy sal ons die krag gee om hierdeur te kom."

Dokter Venter verskyn op die stoep, hy gaan by tant Emmie en Gert sit.

"Dit was weer 'n hartaanval, erger as die eerste keer. Ek het dit verwag. Daar was niks wat ons kon doen nie, my innige simpatie."

Hy vra of hy die polisie en die lykbesorger kan bel.

"Ja dokter ek sal bly wees," sê Gert.

Sara stoot met rooi gehuilde oë die teewaentjie op die stoep uit.

"My hart is baie seer, mevrou Emmie. Ons almal was baie lief vir meneer Willem. Drink asseblief 'n koppie tee?."

Gert skink vir hulle die tee. Dokter Venter kom terug, hy kry ook 'n koppie en in stilte drink die drie mense hulle tee. Hy sê Gert moet sy ma kamer toe neem om vir oulaas afskeid te neem. Gert weet sy ma sal verkies om 'n rukkie alleen by sy pa te wees. Hy gaan uit en trek die deur agter hom toe. In die gang hoor hy die smart in sy ma se snikke. Gert wag buite die deur en na 'n paar minute gaan hy in. Hy lei haar by die agterdeur uit en stap met haar in die tuin. Toe hy die voertuie hoor vertrek neem hy haar na die spaarkamer. Daar maak hy en dokter Venter haar gemaklik op die bed voor dokter haar 'n inspuiting gee sodat sy kan slaap.

Gert sit langs die bed, hy hou haar hand vas. Met traangevulde oë kyk sy na hom.

"Ek dank die Here dat jy vandag hier by my is my kind."

Haar oë sak toe en in haar slaap snik sy nog nou en dan.

Johan en Martin kom op Driefontein aan, hulle simpatiseer met Gert.

"Ons is baie jammer Gert, is daar enigiets wat ons vir jou kan doen?"

"Ja, asseblief sal julle die bure en 'n paar mense in die dorp vir my bel? Ek sal dominee De Jager bel en ander reëlings gaan tref."

Gert gee vir hulle 'n lys telefoonnommers en is dankbaar dat daardie takie vir hom gedoen word. Hy gaan dorp toe en besluit om te wag totdat die kerkterrein leeg is na kerk.

Dominee de Jager is geskok oor die skielike dood van oom Willem. Hy simpatiseer met Gert en hulle reël die dag en tyd van die begrafnis wat in die familiebegraafplaas op Driefontein gehou sal word. Gert ry Du Toitstraat toe om vir Rienie die tyding te gaan gee. Sy sit haar arms om sy nek. Dit is vir haar vreeslik, want sy sien nog oom Willem waar hulle om die tafel gesit en gesels en gelag het oor goed wat hy as jongman beleef het.

"Gert, ek wens daar was iets wat ek vir jou en tant Emmie kon doen. Neem my saam, dalk kan ek by jou ma sit en vir haar bietjie tee maak."

"Baie dankie Rienie, dit sal vir ons 'n vertroosting wees."

Rienie gaan sê vir tant Mynie van oom Willem se skielike afsterwe en tant Mynie kom simpatiseer met Gert. Hulle ry terug Driefontein toe, maar tant Emmie slaap nog. Gert trek die deur toe. Hy is bly dat Rienie by hom is. Sy maak vir hulle koffie. Hy sal die volgende dag sy ma saamneem na die begrafnisondernemer om die reëlings te tref en 'n kis vir sy pa te kry. Dit gaan vir sy ma baie moeilik wees, maar dit moet gedoen word.

Oom Nic en tant Hettie kom en hulle is net so hartseer oor oom Willem se dood. Gert is dankbaar dat hulle daar is en hy vra vir tant Hettie om sy ma wakker te maak. Rienie neem vir hulle tee kamer toe en tant Hettie moedig tant Emmie aan om die tee te drink.

Die telefoon lui kort-kort, almal simpatiseer met Gert en laat weet sterkte vir tant Emmie. Tant Hettie is 'n ware steunpilaar. Sy help tant Emmie bed toe.

Maandagoggend is tant Emmie die gewone tyd in die kombuis. Gert en Zeppie kry haar by die kombuistafel besig om in die Bybel te lees en sy maak die Bybel toe.

"Boetie, ons sal onthou wat jou Pa vir ons beteken het. Hy sou dit wou hê dat ons moes voortgaan waar hy ons gewys het, om altyd op die Here te vertrou."

Gees van die Labrador

"Ons het mekaar Ma, ons sal aangaan. Sal Ma saam met my gaan om die begrafnisreëlings te gaan tref?"

"Ja my kind, na ontbyt kan ons die nodige gaan doen."

Dinsdagoggend elfuur lui die kerkklokke en dit klink so treurig. Die kerk is stampvol, want oom Willem was 'n geliefde en gerespekteerde man. Sy plekkie sal leeg wees.

Familie en vriende het van veraf gekom om die laaste eer aan hom te bewys en met Emmie en Gert te simpatiseer. By die begraafplaas is daar 'n plekkie ingeruim vir Driefontein, Uitzicht en Kromdraai se werkers. Hulle is soos familie, want hulle het saam met die eienaars van die plase grootgeword.

Na die diens terwyl die kis stadig sak, sing hulle 'n lied ter ere van oom Willem. Dit was baie hartseer en daar was nie 'n droë oog om die graf nie.

Tant Emmie se suster wat op Boskruin woon, pleit by haar om 'n paar dae by haar te kom kuier. tant Emmie wil nie gaan nie, maar Gert praat mooi met haar en sy willig later in. Sara pak vir tant Emmie die nodige in en die middag nadat alles afgehandel is, vertrek sy saam met Wilma en haar man Kobus.

Johan en Martin het by Gert agtergebly nadat almal terug is na hulle woonplekke. Die drie mans gaan eers kyk by die begraafplaas of alles reg is en maak die hekkie toe. Martin stel voor dat hulle afstap rivier toe. Die gekabbel van die water waar dit oor die klippe spoel, is altyd salwend vir die gemoed.

Klein Zeppie wat nou al mooi groot geword het vandat Gert hom by dokter Venter gekry het, kyk met verlangende ogies na Gert. Hy wil in die water gaan speel en Gert gooi 'n stok in die water. Zeppie swem in en bring die stok vir Gert terug dit lei die mans se gedagtes af van die middag se begrafnis. Daar swem 'n wilde-eend paartjie met hulle drie kleintjies naby die riete. Dis te pragtig hoe hulle net soos hulle ouers, die koppies onder die water druk en net die stertjies dan bokant die water uitsteek.

Die geelvinke wat nes gemaak het aan die wilgertakke wat oor die water hang, bring kos vir hulle kleintjies. Die natuur is wonderlik, mens moet net jou oë oopmaak en kyk.

Toe hulle op Driefontein by die huis kom, wag Helena vir hulle.

"Ek het julle kom haal, my ma het vir ons aandete gemaak."

Johan ry saam met Helena en Martin saam met Gert. Oppad merk Martin op hoe wonderlik gelukkig hulle is om in so 'n gemoedelike omgewing te bly waar hulle ware vriende het wat vir hulle omgee. In die stad weet mens meeste van die tyd nie eers wie jou buurman is nie.

Toe die mans op Kromdraai kom, groet oom Piet, tant Grieta, en Herman hulle vriendelik.

Op die wye stoep is dit koel en rustig en elkeen kry 'n sitplek. Hulle gesels oor die mooi reën en Herman noem dat hulle die volgende Maandag gaan begin perskes pluk Gert bevestig dat hulle ook kan begin en dat die eerste vrag Dinsdagmiddag reg sal wees vir aflewering. Hulle kom ooreen dat hulle eerste by Martin sal laai en dan teen drie-uur sal ry.

Helena help haar ma en hulle bring die vars gemaakte koffie en toebroodjies met die dienwaentjie uit. Die geur van die koffie laat almal se monde water. Daar is koue skaapboud, tamatie en kaas op die toebroodjies, met vars blaarslaai en frikkadelle. Die ete is voortreflik, almal geniet dit.

Na ete bespreek die mans weer die vrugteoes wat op hande is. Gert vra of oom Piet en Herman weer hulle appelkose self mark toe gaan ry. Daar word gereël dat Gert-hulle van hulle vrugte saam op dieselfde vragmotor kan laai. "Dankie, dat oom Piet ons vrugte saam laat gaan, dis 'n groot besparing vir ons."

 Die vragmotor is groot en hulle help mekaar – die een hand was die ander. Helena probeer die geselskap vrolik hou en sy dink aan Gert wat later die aand alleen na die leë huis moet teruggaan. Gelukkig is klein Zeppie daar om hom besig te hou. Gert dink aan dieselfde ding, maar hy sal daaraan moet gewoond raak en dit sal weer beter gaan as sy ma terug is by die huis.

Gert staan op.

"Oom Piet en tant Grieta, baie dankie dat julle aan my gedink het vanaand. Johan en Martin het ook gehelp om my oor die ergste eensaamheid te laat kom. Dankie Leentjie dat jy ons kom haal het. Herman ons reël môre finaal hoe ons die vrugte gaan wegry mark toe. Baie dankie vir alles, julle moet lekker slaap."

Die drie mans groet en vertrek. Gert laai vir Johan en Martin op Uitzicht af en ry Driefontein toe. Zeppie blaf en spring teen Gert se bene op. Die dierbare Sara het op die kombuistafel toebroodjies en 'n warmfles vol koffie gesit. Gert vat die koffie saam kamer toe en hy en Zeppie maak gereed vir die nag. Genadiglik raak hy later vas aan die slaap.

Zeppie is net 'n diertjie, maar die volgende môre voel hy die afwesigheid van Gert se ouers aan. Hy draf in die gang af en gaan sit voor tant Emmie se slaapkamerdeur. Hy krap aan die deur, tjank en draf terug kombuis toe: Hy soek sy ounooi. Woensdagmôre is die werkers stil. Elkeen doen sy werk, soos elke dag, maar die luidrugtige gesels en gelag is afwesig. So moet almal maar aanpas, al is dit moeilik. Die week en naweek gaan verby.

Maandagoggend staan die trekker en sleepwa gereed. Die werkers laai die lere en mandjies op en behalwe vir Jantjie en April wat eers na die melkery moet omsien, is die ander reeds by die boord. Gert verdeel hulle in spanne en hy wys vir hulle wat op die sleepwa gelaai word en wat nie. As die wa vol is sal Moses, die trekkerdrywer, dit pakskuur toe neem waar dit versigtig afgelaai word. Die pakkers staan reg met die kartonhouers waarop Driefontein se naam netjies gedruk is. Elkeen weet wat om te doen en die werk verloop glad. By die huis het Sara twee helpers wat help om die ontbyt negeuur gereed te hê. Hulle neem dit boord toe en almal eet heerlik ontspanne onder die bome. Die pakkers het ook hulle kos gekry, dus is daar geen oponthoud nie en teen halftien is almal weer aan die werk. Vir middagete gebruik hulle 'n volle uur om te eet en 'n bietjie te rus.

Gert ry Uitzicht toe. Martin en Koos is besig in die boord. Alles verloop vlot en in die pakhuis stapel hulle die kartonhouers met Uitzicht se naam daarop, versigtig opmekaar.

Gert gaan finaliseer die vervoerreëlings. As Gert die vrag die volgende dag teen drieuur gereed het, sal Herman eers Uitzicht en dan Driefontein s'n laai en as hulle teen sesuur klaar is, vertrek hulle mark toe. Dis beter om deur die nag te ry, want dis koeler en die paaie is nie so besig nie. Tant Grieta en Helena sal vir die padkos sorg, dan kan Herman en Gert net drinkgoed langs die pad koop.

Gert herinner hulle aan Marinda se verjaarsdag die Saterdagaand. Dis vir Gert moeilik om te dink hulle moet gaan feesvier en sy pa is net een week oorlede. Maar dis een van die dinge wat mens moet aanvaar en voortgaan.

Donderdagmôre vra Gert vir Jantjie om die middag 'n lam te slag en dit oornag in die koelkamer op te hang. Jantjie moet dit Vrydagmôre opsny vir braai, want hy het vir Johan se pa belowe dat hy 'n lam sal gee vir Marinda se verjaarsdag Saterdagaand en hy wil dit Vrydagmiddag al vir hulle neem.

"Jantjie ek gaan saam met meneer Herman die vrag Johannesburg toe neem. As ek nie betyds terug is nie, vra asseblief vir meneer Johan om die perskes vir sy pa te neem? Pluk asseblief ook drie kartonne vol perskes, twee vir meneer Nic en een vir juffrou Rienie. Meneer Johan weet waar sy bly.

"Maandagmôre pluk ons weer perskes. Ons gaan probeer om volgende week twee vragte weg te bring. Jy is in beheer hier wanneer ek weg is. As jy probleme het, vra meneer Martin moet help."

Gert beweeg tussen Driefontein en Uitzicht. Martin leer gelukkig vinnig en hy staan sy plek vol. Hy skryf die laaibrief uit, want die hoeveelheid kissies wat verpak is, is belangrik. In Johannesburg moet die hoeveelhede op Uitzicht se laaibrief en die kissies wat afgelaai word, ooreenstem.

Gert bespreek met Martin alles wat gedoen moet word terwyl hy weg is Johannesburg toe. Donderdagmiddag laai Herman eers Uitzicht en dan Driefontein se vrugte. Dis nou Gert se vrugte wat mark toe gaan en hy voel hartseer. Sy pa was altyd die persoon wat gesorg het dat alles reg verloop, nou moet hy dinge reghou, maar gelukkig sal Martin hom help.

Die vrag is gelaai. Die pad Johannesburg toe is lank, maar die twee mans gesels vrolik en die myle vlieg verby. Vieruur Vrydagoggend kom hulle by die mark aan. Dit is 'n miernes van bedrywighede, maar gelukkig ken Herman die prosedure en gou is die vragmotor ingetrek in die spasie waar hulle moet aflaai. Die drie plase se vrugte word apart in stapels gepak. Die markmeester tel die kissies, want daar word boekgehou van elke plaas se aantal kissies. Herman en Gert gaan saam met die markmeester om die vragbriewe te kry. Alles is in die haak en gou vat hulle die langpad terug plaas toe.

Hulle ry voorspoedig en vyfuur Vrydagmiddag is hulle terug. Herman laai vir Gert op Driefontein af – hulle is gaar gery, warm en stowwerig. Na 'n lekker stortbad en skoon klere voel Gert beter. Jantjie kry Gert op die stoep, waar Sara vir hom 'n beker lemoensap met ys gebring het. Zeppie blaf vir Jantjie en trek hom aan die broekspyp, hulle lag vir die klein brakkie se streke.

"Meneer Gert, ek is bly meneer-hulle het veilig gery."

"Dankie Jantjie, dis ver en ons is redelik moeg."

"Meneer Gert, die lam is opgesaag en verpak en die kartonne met perskes is ook gereed."

"Dankie Jantjie bring dit asseblief motor toe, dan ry ek gou en bring dit weg."

Oom Nic en tant Hettie is bly om Gert te sien. Die dag met die begrafnis was daar baie mense en hulle het net gegroet en gesimpatiseer. Die skielike dood van Willem was vir hulle ook 'n geweldige skok. Oom Nic help Gert om die vleis en vrugte af te laai.

"Baie dankie Gert, ons waardeer dit baie."

Tant Hettie nooi Gert om saam met hulle aandete te geniet, maar Gert

Gees van die Labrador

bedank haar vriendelik want hy wil gou vir Rienie gaan groet.

"Sien oom-hulle môreaand, sê groete vir Marinda."

Gert hou voor die huis in Du Toitstraat stil, Rienie en tant Mynie sit op die stoep – die enigste plek waar dit 'n bietjie koel is. Gert neem die perskes en groet vir Rienie wat hom onder die trappies inwag.

"Ons is baie bly om jou veilig terug te sien."

Tant Mynie sê: "Welkom by ons Gert, baie dankie vir die pragtige perskes."

"Dis 'n plesier tannie, ek hoop julle geniet dit. Tant Mynie ek wil graag vir Rienie 'n bietjie steel vir 'n paar uur?"

"Gaan geniet julleself my kind."

Terwyl Rienie haarself 'n bietjie gaan opknap gesels Gert met tant Mynie. Sy is 'n netjiese ou dame en dra haar lang hare in vlegsels om haar kop. Dit laat haar baie deftig lyk. Haar mooi blou oë is nog helder en vriendeik.

Rienie het 'n mooi bont romp met 'n wit bloesie en wit sandale aangetrek en lyk koel en vrolik. Gert vat haar aan die hand en hulle klim die trappies af. Hy hou die motordeur vir haar oop, dan stap hy om na die bestuurderskant klim in, en kyk haar skalks aan.

"Ek wou jou graag alleen sien, kom ons kry iets by die Hoekkafee, dan gaan eet ons daar onder by die rivier, dis koel en rustig daar."

Gert ken elke duim van die rivieroewer. Met die eetgoed op die agterste sitplek, hy ry na die groot ou wilgerboom waar hy jare gelede al 'n bankie gemaak het. Die rivier vloei net 'n paar meter onder hulle verby. Die geluid van die water oor die klippe is kalmerend.

Gert maak vir Rienie 'n botteltjie koeldrank oop, dis yskoud, hulle geniet die eetgoed wat hulle by die Hoekkafee gekoop het. Later gaan sit hulle op 'n klip en laat hulle voete in die water hang. Gert spat 'n klompie waterdruppels in Rienie se gesig en sy laat nie op haar wag nie. Sy skiet terug en hulle skater van die lag. Baie gou is hulle papnat. Die son begin water te trek en hulle maak aanstaltes om terug te gaan.

Gert vra vir Rienie of hy haar die volgende aand kan kom haal vir Marinda se verjaarsdagpartytjie. Hulle ry rustig terug dorp toe. Hy vergesel haar tot by die voordeur en wys haar uitnodiging vir koffie van die hand. Hy is redelik moeg en sal vannag soos 'n klip slaap. Hy trek haar nader en soen haar saggies op haar voorkop.

"Nag Gert, lekker slaap."

"Nag Rientjies, dankie dat jy saam met my gegaan het."

Hy draai om. Klim in die motor, wuif vir haar en ry terug Driefontein toe.

Op Driefontein is Zeppie baie bly om sy baas te sien. Gert tel hom op, gaan op 'n stoepstoel sit en troetel die hondjie.

"Ja ou Zep as jy nie vanaand hier was nie, was ek stoksielalleen. Ons sal altyd lekker maats bly, maar nou moet ons gaan slaap my honne."

Hoofstuk 15: Henry Lourens

Saterdagmôre is Zeppie weer vroeg wakker en krap aan die kombers wat oor Gert lê. Terwyl Gert in die badkamer stort en aantrek, kou Zeppie sy skoenveters. Sy tandjies is skerp en die een skoen is al sonder veters, nou spook hy met die ander een. Gert kom uit die badkamer en steek vas.

"Jou klein twak, ek sal jou moet begin leer wat is reg en verkeerd!"

Zeppie het seker aangevoel hy het drooggemaak, want hy kruip onder die bed in. Gert buk en sleep hom uit. Zeppie was baie stout, hy druk die skoen sonder veters onder sy neus, raps hom op sy voorpootjies en Zeppie tjank. Hy weet hy het verkeerd gedoen. Gert haal nuwe veters uit sy laai en ryg dit in die skoene terwyl Zeppie ewe verleë sit en toekyk. Hy hoop maar Zep het sy eerste les ter harte geneem.

Gert stap uit in die gang. Dis doodstil en donker in die kombuis en hy verlang sommer na sy ma. Hy gaan haar volgende Sondag haal, neem hy hom voor. Hy sal maar nog 'n week sonder haar moet klaarkom. Hy weet dis vir sy ma moeilik, maar die kuiertjie by tant Wilma sal haar gedagtes bietjie aflei.

Sara kom by die agterdeur in en groet vriendelik.

"Meneer Gert ek gaan dadelik koffie maak, dit sal nie soos mevrou Emmie s'n smaak nie, maar ek probeer my beste."

"Dankie Sara ek sal dit netnou kom drink."

Gert en Zeppie loop kraal toe waar Jantjie en Flip besig is om te melk. Hy groet hulle en stap boord toe. Die perskes is groot uitgeswel, hulle sal moet wikkel om dit betyds af te kry. Die appelkose is nog 'n bietjie groen en hy hoop die perskes is afgepluk voor die appelkose reg is. Hy pluk 'n paar perskes en neem dit saam huistoe.

Stories uit die Riemland

In die kombuis hang die reuk van koffie. Sara bak spek en eiers vir ontbyt. Gert sit aan en drink solank sy koffie. Zep drink lustig aan sy bakkie met melk. Hy het klaar vergeet van die afranseling wat hy gekry het.

Na ontbyt stap Gert uit stoep toe, hy wil gou na Johan toe ry. Hy hoor Driefontein se kode lui en gaan antwoord die foon. Dit is Helena.

"Môre Gert, hoe gaan dit met jou en Zeppie?"

"Ons kom so op 'n manier reg. Ek mis my ma, ek wil haar volgende Sondag gaan haal."

"Gert, hoe laat kom jy my haal vir Marinda se verjaarsdag partytjie?"

Gert weet nie om vir haar te sê nie, hy dink nie Rienie sal daarvan hou dat hy met Helena by hom, haar kom haal partytjie toe nie. Helena wonder hoekom neem hy so lank om haar te antwoord .

"Helena dis nou moeilik, ek het Rienie gevra om saam met my te gaan, maar ek sal jou kom haal en eers na oom Nic-hulle toe vat en dan vir Rienie gaan haal."

"Nou wat vertel jy my Gert, vir wie moet ek nou my oupa se tambotie lessenaar gee? Jy het gesê ons oudste seun moet dit kry."

"Ai Leentjie, jy laat my nou sleg voel, ek het nie gedink jy is ernstig nie."

"Toemaar Gert, ek sal 'n plan maak, moet jou nie oor my bekommer nie."

Gert kan homself skop, hoekom het hy nie vroeg vanoggend vir Johan gevra om Helena te nooi nie, dan was hy nie nou in die warmwater by haar nie. Hy wil Johan gou bel, maar die lyn is beset. Hy het Johan se stem gehoor maar nie geluister met wie hy praat nie. Hy hoor toe hulle aflui en lui gou Johan se kode op die plaaslyn.

Johan antwoord.

"Gert daardie bruinkop is vies vir jou, ek gaan haar haal vir my sus se partytjie."

"Ag dankie Johan, ek het opgeslip. Ek moes jou gisteraand gevra het om haar te nooi om saam met jou te gaan, sy gaan my nie gou vergewe nie."

Dis 'n heerlike aand. Die maan is 'n klein blink strepie in die lug en die sterre is so helder, 'n mens kan die bome en bosse sien – 'n ideale aand om partytjie te hou.

Gert gaan haal vir Rienie. Sy en tant Mynie sit op die stoep. Rienie het 'n ligblou broekpak aan met silwer sandale en sy lyk pragtig. Hy sit sy arm om haar lyfie en soen haar liggies op haar voorkop. Hy groet tant Mynie en sê dat hulle nie te laat terug sal wees nie.

By oom Nic-hulle is daar al 'n hele paar voertuie. Gert parkeer, stap om en help vir Rienie uit die motor. Hand aan hand stap hulle na die mooi stoep.

Gees van die Labrador

Oom Nic, tannie Hettie en Marinda wag hulle by die trappies in. Gert groet almal en wens Marinda geluk met haar verjaarsdag. Hy haal 'n mooi toegedraaide pakkie uit sy sak en gee dit vir haar.

"Ek hoop jy sal dit nuttig kan gebruik."

"Dankie Gert, ek is seker ek gaan daarvan hou."

Rienie gee vir haar 'n klein pakkie met 'n kaartjie.

"Dankie Rienie ek gaan julle geskenkies oopmaak sodra ek 'n kansie kry."

Oom Nic stap saam met hulle. Almal groet vrolik.

"Hier is die drinkgoedjies. Gert, help vir Rienie."

Gert voel iemand kyk vir hom. Op die stoepmuurtjie sit Helena, maar voordat hy kan groet, kyk sy weg. Hy hoop Rienie het nie die kyk in Helena se oë gesien nie en ook nie dat sy haar gesig weggedraai het sonder om te groet nie. Gert hoop maar dat hulle gedurende die aand vrede kan maak.

Gert sien dat Martin alleen by die trappies opkom. Oom Nic, tannie Hettie en Marinda groet hom vriendelik. Marinda neem hom aan die hand en kom na Gert toe aangestap.

"Gert gee asseblief vir Martin iets om te drink? Ons verwag nog net twee mense dan is ons voltallig, dan sal ek Martin aan die ander voorstel."

Hulle drie gaan kry drinkgoed. Daar is 'n groot glasbak met heerlike bola en dit lyk baie lekker. Gert skep vir hulle elkeen 'n koppie vol. Hulle stap rond en bewonder die mooi stoep en vleisbraaiplek.

Johan neem vir Helena 'n bekertjie bola en gaan sit langs haar op die stoepmuurtjie.

Die laaste gaste, Riek en Linda Mulder, daag op en almal groet vriendelik. Op die tafels is heerlike southappies vir die gaste om aan te peusel. Die vuur in die braaiplek brand gesellig en oor 'n halfuur kan die vleis opgesit word.

Oom Nic roep 'n paar manne om die sjampanje in te skink. Hy wil die heildronk op Marinda instel voor die vleis gebraai moet word. Toe elkeen 'n glasie sjampanje het, vra hy stilte.

"Vriende en familie, Marinda is vandag twintig jaar oud en dis vir ons 'n voorreg om julle almal hier by ons te hê. Dankie Riek dat jy dit moontlik gemaak het dat sy hier op Rietfontein kan werk. Dankie ook aan Gert wat Uitzicht se ou huis tot Johan se beskikking gestel het, dis vir ons wonderlik om altwee ons kinders hier naby ons te hê. Dis hartseer, ons mis vir Willem en Emmie van Tonder, want hulle het die lewe vir ons hier baie aangenaam gemaak. Dit is egter die Here se wil dat hulle nie vanaand ook hier is nie. tant Emmie sal volgende Sondag terugkom en ons almal sal haar ondersteun waar ons kan.

"Marinda jy is ons sonstraaltjie. Vandat jy gebore is, het jy aan almal om jou geluk gebring. Mag die Goeie Vader jou seën en beskerm dwarsdeur jou lewe. Ons is trots op jou en baie lief vir jou, baie geluk ons meisiekind."

Almal lig hulle glasies en klink dit op Marinda se geluk. Die ouer gaste kuier op die stoep en van die jongmense stap buite op die grasperk rond terwyl ander op komberse op die gras sit.

Johan, Martin en Gert begin die skaaptjops en sosaties braai en die geur trek oor die werf. Van die jong dames help om die slaaie uit te dra na die tafels op die stoep. Tant Hettie het 'n paar boerbrode gebak en dit gaan groot aftrek kry. Oom Nic het dadelik die een korsie van 'n brood bestel – hy wil appelkoos konfyt daarop hê. Hettie sny die warm brood se korsie af. Hy smeer self genoeg botter en konfyt op en toe begin almal brood en botter eet. Dis 'n plesier om te sien hoe hulle smul.

Toe die braaivleis gaar is, bring Johan die skottels tafels toe en daar word gesellig geëet en gelag. Daar is niks wat braaivleis klop nie. Gert kry nie kans om met Helena te praat nie, want sy ontglip hom telkens. Hy wil dit nie ooglopend maak dat hy haar eenkant wil kry nie, dus sal hy maar sy kans afwag.

Marinda het vir Martin aan die hand en stel hom voor aan die gaste wat hy nie ken nie – hulle geniet mekaar se geselskap. Daar is nie baie jongmense nie, tog genoeg dat hulle bietjie kan dans, maar oom Nic het besluit dat dit onvanpas sou wees met oom Willem se afsterwe net twee weke tevore. Daar sal weer ander geleenthede wees vir dans.

Oom Nic was op sy dag 'n goeie trekklavierspeler, daarom bring tant Hettie die trekklavier. Oom Nic gaan staan eenkant op die stoep en roep die jongspan om bietjie saam te sing. Almal weet dis 'n manier om die partytjie op te vrolik. *My Sarie Marais*, *Aanstap Rooies*, *Aai Aai die Witborskraai*, en een na die ander volksliedjies word heerlik saamgesing en almal klap hande op die maat van die musiek.

Marinda lyk pragtig in 'n ligpienk rokkie wat op haar enkels hang, haar blonde hare is in krulle op haar kop gekam, haar mooi blou oë blink in die gekleurde liggies op die stoep. Gert kyk na Martin, hy staar in vervoering na die pragtige meisie. Sy glimlag vir Martin en Gert is bly dat Martin nie uitgestoot word nie. Hy kyk ook na Helena. Sy is teruggetrokke nie so 'n maltrap soos wat sy altyd is nie. Sou sy meer as vriendskap vir hom voel? wonder Gert.

Na ete neem die meisies die gebruikte skottelgoed kombuis toe. Tant Hettie se huishulp het haar dogter saamgebring om te help opruim. Niemand is dadelik lus vir koffie nie. Hulle sal later die mooi versierde verjaarsdagkoek en terte geniet.

Riek Mulder is 'n baasstorieverteller en nadat almal tot ruste gekom het, vertel hy van die grappige ondervindings wat hy al as prokureur belewe het. Hoe skelms se slim planne misluk het. Dis veral toe hy nog in die Kaap sy opleiding gekry het, waar die kleurlinge met vernuftige planne probeer het om uit Roelandstraat se tronk te bly:

"Jankoos en Gatiepie haak, en koop saam 'n bottel vaaljapie. Hulle gaan sit agter 'n bos om die wyn te drink. Gatiepie maak 'n streep op die bottel. 'Djy drink tot daar, die ander is myne.'

"Jankoos sit die bottel voor sy mond en gloek-gloek drink hy. 'Nei man djy drink te viel [veel], kyk hoe lieg [leeg] is die bottel nou.'

'Man djy lieg, kyk hoe vol is die bottel nog.'

"Hulle skree naderhand op mekaar. Gatiep sit die bottel neer en pot Jankoos op die mond. Jankoos gaan polisie toe, hulle vang Gatiep en gooi hom in Roelandstraat se tronk. Die volgende môre kom hy voor die hof en die magistraat vra: 'Hoekom het jy drie van die man se tande uitgeslaan?'

'Djou onner,' antwoord Gatiep, 'want daai was al wat hy oorgehad het djou onner, hy het die bottel halflieg ytgesyp.'"

Dit lag en gesels en Gert sien Helena loop kombuis toe.

"Rienie verskoon my, ek is nou weer terug."

Helena is by die agterdeur uit en staan op die agterstoep. Gert kom staan langs haar.

"Lientjie ek is jammer oor ons misverstand, ek wil nie hê jy moet kwaad wees vir my nie."

"Ag Gert, dis nie jou skuld nie, ek het jou al as vanselfsprekend aanvaar. Jy het die volste reg om Rienie uit te neem, sy is 'n baie oulike meisie. Ek sal vir my 'n mansvriend aanskaf, jy is in elk geval te voor op die wa."

"Nou toe Lientjie, kom ons gaan soek koffie en eet sommer van die verjaarsdagkoek."

Hulle stap deur die huis op die voorstoep uit. Rienie glimlag vir Helena. Sy het die spanning tussen Gert en Helena gesien, maar nie geweet wat die oorsaak was nie.

Die geur van koffie hang in die lug. Die groot tafel op die stoep is mooi gedek en die verjaarsdagkoek met bordjies en koekvurkies staan reg saam met die koffiekan en -koppies op die dienwaentjie, reg om geniet te word. Gert, knik vir Rienie. Sy kom na hom toe en hy skink vir haar en Helena koffie in en dan vir homself,

Dis 'n lieflike koel aand, net die vrolike gelag van die jongmense word gehoor.

Skielik raas iets vreeslik in die hoofstraat, almal hou op met praat en luister. Dis 'n motorfiets en nie 'n kleintjie nie.

"Dit klink soos 'n Harley Davidson," sê Gert.

Nou wie sal nou dié tyd van die nag so vinnig ry? Die fiets stop by die stopstraat, kom met Du Toitstraat op, ry stadiger en stop. Almal wonder wie dit kan wees.

"O, dis seker oom Dirk Lourens se seun. Tant Mynie het my vanaand gesê hulle verwag hom. Hy kom nou saam met sy pa in die motorhawe werk," lig Rienie hulle in.

"Arme oom Dirk en tant Johanna. Die seun wat so laat in hulle lewe vir hulle gebore is, was al van laerskooldae af vir hulle 'n straf. Hy is so bedorwe en na standerd ses het oom Dirk hom koshuis toe gestuur in Bloemfontein. Daar het hy soveel moleste gemaak dat hy verbeteringskool toe gestuur is," vertel Riek.

"Ek moes hom meer as een keer uit die tronk gaan haal en sy boetes betaal. Mag die Here gee dat hy intussen bedaar het. Sy ouers het so hard gewerk om die motorhawe aan die gang te hou, ons sal maar sien wat vorentoe gebeur."

Gert vat Rienie aan die hand.

"Oom en Tannie, baie dankie, dit was 'n baie aangename aand. Die partytjie en die inwyding van julle braaihoekie is 'n reuse sukses. Jan Nel gaan verseker baie besig wees in die toekoms."

"Dankie Gert, ons gaan julle nou gereeld oornooi."

Riek vat Gert aan die arm. "Gert, oom Dirk-hulle is tant Mynie se bure. Jy sal jou aster mooi moet oppas dat Henry Lourens nie in jou slaai krap nie."

"Riek, ek breek sy nek as hy naby Rienie kom."

"Toemaar Gert, tant Mynie het my genoeg gewaarsku, ek sal ligloop vir die meneer ."

Gert en Rienie wuif vir die ander.

Martin staan by Marinda en hy vat albei haar hande.

"Marinda jy is die mooiste meisie wat ek nog ooit gesien het, baie dankie vir die uitnodiging vanaand, mag ek maar weer kom kuier?"

"Jy is baie welkom Martin, dis seker maar eensaam in daardie groot huis op Uitzicht?"

"Ja dis alleen, veral saans. Ek hou my maar besig met 'n bietjie skilderwerk. Ek is nie juis kunstig nie, maar daar is so baie mooi plekke op die plaas, ek probeer maar."

"Ek sal graag wil sien?"

"Goed, ek sal jou môremiddag kom haal."

Johan vat Helena aan die hand.

"Jy kan vir my gaan koffie maak op Kromdraai, hoe laat bêre jou pa die haelgeweer?"

Helena lag.

"Ek sal vir jou 'n goeie woordjie doen by my pa."

Hulle groet en Helena bedank hulle vir die aangename aand en wuif vir Marinda waar sy en Martin nog staan en gesels.

Gees van die Labrador

Op pad sê Helena: "Baie dankie Johan dat jy my kom haal het, ek was al so bederf dat Gert my altyd kom haal, dit vir my hy en Rienie is nou maatjies."

"Helena ek is bly, ek sal jou graag beter wil leer ken."

Op Kromdraai is oom Piet-hulle nog wakker. Hulle het vriende gehad wat die aand daar gekuier het. Oom Piet nooi Johan om by hom op die stoep te kom sit. 'n Heerlike koel windjie waai van die rivier af. Helena het haar ma gaan help koffie maak.

"Johan is jy baie besig met die houtwerk?"

"Ja oom Piet, ek het 'n groot bestelling gekry. 'n Man van Bloemfontein wil 'n sit- en eetkamerstel van kiaathout hê, so die volgende paar weke sal ek moet wikkel, want hy is haastig vir die meubels. Hy het 'n nuwe huis gebou en nou wil hy dit met kiaathout meubileer."

Helena stoot die teewaentjie op die stoep uit. Tant Grieta het 'n melktert warm gemaak om saam met die koffie te bedien.

Johan voel tuis by die Beukes-gesin. Hulle gesels oor alles en nog wat. Na koffie maak Johan verskoning en bedank Helena omdat sy hom vergesel het. Sy stap saam bakkie toe en waai vir hom. Sy staan die rooi agterliggies van die bakkie agterna en kyk. Johan is 'n goeie maat, maar daar kriewel nie skoenlappers in haar maag nie, sy sal maar sien wat die toekoms oplewer.

Sondagmôre bel Rienie vir Gert. Hulle gesels oor die vorige aand se partytjie. Tant Mynie het Gert genooi om die Sondag na kerk saam met hulle te eet en hy aanvaar dit dankbaar.

Sondagoggend ry Johan vroeg na sy ouers se huis, hy wil gaan help om alles weer reg te kry na die partytjie. Sy pa en Marinda is kerk toe, dus kan hy en sy ma lekker gesels so onder die werkery deur, want hulle kry nie baie kans om alleen te kuier nie. Hy noem dit vir sy ma dat hy Helena graag beter wil leer ken. Sy ma is huiwerig om haar mening uit te spreek. Sy sê Helena is 'n mooi meisie met 'n sterk persoonlikheid en dat hy nie oorhaastig moet wees nie. Sy beveel aan dat hy ander meisies ook uitneem sodat hy kan uitvind hoe sterk sy aangetrokkenheid is. Dis die enigste manier waarop hy kan besluit of hy regtig 'n verhouding met haar wil hê.

Na kerk ry Gert na tant Mynie se huis. Rienie kom ontmoet hom by die trappies en sy het 'n voorskootjie aan, want sy help tant Mynie met die afronding van die ete. Gert stap saam kombuis toe.

"Môre tant Mynie, dankie vir die uitnodiging, met my ma wat nog by haar suster is, is etes maar skraal. Sara probeer haar bes, maar ek mis my ma se hand by die kos."

"Dis 'n plesier om jou hier te hê Gert. Rienie, gaan drink julle tee op die stoep ek sal nou regkom hier, dankie vir die hulp."

Stories uit die Riemland

Net soos die meeste van die huise in die omgewing, is die stoep almal se kuierplek. Dis koel en gesellig met potplante wat oral rondstaan. Party plante is oortrek van die blomme en dit laat mens tuis en ontspanne voel. Gert noem dat hy die volgende Sondag sy ma op Boskuil gaan haal.

"Wil jy saamgaan Rienie?"

"Ja dankie, ek sal graag die omgewing wil sien, dis so mooi hier, veral langs die rivier af."

Gert sê dat dit lekker sal wees om die geselskap van so 'n mooi dame te hê.

"Ag Gert, jy vlei sommer, hier is baie mooier meisies as ek op die dorp."

"Kan wees, maar ek verkies jou geselskap."

Tant Mynie kom sit 'n bietjie by hulle, die ete is gereed en in die lou oond net reg vir opdra.

By oom Dirk Lourens se huis kom 'n lang donker man op die stoep uitgestap. Hy het swart klere aan met 'n valhelm in sy hand. Hy klim op die groot motorfiets en ry met 'n gebrul daar weg.

Tant Mynie sug. "Ek kry sy ouers baie jammer. Hy is arrogant en het geen respek vir mense nie. Sy ouers is goeie hardwerkende mense wat nie so 'n seun verdien het nie. Sy oupa aan moederskant was glo 'n duiwel wat vir niks gestuit het nie. Dié oupa het 'n ongeluk met 'n perd gehad toe hy die perd wou inbreek. Na die ongeluk was hy verlam en het in 'n rolstoel gesit vanwaar hy die mense om hom verskree het. Sy vrou en kinders was doodbang vir hom. Hy is so tien jaar gelede aan 'n hartaanval oorlede."

"Dink tante hy aard na sy oupa?

"Mens kan nie verseker sê nie, maar almal dink so. Nou kom kinders, ons het aangenamer dinge om te doen, die ete is gereed. Rienie sal jy asseblief kom help opdra?"

Die eetkamertafel is mooi gedek met 'n spierwit damastafeldoek en servette. Die blou wilgerpatroon borde en opskepbakke was nog 'n trougeskenk aan tant Mynie en oom David haar man. Die saggekookte skaapnek met aartappels en worteltjies asook die groenboontjies en soetpatats lyk heerlik. Die groenslaai is vars en bros.

Gert wag tot die dames sit. Hulle vat hande en hy vra die seën. Hy skep sy bord vol en eet tog te lekker.

"Tant Mynie die kos is heerlik, ons boervrouens weet hoe om te kook. Kan ek nog 'n skeppie patats kry, asseblief?"

Rienie kyk na Gert.

"Kan jy sien hoekom ek die oefening op die tennisbaan so nodig het? Tant Mynie se kos is so lekker, ek word nou vet daarvan."

"Daar is 'n malvapoeding vir nagereg. As julle dit later wil eet, is julle welkom."

Gees van die Labrador

"Dankie tante, later sal dit meer tot sy reg kom."

Rienie sit glase en yskoue lemoensap op 'n skinkbord wat Gert stoep toe dra. Hulle sit rustig en gesels terwyl hulle die sap drink.

Gert kyk na Rienie. "Jy het seker gisteraand opgemerk dat Helena nie so opgewek en vol streke was soos gewoonlik nie? Ek is jammer maar dit was my skuld. Ek was saam met Herman weg Johannesburg toe en ons het laat Vrydagmiddag eers teruggekom. Ek het vergeet om vir Johan te vra om haar te nooi om saam met hom na Marinda se partytjie toe te gaan.

"Sy het my gisteroggend gebel en gevra hoe laat ek haar kom haal vir die partytjie. Ek het verskoning gemaak en vir haar gesê ek neem jou partytjie toe. Sy het haar vererg en my kwalik geneem daaroor. Sy het my nie eers gegroet toe ons by oom Nic-hulle kom nie. Later het ek vir haar om verskoning gevra en ek gesê ek hoop ons is weer vriende.

"Ons het saam grootgeword. Ek, sy en Jan het elke dag met ons fietse skool toe gery. Ons is al vir baie jare vriende en ek wil dit graag so hou. Johan voel aangetrokke tot haar, so ek hoop hulle sal 'n paartjie word, dan kan ek my onverdeelde aandag aan jou bestee."

"Ja Gert, ek het die spanning aangevoel en ek is bly as dit uitgeklaar is. Helena is 'n gawe vriendin, ek wil haar nie graag verloor nie."

"Rienie is dit nog reg, sal jy Sondagmôre saam met my ry as ek my ma op Boskuil by haar suster gaan haal?"

"Dit sal lekker wees, dankie. Hoe laat moet ek gereed wees?"

"As ons so vyfuur kan ry sal dit gaaf wees. Dan kan ons 'n bietjie kuier en na ete terugkom. Ek dink my ma verlang al huis toe."

Martin se rooi motor hou voor oom Nic se huis stil. tant Hettie kom net met die teewaentjie op die stoep uit.

"Jy is net betyds vir koffie. Hier is nog baie verjaarsdagkoek oor, kom geniet dit saam met ons."

"Dankie oom Nic, goeie middag almal. Ek wens Marinda verjaar elke week, dit was gisteraand baie gesellig."

"Nee man, Martin, jy wil my gou oud kry, ek sal liewer elke week net 'n koek bak."

In ligte luim geniet almal die koffie. Martin vra vir oom Nic en tant Hettie of Marinda saam met hom Uitzicht toe kan ry.

"Sy wil na my skilderpogings gaan kyk. Ek is seker sy gaan teleurgesteld wees, want ek het maar eers hier op Uitzicht lus gekry om die mooi ou huis op doek vas te lê."

"Dis in die haak Martin. Marinda het die afgelope jare 'n paar mooi skilderye gemaak, sy kan jou dalk 'n bietjie raad gee."

"Sies Marinda nou laat jy my skaam kry. Jy sê my niks dat jy 'n ou hand is in die skilderkuns nie, maar vir jou straf sal jy my moet help om my pogings beter te laat lyk."

Stories uit die Riemland

"Nou toe kom Martin, tussen ons twee sal ons daardie mooi ou opstal tot sy reg laat kom. Ek gaan haal net my sketsboek." Marinda bring ook 'n paar buisies verf en kwaste saam.

Hulle groet en ry Uitzicht toe. Martin het die stoepkamer as ateljee ingerig en met die groot venster is dit mooi lig in die vertrek. Marinda verwonder haar aan die paar doeke wat op staanders staan. Uitzicht se huis is amper klaar. Die skaduwees kort net 'n bietjie afronding en die agtergrond benodig aandag.

"Martin jy het regtig talent en goeie aanvoeling, jou pogings is pragtig. Die ou wilgerboom met die afgebreekte tak is iets besonders. Het jy regtig nie opleiding in skilderwerk gehad nie?"

"Nee, maar my ma het heelwat in haar leeftyd geskilder. Ek het ure by haar in die veld gesit en kyk wat sy doen. Na my pa se dood is ek koshuis toe. Die eienaar van die plaas waar ons gebly het, het die meubels en die huis se inhoud gekoop en vir my die geld in my bankrekening inbetaal. Met daardie geld het ek matriek gemaak en daarna het ek 'n kamer gehuur en in die poskantoor gaan werk. Ek was nog te veel van 'n kind om van die skilderye vir my uit te hou."

"Dis baie jammer Martin, miskien kan jy eendag teruggaan na daardie plaas toe. Miskien woon die boer nog daar en het hy dalk van die skilderye gehou, dan kan jy 'n paar terugkoop."

"Dis 'n wonderlike plan! As kind het ons vir my pa in die Boesmanland gaan kuier toe hy daar gebeor het. My ma het 'n skildery van drie kokerbome teen 'n koppie gemaak en dit was vir my baie mooi. Nadat sy dit klaar gemaak het, het my pa dit geraam en in my kamer opgehang. Ek het elke dag daarna gekyk. As ek net daardie een kan terugkoop sal ek baie dankbaar wees."

Marinda meng 'n bietjie verf en wys vir Martin waar hy die agtergrond moet inkleur. Sy verf vir hom 'n wolkie en wys hoe hy dit moet inkleur. Dit maak 'n ongelooflike verskil aan Uitzicht se skildery. Die tyd vlieg om en baie gou moet hulle teruggaan. Hulle ry gou boord toe en pluk 'n mandjie perskes vir oom Nic-hulle. Martin kuier bietjie by hulle voor hy terugry Uitzicht toe.

Maandagmôre is man en muis al voor sonop met die lere en mandjies op die sleepwa. Hulle sal nou moet wikkel om die vrugte gepluk te kry voor dit te ryp word.

Op Uitzicht is almal ook aan die werk. Martin hou toesig en hy geniet die werk in die buitelug.

Gert is in Driefontein se boorde toe hy 'n wit bakkie aangery sien kom. Hy stap nader en stel homself voor.

"Goeie môre ek is Andries van Wyk. Meneer Van Tonder, jou perskes is pragtig. Ek het Vrydag 'n kissie gekoop en so jou adres gekry, maar ek soek eintlik appelkose. Ek is die bestuurder by die inmaakfabriek op Parys. Ek sien jy het 'n boord appelkose ook? Stel jy dalk belang om dit grootmaat aan ons te verkoop? Ons kom pluk dit self en neem dit fabriek toe. So spaar jy pluk- en vervoerkoste."

"Ja Andries dit sal my baie werk spaar. Hoeveel betaal julle per plukkas?"

"Ons betaal 'n pond per kas, dit klink dalk vir jou min maar ons koop jou hele oes."

Gert vat aan sy ken, dis 'n gewoonte wat sy pa, oom Willem, ook gehad het as hy diep dink.

"Goed, maar ek het 'n boord op Uitzicht ook, dis die plaas hier langs my."

"Wonderlik kom ons gaan kyk hoe ver is die vrugte gevorder. Ons wil dit nie graag te ryp hê nie."

Hulle stap na die appelkoosboord waar die vrugte mooi begin uitswel. Andries is baie in sy skik, die vrugte is net reg.

"Kan ons maar môre vroeg kom begin pluk?"

"Ja, kom ons ry Uitzicht toe dan kan jy kyk of jy tevrede is met die appelkose daar."

"Gert kom ons ry met my bakkie ek sal jou weer terugbring."

Op Uitzicht is Martin in die boord. Gert stel Andries aan hom voor en vertel vir hom dat die appelkose nou deur die fabriek gepluk en vervoer gaan word. Martin stem saam dat dit hulle baie arbeid- en vervoerkostes sal bespaar.

"Andries, my ander buurman oom Piet Beukes, het ook 'n boord appelkose min of meer so groot soos ons s'n. Stel jy belang om hom te gaan sien?"

"Ja Gert ons benodig 'n paar ton appelkose vir konfyt en ander produkte wat ons van appelkose maak. Kan jy saamry dan gaan sien ons hom?"

Op Kromdraai is almal ook besig met die perskes. Oom Piet en Herman is in die boord. Gert stel Andries aan hulle voor. Andries verduidelik dat hy vir die fabriek appelkose aankoop en wat dit alles behels. Herman is nie baie gretig nie, hy dink hulle sal op die mark meer geld vir hulle appelkose kry. Oom Piet laat die besluit aan hom oor. Herman is vriendelik met Andries, maar sê hulle wil maar hulle vrugte op die mark gaan verkoop. Andries is jammer daaroor, maar aanvaar dat hy nie Kromdraai se appelkose gaan kry nie. Oom Piet nooi hulle om gou koffie te drink, maar hy maak verskoning omdat hy so gou moontlik dinge by die fabriek moet gaan reël sodat hulle die volgende dag vroeg kan begin pluk.

Stories uit die Riemland

Hoofstuk 16: Gert se Verlowing

Gert en Andries ry terug Driefontein toe. Gert is bly, want hy was bekommerd dat hulle sou vasbrand met die plukkery.

Dinsdagmôre voor sonop is Andries met 'n groot trok met opgeboude kante daar en die lere en plukkaste word by die boord afgelaai. Gert ry appelkoosboord toe.

"Julle is vroeg Andries?"

"Ja, Gert ons wil so gou as moontlik die vrugte afpluk."

"Andries julle moet asseblief nie daardie drie bome op die punt pluk nie. My ma kook graag konfyt en blatjang en daar is mense in die dorp wat elke jaar 'n mandjievol kry. Die res van die boord kan jy leeg pluk."

"Dis reg Gert ek sal toesien dat die drie bome nie gepluk word nie."

Gert gaan perskeboord toe, want hulle moet die vrag perskes drieuur die middag gereed hê wanneer Herman dit kom laai. Hy gaan weer saam met Herman, want hulle wil graag die week twee vragte perskes mark toe neem. Terwyl hy weg is, sal Martin toesien dat die volgende vrag gepluk word. Hy is baie bly dat Martin hier is om hom te help.

Donderdagmiddag sal hulle die ander vrag wegneem, want Vrydag is 'n goeie markdag, dan koop die handelaars voorraad vir die naweek. Gert ry appelkoosboord toe – die appelkose is pragtig. Andries is druk besig om toesig te hou oor die pluk van die vrugte. Gert noem aan hom dat hy party dae weg sal wees mark toe, maar dat hy dan vir Martin die getalle van die kiste wat gepluk is moet gee. Sodra hulle daar klaar gepluk het, moet hulle oorskuif Uitzicht toe, want die twee plase se kiste moet apart gehou word.

Die dae vlieg verby. Alles verloop seepglad en elke werker doen sy bes. Soos beplan is Herman en Gert weer Donderdagmiddag mark toe met die vrag. Toe hulle laat Vrydagmiddag terugkom, is die twee pootuit.

Driefontein en Uitzicht se perskes is klaar gepluk en die bietjie wat aan die bome agtergebly het kan die werkers kry, want hulle het baie hard gewerk.

"Herman, ek gaan nog steeds saam met jou ry mark toe as jy Kromdraai se vrugte wegbring. Laat weet my net betyds as jy wil ry."

"Baie dankie dat ons perskes saam met julle kon mark toe gaan, ek sal jou pa nog kom bedank."

"Baie dankie Gert, ek sou baie swaargekry het om die afstand alleen te ry – lekker rus, ons is altwee baie moeg."

Toe Gert by die huis kom blaf Zeppie nie so uitbundig soos gewoonlik nie. Hy lê op sy kussing op die stoep. Gert gaan kniel by Zep.

"Wat is dit my honne, voel jy nie lekker nie?"

Gert tel hom op en gaan sit met hom in sy arms op 'n stoel. Zeppie druk sy koppie teen Gert se nek en sy neusie voel baie droog en warm. Gert neem hom kombuis toe en gee vir hom 'n bakkie melk. Zeppie ruik net aan die melk, maar hy wil dit nie drink nie.

"Ons sal 'n plan moet maak ou Zeppie. Jy moet gesond word. Kom ons gaan gou na dokter Schoeman toe, hy sal jou gou gesond maak."

Gert is gelukkig, want dokter Schoeman het pas teruggekom van 'n plaas af in die distrik en hy ondersoek Zeppie gou. Dis hondesiekte wat hy onder lede het. Dokter Schoeman spuit hom in en gee pille wat Gert vir Zeppie saam met sy kos moet gee.

"Moenie bekommerd wees nie Gert, jy het hom gelukkig gou gebring ek is seker hy sal môre al beter wees."

"Ag dankie dokter die ou diertjie is vir my baie werd. Hy word nou mooi groot en is baie slim."

Gert betaal die dokter en ry terug Driefontein toe. Hy vat 'n stukkie van die vleis wat Sara vir hom vir aandete gekook het, sit 'n pil daarin en druk die vleis in Zeppie se bek. Gelukkig sluk hy dit maklik. Gert sit sy kussing langs die stoof waar dit lekker warm is en Zeppie gaan soet op die kussing lê.

Later bring Martin die strokies wat Andries vir hom gegee het. Gert is verbaas oor die hoeveelheid geplukte kaste uit Driefontein se boord. Andries sal Maandag met Uitzicht se boord begin.

Sara het vir Gert lekker skaapnek met groente gekook en hy nooi Martin om saam met hom te eet. Hulle gesels oor die week wat verby is se werk en hy bedank Martin vir die hulp wat hy verleen het terwyl Gert en Herman weg was.

"Dit was vir my 'n plesier Gert, ek sal met die tyd leer wat alles op 'n plaas gedoen moet word. Dis lekker om so in die wye natuur te werk."

Martin groet en gaan dorp toe, want hy en Marinda het 'n afspraak.

Gees van die Labrador

Gert gaan stort gou en trek gemaklike klere aan. Hy maak eers 'n draai by Zeppie.

"Jy moet gou gesond word my honne, ek gaan net gou dorp toe dan kan ons gaan slaap."

Hy ry gou Du Toitstraat toe om Rienie te gaan groet. Sy sit op die stoep en brei. Toe Gert stilhou stap sy af met die trappies. Hy hou haar 'n oomblik vas en soen haar op die voorkop.

"Hoe gaan dit met die liefste meisie in die wêreld?"

"Genade maar jy is 'n ou vleier. Dit gaan goed met my dankie, het julle voorspoedig gery van die mark af?"

"Ja, die pad was baie besig, want baie mense gaan huis toe vir die naweek en ander gaan hou naweek elders, maar gelukkig het ons veilig gery. Rientjies my ou Zeppie is siek. Ek het hom na dokter Schoeman toe geneem. Hy sê dit is hondesiekte. Hy het vir hom 'n inspuiting en pille gegee, ek hoop hy word gou gesond."

"Ai Gert die ou brakkie is so pragtig en baie slim. Ek hoop hy word gou gesond."

Hulle staan nog en praat toe Henry Lourens met 'n gebrul die straat af kom. Daar is iemand agter op die motorfiets toe hy by sy ouers se hek indraai en die gebrul afskakel. Dis 'n meisie wat afklim en sy lyk bekend. Dit lyk soos een van die meisies wat by die koöperasie werk, nogal 'n mooi kind.

Gert skud maar net sy kop, hy wonder of haar pa weet sy ry saam met Henry rond. Haar pa is oom Kas Burger en hy ken hom goed. Sy vrou is twee jaar tevore oorlede. Hy en sy dogter bly alleen in die klein huisie in Vleistraat – hulle is arm maar ordentlik. Henry en Sarie verdwyn in die huis in.

Rienie nooi Gert in.

"Kom ons gaan maak koffie, tant Mynie kuier by 'n vriendin wat verjaar en hulle sal haar later terugbring."

Rienie skakel die ketel aan en Gert haal die koppies van die rak af. Sy skink vir hulle koffie en hulle besluit om sommer daar in die kombuis te sit waar dit so lekker gesellig is. Hulle gesels oor wat die week gebeur het en oor Driefontein se perskes wat nou klaar gepluk is. Hy vertel vir haar dat Andries van Wyk die appelkoosoes gekoop en klaar afgepluk het. Dis net Uitzicht se vrugte wat die volgende week gepluk moet word.

Gert weet dat dit niks met hom te doen het nie, maar dit pla hom dat Sarie Burger bevriend geraak het met Henry. Sy is 'n onskuldige kind en hy 'n lieplapper met 'n swak verlede.

"Gert jy het nie 'n woord gehoor wat ek vir jou sê nie."

"Ag jammer Rienie, wat het jy gesê?"

"Ek het gevra of ons môremiddag tennis toe gaan?"

"Ja, ek sal jou halfdrie kom haal," sê Gert.

"Rienie ek kuier op 'n ander dag weer langer, ek is bekommerd oor Zeppie."

Sy stap saam tot by die motor. Uit die Lourens-huis kom harde musiek en 'n vrou lag hard. Gert neem aan dis Sarie en hy wonder of hy haar pa moet waarsku.

"Rienie jy moet lekker slaap, sien jou môremiddag." Hy trek haar nader en soen haar op die voorkop.

Gert ry huis toe. Hy gaan reguit kombuis toe om te kyk hoe dit met Zeppie gaan. Daar is beterskap, want Zep kom na Gert toe.

"Dis mooi my honne, kom drink bietjie water dan gaan ons slaap."

Zeppie lek bietjie water op uit die bakkie. Gert tel hom op en loop kamer toe. Hy lê Zep op sy kussing neer en gooi 'n kombersie oor hom. Hy blaai in die nuutste Landbouweekblad. Daar is interessante artikels in, maar hy is te moeg, hy sal maar later weer lees.

Saterdagoggend krap Zeppie aan Gert se arm.

"My honne jy is beter, ek is so bly. Kom ons gaan gee vir jou lekker warm melk en 'n pilletjie."

Gert trek gou aan. Toe hy in die gang kom ruik hy koffie en hy verlang na sy ma. Sara het klaar koffie gemaak en Gert groet haar.

"Môre Sara jou koffie ruik al amper so lekker soos mevrou Emmie s'n."

"Ek probeer maar meneer Gert."

Sara maak vir Zeppie 'n bietjie melk warm.

"Ek is bly meneer Gert is terug. Zeppie wou niks eet nie, ek was baie bekommerd."

"Ja, Sara hy het hondesiekte gehad. Dokter Schoeman het hom ingespuit en pille gegee. Ek wil dit saam met die warm melk vir hom ingee."

Gees van die Labrador

Zeppie lek sy melk gulsig op, so hy is beter.

Gert ry die plaas deur. Alles is reg Jantjie en Flip het net klaar gemelk.

"Flip, ek sien hier is nog bietjie perskes wat aan die bome gebly het. Gaan pluk asseblief vir my 'n mandjievol ek wil dit môre saamneem vir mevrou Emmie se suster. Ek gaan my ma môre haal."

"Dit is reg so meneer, ons verlang na mevrou Emmie."

"Flip, die eerste vyf perskebome moet julle los vir mevrou Emmie. Die ander bome s'n kan julle pluk en tussen al die werkers verdeel. Sit die mandjie perskes in my motor se kattebak asseblief."

Gert ry by Johan aan.

"Jy lyk omtrent besig?"

"Môre Gert, ja ek is besig met die bestelling van kiaathout vir die man van Bloemfontein. Die sitkamerstel is klaar, nou maak ek die eetkamerstel. Ek is besig met die tafel, dan die buffet en stoele. Dis 'n groot werk, ek sukkel om mooi lang planke van kiaathout te kry vir die tafelblad."

"Kyk in die Landbouweekblad miskien is daar iemand wat kiaathout te koop aanbied," sê Gert.

"Dankie ek sal so maak."

"Johan, gaan jy Helena vanmiddag haal vir tennis?"

"Ja, ek het haar gisteraand gesien en met haar gereël."

Gert is tevrede, nou kan hy met 'n geruste hart vir Rienie gaan haal.

Teen eenuur kom daar 'n groot reën van agter Kromdraai se koppe en binne 'n halfuur reën dit katte en honde. Dit lyk nie of die reën sommer gou gaan ophou nie. Gert besluit om in elk geval vir Rienie te gaan kuier, hulle sal halfdrie weet wat die weer maak. Hy neem sy tennisklere saam. Voor hy ry gee hy eers vir Zeppie bietjie saggekookte vleis met 'n pil in. Die hondjie is beter en wil net speel.

By tant Mynie se huis klop hy aan die voordeur. Tant Mynie maak die deur oop en Gert ruik kaneel in die lug.

"Kry ons pannekoek tant Mynie?"

"Ja Gert, Rienie bak vir ons, kom saam kombuis toe."

"Rientjies nou is ek eers bly oor die reën, die pannekoek gaan vorentoe smaak."

"Middag Gertman, ek hoop jy gaan dit geniet. Jy het mos anderdag vir my gesê as dit reën bak jou ma altyd pannekoek? Kom kry solank terwyl dit nog lekker warm is. Tant Mynie nog enetjie vir tante?"

"Ja dankie Rienie, dit smaak baie lekker. Ek sal solank koffie maak om daarmee saam te drink – koffie en pannekoek gaan mos goed saam."

Hulle sit om die kombuistafel en dis heerlik gesellig. Die reën val nog steeds op die sinkdak. Gert vra of hy tant Mynie se foon mag gebruik. Hy wil Susie bel en sê hulle kom nie tennis toe nie. Susie sê hulle gaan maar Hoekkafee toe om pannekoek en koffie te geniet en vra of hulle nie ook wil kom nie. Gert wys die aanbod van die hand omdat hy by Rienie kuier.

Tant Mynie maak verskoning. Sy het 'n lekker boek wat sy besig is om te lees en sy gaan kamer toe. Gert en Rienie besluit om die kombuis op te ruim en dan ry hulle om na die rivier te gaan kyk. Met die baie reën gaan dit verseker afkom en dit is altyd interessant om die vloedwater dop te hou.

Hulle sit daar langs die rivier. Die water bruis verby en in die middel spoel daar stompe en takke verby. Die geweld van die water laat 'n mens respek vir die natuur kry. Hulle sit daar en gesels tot amper sononder.

"Rientjie, dit was nou lekker om met jou te gesels, maar ek sal jou nou huistoe moet neem. Ek moet gaan kyk na die melkery en ek is ook bekommerd oor Zeppie."

Gert stap saam met Rienie tot by die voordeur, hy trek haar nader en soen haar.

"Lekker slaap ek kry jou vyfuur môre oggend."

"Dankie vir die kuiertjie Gert, ek sal gereed wees. Lekker slaap en groete vir Zeppie."

Toe Gert op Driefontein kom is Jantjie en Flip amper klaar gemelk. Hulle bêre die emmers en sit die groot houer met melk in die yskas. Môre vroeg skep Jantjie die room af, want daarmee word botter gemaak. Die res van die melk word tussen die werkers verdeel.

In die kombuis op die tafel is padkos vir Gert vir die rit om sy ma te gaan haal. Hy is dankbaar dat Driefontein se werkers so lojaal is. As sy ma terug is, sal hy vir Sara, Jantjie en Flip elk 'n naweek af gee sodat hulle lekker kan rus.

Zeppie kry weer kos en warm melk en hy lyk sommer baie beter. Gert besluit om hom die volgende dag saam te neem – 'n dag is baie lank as hy alleen daar moet bly. Rienie sal hom geniet en bederf oppad Boskruin toe.

Dis nog skemer die volgende môre toe Gert en Zeppie die padkos laai en ry. Rienie is gereed, sy lyk pragtig in 'n wit langbroek pak met 'n rooi bloesie en rooi sandale.

"Jy lyk pragtig meisiekind is jy gereed om te ry?"

"Ja dankie ek gaan net vir tant Mynie sê ons ry nou."

Rienie bring 'n lekker wollerige kombersie saam – sy sê Zeppie gaan op haar skoot ry. Gert skud net sy kop, die klein twak gaan hom wat verbeel. Toe hulle in die motor klim is die ooste rooi gekleur, die son sal binne oor 'n rukkie opkom.

"O, Gert dit is pragtig! Die sonsopkoms en -ondergang is altyd vir my so mooi."

Zeppie lê lekker snoesig op Rienie se skoot – net sy neus en ogies steek uit onder die kombersie. Sover as wat hulle ry, is die veld grasgroen. Die soetdoringbome staan geel in die blom en die geur wat uit die geel dons balletjies kom, hang in die lug. Dis 'n goeie reënjaar en die mielies en

Gees van die Labrador

sonneblomme staan vol in die blom. Dit is 'n gesig wat Rienie nie ken nie.

"Gert hou asseblief stil en pluk vir my 'n sonneblom?"

"Jy meen ek moet een vaslê, sal jy my uit die tronk kom haal as die boer my vang?"

"Ek het mooi rondgekyk hier is niemand in sig nie, jy is veilig."

Gert haal sy knipmes uit sy sak en pluk 'n mooi groot blom. Langs die pad het saad opgekom en daar is kleiner blomme aan die plante – hy pluk ook 'n paar daarvan.

"Nou kan jy 'n mooi rangskikking maak." Gert sit dit versigtig op die agtersitplek neer.

"Dankie Gertman, nou sal ek die uitstappie lank onthou."

Dis net voor elfuur toe hulle Boskruin se hoofstraat binne ry. Tant Emmie se suster en swaer Kobus bly net buite die dorp in 'n ou, maar pragtig versorgde huis. Die roostuin strek oor die hele voorkant van die tuin en die geur hang swaar in die lug. Die grasperk is pragtig groen en die ander struike is kleurvol. 'n Mens kan sien dis 'n vrou wat hou van tuinmaak – sy ma se tuin op Driefontein is net so pragtig.

Sy ma en haar suster Wilma sit op die groot stoep, dis teetyd. Die teewaentjie is gelaai met koffie, tee en koeldrank asook 'n bord southappies. Die drie grootmense kom hulle by die trappie groet. Gert druk sy ma teen sy bors vas – hy het baie na haar verlang.

"Tant Wilma het my baie bederf, ek het heerlik gekuier, maar nou wil ek huis toe gaan, hoe swaar dit ook al sal wees sonder jou Pa."

Gert stel Rienie aan oom Kobus en tant Wilma voor en sy ma druk Rienie met Zep en al teen haar vas.

"Ek is bly jy het saam met Gert gery en dit lyk vir my Zeppie word ook net so bederf."

"Hy was baie siek ma, dokter Schoeman het hom gelukkig betyds ingespuit, hy is nou baie beter."

Die teedrinkery is baie gesellig en hulle kuier lekker. Gert moet vertel wat op die plaas gebeur het en hoe dit met almal gaan. Hy onthou van die perskes en gaan haal die mandjie. Die perskes is al ryp en heerlik soet.

Eenuur die middag gaan sit hulle aan vir middagete. Tant Wilma het koue skaapboud en beestong asook 'n paar soorte slaai gemaak en vir nagereg vrugteslaai en roomys. Na ete vra Gert of hulle verskoon kan word, want dis 'n vêr ent huistoe en hy wil graag voor sononder daar wees. Hy bring sy ma se tasse en laai dit in die motor. Tant Wilma bedank hom omdat sy ma bietjie by hulle kon kuier, want sy weet dit het haar gedagtes 'n bietjie af gelei. Hulle groet vriendelik en tant Wilma belowe dat hulle gou op Driefontein sal kom kuier.

Tant Emmie sit voor by Gert. Rienie en Zeppie het die hele agterste sitplek, maar hy kom kruip weer op Rienie se skoot. Met die terugrit gesels hulle oor alles en nog wat. Die myle vlieg verby en kort voor sononder ry hulle Rietfontein binne. Gert vra Rienie of sy wil saamry plaas toe, maar sy gun tant Emmie om saam met Gert die leë huis in te gaan, want sy weet dit gaan hartseer wees.

"Gert ek sal graag huistoe wil gaan, daar is 'n paar goedjies wat ek wil gaan doen. Baie dankie dat ek kon saamry, dit was 'n wonderlike dag vir my en Zeppie."

Gert draai in Du Toitstraat in, stop voor die deur en stap saam met Rienie nadat sy tant Emmie gegroet en sterkte toe gewens het. By die voordeur trek Gert haar nader en soen haar op haar mond. Oppad Driefontein toe is Gert en sy ma albei stil. Gert weet nie wat hy moet sê nie, maar gelukkig red Zeppie hom. Die klein karnallie wil nie alleen agter sit nie. Hy kruip tussen die sitplekke deur en gaan sit op tant Emmie se skoot.

"Hy het grootgeword Boetie en hy is regtig 'n slim klein brakkie."

"Ja Ma en goed bederf."

Op Driefontein hou Gert voor die stoep stil. Hy hou die motordeur vir sy ma oop en hulle stap met die trappies op. Hy sluit die voordeur oop, laat sy ma eerste instap en maak die voordeur agter hulle toe.

"Ma ek weet dit is baie swaar, maar dit was die Here se wil en Ma het darem nog vir my en Zeppie. Ons sal mooi na Moeder kyk."

Met trane in haar oë kyk tant Emmie na haar seun.

"Ek dank die Here elke dag dat ek jou en Zeppie het. Kom ons gaan maak koffie. Hulle stap kombuis toe en Gert haal die koppies uit die rak terwyl sy ma die ketel opsit. Zeppie draf na sy bakkie toe. Sara het vir hom water in gelos hy lek die water gulsig op.

Gert maak 'n bietjie melk warm en gooi dit saam met Zeppie se pil in die bakkie. Zeppie lek alles op, want hy was baie dors. Dit neem 'n rukkie vir die water om te kook en intussen haal tant Emmie beskuit uit wat hulle saam met die koffie kan geniet. Toe Zep klaar gedrink het, gaan lê hy op sy kussing langs die stoof.

Die geur van die koffie vul die kombuis en Gert is dankbaar dat sy ma weer terug is. Hulle drink die koffie by die kombuistafel. Gert vertel vir sy ma dat die perskes afgeoes en mark toe geneem is en dat hulle goeie pryse op die mark gekry het. Hy vertel dat Andries van Wyk die appelkoosoes vir die fabriek gekoop het.

"Ek hoop jy het vir ons bietjie appelkose uitgehou Boetie?"

"Ja Ma, die eerste drie bome in die boord. Daar sal genoeg wees vir ma om konfyt en blatjang te kook en om vir die vriende te gee."

"Dan is dit reg my kind, ek en Sara sal sommer môre al begin kook."

Gert vra om verskoning en gaan haal sy ma se tasse in die motor. Toe hy terugkom is sy ma besig om die slaapkamer se vensters oop te maak.

Gees van die Labrador

In sy hart wens hy daar was iets waarmee hy haar kon troos, maar net tyd sal die verdriet genees.

Dis 'n paar weke later, Kersfees- en Nuwejaarstyd is verby. Dit was 'n stil tyd vir Driefontein se mense. Oom Nic en tant Hettie het Gert en sy ma vir die Kersmaal genooi. Rienie was by tant Annie Grové in Bloemfontein vir die feestyd. Tant Matilda, die weeshuismatrone, was ook daar. Die twee susters het Rienie bederf. Toe sy niemand gehad het nie, het hulle haar onder hulle vlerk geneem en sy sal hulle altyd dankbaar wees.

Gert het 'n paar keer gebel en met Rienie gepraat. Op Kersdag het Rienie die môre vroeg vir Gert gebel en ook vir tant Emmie sterkte en vrede toegewens. Sy het die tydjie met haar pleegfamilie, soos sy hulle noem, baie geniet.

Die nuwe jaar, wat vir almal nuwe uitdagings gebring het, het begin. Johan het die sit- en eetkamermeubels van kiaathout klaar gemaak en in Bloemfontein gaan aflewer. Die man was baie tevrede en het dadelik 'n slaapkamerstel vir die hoofslaapkamer bestel. Johan het kiaatplanke gekry na aanleiding van 'n advertensie in die Landbouweekblad en hy sal Maandag daaraan begin werk.

Martin en Marinda het goeie vriende geword. Sy was Kersdag saam met hom na sy kerk in Bloemfontein. Gert is bly dat oom Nic-hulle hom aanvaar het. Hy is 'n goeie man en gee baie vir sy medemens om.

Oom Piet en tant Grieta het Oujaarsoggend by tant Emmie kom tee drink en Gert het dit baie waardeer. Dis vir hom baie moeilik, want sy ma wil nie saam met hom êrens heen gaan nie. Dis asof sy net op Driefontein tevrede is. Sy gaan gereeld na oom Willem se graf toe en sit dan vars blomme op. Gelukkig loop Zeppie elke keer saam met haar. Sy bederf die klein brakkie en hy geniet elke oomblik daarvan.

Met die perskes en appelkose afgeoes, word die onkruid alles uitgetrek en weggery. Hulle spit nou kunsmis om die bome in en dit reën gelukkig gereeld so die bome is vol nuwe uitgroeisels. Oom Willem het altyd gesê Januarie is 'n groeimaand, dan moet die bome goed versorg word.

Op Uitzicht het Martin met Gert en Koos se advies mooi reggekom. Hy geniet die werk in die buitelug baie.

Gertjie is al 'n yslike groot verskalf. Sy het gelukkig mooi herstel en Blommetjie is baie trots op haar mooi kalf. Rienie is terug op Rietfontein en Gert gaan haar die middag haal om op Driefontein te kom kuier. Die aand maak tant Emmie kouevleis toebroodjies en koffie en hulle drie geniet dit op die stoep. Rienie vertel van haar kuier in Bloemfontein en hoe die twee ou dames haar bederf het. Sy is al kind wat hulle het, het tant Annie telkemale gesê en tant Mathilda spog dat sy haar grootgemaak het. Dis waar, Rienie het baie liefde van die weeshuismatrone ontvang. Tant

Stories uit die Riemland

Emmie hou van Rienie sy is 'n pragtige meisie met 'n vriendelike geaardheid.

Gert en Rienie help om die vuil skottelgoed op die teewaentjie te laai en terug te neem kombuis toe. Rienie was die goedjies en Gert droog af en pak weg. Hulle gaan sit op die stoep en praat oor die jaar wat voorlê.

Hy neem haar later terug na tant Mynie se huis. Toe hulle stilhou, kom daar harde musiek uit die stoepkamer waar Henry bly en hulle hoor ook Sarie se harde gelag. Gert voel jammer vir Henry se ouers, hoe op aarde moet hulle nou slaap met die geraas in hulle ore?

By die voordeur trek Gert vir Rienie nader en soen haar. Sy sit haar arms om sy nek en soen hom terug – daar is liefde in die lug. Gert groet en ry Driefontein toe, hy wil met sy ma gaan praat.

Op Driefontein brand sy ma se kamerlig nog. Hy klop sy bekende twee kloppies en vra of hy mag inkom. Tant Emmie sit in haar japon op die leunstoel in die kamer en lees uit die Bybel.

"Jammer ek het Ma nou gesteur."

"Nee my kind ek lees maar om die tyd om te kry, is daar iets wat jy wil bespreek?"

"Ma, dis moeilik. Ek is verlief op Rienie en sal graag later in die jaar met haar wil trou, as Ma nie beswaar het nie."

"Dit sal wonderlik wees Boetie, sy is 'n liewe meisie en julle twee pas perfek by mekaar."

"Dankie Ma, ek wil net vir ma haar geskiedenis vertel. Sy het in 'n weeshuis groot geword."

Gert vertel vir sy ma al die besonderhede soos Rienie dit vir hom daar in die begin vertel het.

Tant Emmie kyk na Gert.

"Aan my maak haar verlede geen saak nie, sy is vir my aanvaarbaar en baie welkom as my skoondogter. Laat ek net bietjie gewoond raak aan die idee dan praat ons weer."

"Dankie Ma, dis al laat, lekker slaap."

Tant Emmie het nog lank gedink. Daar sal 'n stukkie aan die huis aangebou moet word sodat sy daar kan bly, want sy het al baie gesien dat twee vroumense in een kombuis nooit uitwerk nie en sy gun Gert en sy vroutjie hulle privaatheid. Sy sal bietjie dink en dan weer met hom praat.

Maandagoggend is Zeppie vroeg wakker en trek aan die kombers. Gert skrik wakker.

"Jy word by die dag stouter, een van die dae gaan jy op die agterstoep slaap."

Zeppie kyk met dom ogies na sy baas.

"Toemaar ek speel sommer," sê Gert. Hy trek aan en hulle stap kombuis toe. Tant Emmie het klaar koffie gemaak.

Gees van die Labrador

Zeppie hardloop by die kombuis uit en jaag die rooi haan voor die deur weg. Die haan kyk hom so skewekop aan.

"Jy sal jou in jou spore moet trap ou Zep, een van die dae skop die hoenderhaan jou. Ai dis lekker om Ma weer by die huis te hê. Sara het regtig haar bes probeer en sy het goed vir my gesorg, maar om in die kombuis te kom en Ma is nie daar nie, dit was moeilik."

Gert drink die heerlike koffie en geniet die beskuit.

By die koöperasie is daar 'n hele paar boere en hulle groet mekaar vriendelik. Die vakansiedae is verby en nou moet almal hulle plase weer op datum bring. By die kasregister betaal Gert vir die goed wat hy gekoop het. Hy groet vir Sarie Burger en verneem na haar welstand. Van die dorp af ry hy by Johan langs.

Johan is hard besig. Op die agterstoep hy het 'n kragopwekker waarmee hy die saag en skaaf laat werk. Die bed se kopstuk en onderkant is klaar gemaak. Faan is besig om dit met fyn skuurpapier mooi glad te skuur voor die politoer aangesmeer word. Dis regtig 'n kunswerk: Johan hét 'n aanleg vir hout.

"Johan as jy klaar is met hierdie slaapkamerstel, wil ek vir myself een by jou bestel."

"Dis reg Gert, is daar trouklokkies in die lug?"

"Nog nie, maar as alles reg verloop, miskien later in die jaar."

"Veelsgeluk Gert, Rienie is 'n pragtige meisie en julle pas mooi by mekaar."

"Hou dit maar eers stil Johan, die dame is nog nie gevra nie, maar hoe gaan dit met jou romanse met Helena?"

"Ek is baie lief vir haar, maar sy is 'n moeilike meisiekind. Een dag sien ek lig en die volgende dag is dit weer heel donker. Ons sal maar sien wat in die toekoms gebeur."

"Voorspoed Johan. 'n Bietjie raad van 'n ou vriend wat haar ken: Helena moet met 'n ferm hand bestuur word, anders sit sy jou ore aan."

"Ek sal dit in gedagte hou Gert, baie dankie."

'n Week later vra tant Emmie vir Gert om die middag saam met haar deur die planne te gaan wat sy geteken het. In die studeerkamer haal sy 'n sketsplan van die ou huis uit. Sy het by die agterstoep drie kamers by geskets en sy wys vir Gert haar idee. Daar is 'n slaapkamer met sy eie badkamer, 'n sit/eetkamer en langsaan die kombuis met 'n mooi groot stoep. Gert is verras, want dit lyk baie mooi.

"Ma wie gaan hier bly?"

"Gert ek het vir my die woonstel ontwerp. As jy en Rienie getroud is gaan ek daarin bly sodat julle jul lewe in privaatheid kan begin. Toe ek en jou pa getroud is, was sy ma alreeds oorlede en sy pa se gesondheid was nie te goed nie, dus was dit ideaal dat ons die huis met hom gedeel het. Hy was 'n wonderlike man, nes jou pa. Ons was baie lief vir hom. Sien jy nou wat ek beoog?"

"Ma ek voel sleg om ma uit ma se eie huis te laat trek. Laat ek en Rienie daar gaan bly."

"Nee Boetie, ek wil bietjie afskaal. Ek is nie meer so jonk nie en as julle met 'n gesin begin, het julle die groot huis nodig. Ek sal môre vir Jan Nel bel sodat ons die planne kan bespreek en hoor wanneer hy kan begin bou."

Gert dink oor sy ma se planne. Hy wou lankal vir Rienie vra om met hom te trou, maar iets het hom teruggehou. Nou is die saak reg. Hy gaan haar vanaand nog vra.

Hy bel tant Mynie se huis en Rienie antwoord die foon.

"Dis lekker om van jou te hoor Gertman, kom jy kuier?"

"Ja mooiste meisie in die wêreld, ek kom jou haal."

"Waarheen gaan ons Gert?"

"Dis 'n verrassing. Trek jou ligblou broekpak aan – jou hare moet los hang."

"Genade Gertman, ek sal aan jou wense voldoen."

"My mooi meisie, sien jou oor 'n uur."

Gert het sy ma gegroet en dorp toe gery. By tant Hermien van die Hoekkafee, het hy gemengde kouevleis met twee slaaie asook twee wafels met heuning en room bestel. Tant Hermien sou alles binne 'n driekwartuur vir hom gereed hê. Toe hy vir haar vertel dat hy 'n "seker dame" wou beïndruk, het sy hom goed geterg.

By Du Toitstraat gekom, klim hy flink uit en klop aan die voordeur. Rienie maak vir hom oop en sy lyk soos 'n prentjie in die blou broekpak en silwer sandale. Dit laat haar koel lyk en haar hare hang blink op haar skouers.

"Mooiste meisie in die wêreld, is jy gereed?"

"Vir so 'n aantreklike boerseun doen ek my bes, ons kan maar gaan."

Hulle groet tant Mynie in die kombuis.

"Moenie vir Rienie kos maak nie tante, ek gaan haar bietjie bederf."

"Geniet julle aand kinders."

Gert ry Hoekkafee toe. Tant Hermien het vir hom 'n pragtige mandjie voorberei: 'n Spierwit tafeldoekie wat omgehekel is, is onder in die mandjie ingevou en die een punt bedek die inhoud van die mandjie. Bo-op het sy 'n bottel sjampanje en twee glasies ingesit.

"Dankie tant Hermien, dit is pragtig. Ek sal môre die mandjie en die tafeldoek terugbring."

"Nee Gert dit is 'n geskenk van my en tant Kitty. Hou dit as 'n aandenking van hierdie aand. In die toekoms sal julle dit weer gebruik vir julle spesiale geleenthede."

Gees van die Labrador

"Baie dankie aan albei van julle, ons waardeer dit opreg."

Gert ry na die ou wilgerboom met die bankie. Rienie help om die kombers en kussings uit te haal en Gert dra die mandjie baie versigtig.

"Wêreld Gertman, wat het ons hier? Jy verjaar nie vandag nie en ek verjaar eers oor twee maande. Wat vier ons?" vra Rienie.

"Wag net 'n bietjie my meisie, jy sal sien."

Hulle gooi die kombers en kussings op die gras. Gert pak die mandjie se inhoud op die bankie uit nadat hy die mooi tafeldoekie oorgegooi het – alles lyk so pragtig. Hy gaan sit op een kussing met sy rug teen die bankie gestut en trek vir Rienie op sy skoot.

Om die prentjie ongelooflik mooi af te rond, verskyn die volmaan oor die rand en die lig maak 'n blink streep oor die water. Rienie sit verstom, daar kom trane in haar oë. Gert kyk af na haar en sien hoe sy die trane met haar sakdoekie droogvee.

"Ag nee my meisiekind hoekom is jy nou hartseer?"

"Ek is nie hartseer nie Gert, ek is oorweldig. Nog nooit in my lewe het iemand my so bederf nie. Baie dankie ek sal dit nooit vergeet nie."

Gert soen haar klam oë en voorkop.

"Rienie ek is baie lief vir jou, sal jy asseblief met my trou?"

"Gert jy is 'n wonderlike man ek is bevoorreg dat jy my liefhet. Ek is ook baie lief vir jou – lank al, toe ek jou laat wen het met tennis. Ek sal die gelukkigste meisie wees die dag as jy met my trou, maar ek moet eers vir jou ma my lewensgeskiedenis vertel, ek weet nie of sy my sal aanvaar sonder 'n naam of kennis van my ouers nie."

"Moet jou nie bekommer nie jy het 'n naam. Ek het haar lankal vertel en sy sal jou aanvaar en liefhê soos haar eie dogter."

"Regtig Gert?"

"Ja my engel, wanneer kan ons trou?"

"Gert gee my net kans om my trourok te laat maak en vir my twee peetma's te laat weet. Hulle gaan in die wolke wees. Ek het vir hulle baie van jou en jou ouers vertel."

Hy maak die sjampanjebottel met 'n knalgeluid oop en die drank stroom oor die bottel. Rienie keer met die glasies. Hulle lag gelyktydig en kyk liefdevol na mekaar.

"Rientjie ons gaan die gelukkigste twee mense in die wêreld wees, ons sal ons liefde vir mekaar as 'n kleinood bewaar. As ons eendag oud is, sal ons nog lief wees vir mekaar, soos my ouers. Hulle was baie gelukkig al die jare van hul getroude lewe."

Plegtig lig hulle die glasies, kyk in mekaar se oë, klink die glasies en drink die heerlike koue sjampanje. Die maan het intussen hoër geklim. Die lig skyn so helder dat hulle die bome en riete in die rivier kan sien. Dis 'n volmaakte aand, die kos is heerlik en die samesyn onverbeterlik.

147

Stories uit die Riemland

Gert vertel vir Rienie van sy ma se bouplanne en sy is ook verbaas oor tant Emmie se grootmoedigheid. Sy, Rienie, sal van haar kant af altyd dankbaar wees vir die moeder wat sy nou regtig gaan kry. Sy sal tant Emmie met liefde versorg as dit later nodig word.

Snaaks, die paddas was doodstil toe hulle vroeër daar aangekom het, maar meteens kwaak hulle uit volle bors. Gert lag.

"Sien jy, die paddas is net so bly dat jy met my gaan trou."

Rienie is self verbaas dat die paddas so skielik begin kwaak het.

Hoofstuk 17: Ongeluk

Jan Nel het die planne saam met tant Emmie deurgegaan en 'n bietjie raad gegee. Hy is 'n uitstekende bouer en gou-gou is die fondasies gegrawe en die bouwerk aan die gang. Hy het goeie bouers wat al jare saam met hom werk. Veral tant Emmie se stoep word pragtig met die mooiste leiklip agter teen die muur uitgeplak. Sy wil nie 'n braaiplek hê nie, daarom word die dwarsmuur met mooi gladde rivierklippe gebou en dit lyk baie mooi. Die voorkant kry 'n paar lang vensters sodat die stoepstoele nie kan natreën nie. Die vloer van die hele stoep word met mooi vloerteëls uitgelê, want dis maklik om skoon te hou.

Gert is baie tevrede. Sy ma sal haar mooi plante daar kan hou en versorg. Dit gaan die kuierplek wees as sy haar vriende onthaal. Die bouery hou haar besig. Sy beplan die huis binne en laat kaste en rakke insit. Die kombuisgedeelte is netjies geteël. Die Agastoof word ingesit en dit sal dag en nag brand. Rienie het kom help met die maak van die gordyne wat hulle sal ophang sodra die verfwerk afgehandel is.

Die huweliksdatum is vasgestel op 11 Julie, dus was daar nog genoeg tyd om alles deeglik te reël. Rienie se trourok is amper klaar. Gert het eers heelwat later van die gebeure gehoor.

Helena het met haar bakkie die rose stasie toe geneem. Sy het net voor sononder gery, want die trein kom seweuur die aand, dan laai hulle die rose vir Bloemfontein. Daar word dit vyfuur die volgende oggend van die trein afgelaai en mark toe geneem. Die rose vervoer beter in die nag omdat dit dan koel is en sodoende vars en mooi op die mark aankom. Daardie middag laat, 'n paar strate voor sy by die stasie sou kom, het haar bakkie gaan staan. Sy het gesukkel, maar die ding wou nie weer aanskakel nie. Sy het angstig geraak dat die rose gou op die stasie moes kom anders sou sy dit nie betyds op die trein oorgelaai kry nie.

Sy vra toe 'n seun met 'n fiets om gou motorhawe toe te ry en oom Dirk te vra om te kom help. Oom Dirk en Henry het vinnig daar aangejaag gekom. Hulle het probeer, maar uiteindelik besluit om haar bakkie stasie toe te sleep sodat die rose gelaai kon word. Hulle was net betyds en Helena het 'n sug van verligting geslaak toe die laaste krat ingelaai is.

Sy het oom Dirk en Henry bedank en gevra dat hulle die bakkie motorhawe toe moes sleep om die fout te soek. By die motorhawe wou sy plaas toe bel sodat iemand haar kon gaan haal. Daarvan wou oom Dirk niks wees nie en het aangebied dat Henry haar sou wegbring.

Toe hulle voor die huis op Kromdraai stilhou, het Helena vir Henry genooi vir koffie en hy het die uitnodiging gretig aanvaar. Tant Grieta wat in die tuin besig was, het hulle die huis sien ingaan en gewonder wie die jongman is wat sy nie ken nie. Hulle het later stoep toe gegaan waar hulle uiteindelik heerlike koue lemoensap gedrink het in plaas van koffie.

Tant Grieta het vinnig nadergestap en Helena het Henry aan haar ma voorgestel. Tant Grieta het die lemoensap wat Helena vir haar aangebied het van die hand gewys om eerder na die aandete te gaan omsien.

Ingedagte het sy oor Henry gewonder en die gevolgtrekking gemaak dat dit Dirk Lategan se seun moes wees. Sy ken hom nie juis nie en het net van hom gehoor as Herman en haar man oor hulle praat.

Na 'n rukkie het Henry gery en Helena het ingekom en vir haar ma van die stukkende bakkie vertel asook dat oom Dirk-hulle haar ingesleep het sodat sy die rose betyds op die trein kon kry.

Aan tafel het sy vir oom Piet vertel van die bakkie. Hulle het nie geweet wat die fout met die bakkie was nie, maar oom Dirk het belowe om die volgende dag te laat weet wat die probleem was. Die volgende oggend teen tienuur, het Henry geskakel en vir tant Grieta laat weet dat hulle die fout opgespoor het en dat hy sommer gou die bakkie vir Helena plaas toe bring.

Tant Grieta het heimlik gewens dat oom Piet of Herman betyds terug by die huis moes wees, want sou wou nie graag hê dat Helena te veel met die jongman te doene moes hê nie. Ongelukkig het dit nie gebeur nie en toe Henry voor die huis stilhou, het Helena mooi aangetrek met haar handsak oor die arm by die deur uitgekom en saam met Henry in die bakkie geklim. Sy het 'n afspraak by die bank gehad en sou sommer vir Henry terugneem motorhawe toe.

Sy het haar ma gegroet en saam met Henry in die bakkie geklim. Hy was bietjie versigtig vir dié mooi meisie, want sy was nou nie juis die soort met wie hy elke dag te doene gekry het nie. Hy het homself nietemin

Gees van die Labrador

belowe om op sy hoede te wees, want hy sou baie graag nader kennis wou maak. Oppad het hy vir haar vertel dat die brandstof toevoerpyp verstop was en dat hulle dit gou reggemaak het.

By die motorhawe het Helena oom Dirk bedank vir sy moeite en sy vinnige optrede om haar stasie toe te sleep sodat haar rose betyds by die mark kon uitkom. Sy het by die ontvangsdame betaal en bank toe gegaan. Henry het haar met verlangende oë agterna gestaar, terwyl oom Dirk in sy hart gewens het dat Henry nie sy lewe so opgemors het nie, anders kon hy ook so 'n ordentlike meisie gehad het.

Helena het haar sake by die bank afgehandel en poskantoor toe gery om die pos te gaan haal. By die Hoekkafee het sy gestop om tydskrifte te koop toe tant Hermien haar nooi om saam met haar 'n koeldrank te drink. Hulle het by 'n tafeltjie in die hoek gaan sit en Bettie het vir hulle heerlike pynappelkoeldrank met ys gebring.

Gert het haastig by die kafee ingestap en die Landbouweekblad en 'n koerant gekoop. Hy het by tant Kitty betaal en net so haastig uitgestap, in die bakkie geklim en plaas toe gery. Dis toe dat tant Hermien vir Helena sê:

"Ek hoor Gert en Rienie van die apteek trou binnekort."

"Werklik tant Hermien? Ek weet daar niks van nie."

"O tyd, Gert het gesê ek moet dit stil hou, nou het ek vir jou vertel. Hou dit tog maar stil, asseblief Helena?"

"Goed tante. Baie dankie vir die koeldrank, sien tante seker weer Saterdagmiddag na tennis."

Helena was geskok toe sy hoor Gert gaan trou en sy weet daar niks van nie. By die huis op Kromdraai sit haar ouers en Herman op die stoep en hulle het net klaar koffie gedrink.

"Kan ek vir jou koffie skink Helena?"

"Nee dankie ma."

Sy stap die huis in om haar inkopies en handsak te gaan bêre. Oom Piet kyk haar agterna.

"Vrou, iets het ons meisiekind lelik omgekrap, weet jy dalk wat dit is?"

"Nee my man, ek het net vanoggend probeer keer dat sy Henry Lategan terugneem motorhawe toe, maar ek glo nie dis dit nie."

Herman kyk na sy pa.

"Pa ek wil nie inmeng waar dit Helena aangaan nie, maar ek voel Pa moet haar betyds inlig watter tipe man Henry is. Hy is nie die soort man wat ek graag vir my suster wil hê nie."

"Dis moeilik Herman, maar ek sal met haar praat."

Wat nie een van hulle geweet het nie, is dat Helena in die eetkamer gestaan het. Sy kon alles hoor wat haar ouers en Herman gepraat het.

Dwars soos sy party keer is, het sy haar opgeruk – ek is groot genoeg om na myself om te sien, ek sal aspris met Henry vriende maak net om almal en vir ook Gert te skok. Hy het my mos weggegooi vir daardie witkop uit die weeshuis.

Helena stap komkommerkoel by die voordeur uit.

Haar pa kyk na haar befoeterde gesiggie."Wat het jou omgekrap Leentjie?" vra haar pa.

"Niks Pa ek kry net warm. Ek gaan gou die sproeiers in die kweekhuis aansit." Sy draai om, gaan verklee en vat die paadjie na haar kwekery toe.

Johan en sy werkers doen hulle bes, want hy wil graag die slaapkamerstel teen die einde van die week klaarmaak. Hy het Mina ekstra geld belowe as sy help om die meubels te poleer, want sy is knap en die hout blink pragtig as sy daarmee klaar is.

Johan is moeg, maar besluit om Kromdraai toe te gaan. Hy was Saterdagmiddag laas daar toe hy Helena gaan haal het vir tennis. Gert en Rienie was nie by die tennis nie en Marinda was saam met Martin in Bloemfontein na sy kerk toe. Hy wonder of sy sus verlief is op Martin, want hulle gesin hou baie van hom.

Johan besluit om eers te bel Kromdraai toe voordat hy ry. Tant Grieta antwoord die foon en Johan groet en vra hoe dit met hulle gaan

"Goed dankie Johan en by jou?"

"Ook goed dankie. Tant Grieta kan ek asseblief met Helena praat?"

"Ek skakel jou deur na die kwekery, sy is nog daar."

Johan wag 'n hele rukkie voordat Helena ewe koel en kalm antwoord.

"Johan ek het dringende werk wat ek vanaand moet doen, jammer bel 'n volgende keer."

Sonder om te groet plak sy die foon neer. Nou wil jy nou meer? Johan vererg hom. Hy het haar niks gedoen nie, waarom is sy so suur? Hy gaan sit en doen sy boekwerk, hy het goed gevaar met hierdie wins wat hy op die slaapkamerstel gaan maak, dus kan hy die laaste geld wat hy Gert skuld afbetaal. Hy is dankbaar dat Gert hom so mooi gehelp het.

Helena bly in Johan se kop draai. Hy wonder of sy gehoor het Gert en Rienie gaan trou? Is sy daaroor so kwaad? Maar dis mos nie sy skuld nie, dis onregverdig!

Martin is besig in sy ateljee. Hy het 'n foto van Marinda geneem en skilder dit nou. Hy sukkel bietjie maar wil nie haar hulp vra nie, want dis 'n geskenk vir haar. Hy is baie lief vir die mooi blonde, blouoog meisie. Sy het 'n sagte vriendelike geaardheid. Dis jammer hy is so arm hy kan nie nou al vir 'n vrou sorg nie. Op Uitzicht was die vrugteoes baie mooi en hy kon 'n vaste belegging van twee honderd pond by die bank doen – dit is baie min, maar dis 'n begin.

Tant Emmie se woonstel vorder goed. Hulle is besig met die laaste verfwerk en dan kan sy die gordyne wat Rienie gemaak het ophang. Gert

Gees van die Labrador

kry 'n goeie vroutjie, sy wens Willem het nog gelewe of weet hy dalk? As Wagter vir Gert met die voetpaadjie oor die bruggie oor die rivier huis toe kon lei, kan Willem dalk ook sien wat hier op Driefontein gebeur? Sy droom dikwels van Willem en dan is hy lewensgetrou in haar drome. Sy wens sy kan weet.

Oom Nicolaas en tant Hettie is baie gelukkig op Rietfontein. Hulle het 'n paar mense by die kerk ontmoet en nou kuier hulle oor en weer by mekaar. Hulle gaan kuier ook vir tant Emmie wat baie besig is met die bou van haar woonstel. Hulle is bly daar is iets wat haar besig hou. Die woonstel se stoep is pragtig, veral die gladde rivierklip wat Gert vir haar uit die rivier aangery het wat in die kort muur van die stoep ingebou is. Dit sal 'n lekker kuierplek wees as al haar mooi stoepplante daar hang en rondstaan. tant Emmie het fyn smaak, sy sal haar gaste in styl daar kan onthaal.

Johan doen baie goed met die houtwerk. Hy is besig om vir hom 'n goeie naam as meubelmaker te vestig. Marinda werk lekker by Riek. Sy en Martin het goeie vriende geword. Nic en Hettie voel hulle kan nou ontspan en hulle aftrede geniet op die mooi rustige dorpie.

Henry is lankal moeg vir Sarie, sy was maar net 'n speelding vir 'n rukkie. Hy vermy haar en bel haar nie terug as sy 'n boodskap by die kantoordame laat nie. Daar is nou 'n nuwe en beter uitdaging vir hom: Helena Beukes. Hy wil vir sy pa bewys dat hy haar sal kry. Hy weet Helena bring haar rose Donderdae laatmiddag stasie toe. Hy ry dus soontoe, maar sy is nog nie daar nie. Dit pas hom, nou drentel hy op die perron rond asof hy vir iemand wag wat met die trein moet kom. Hy sien haar bakkie by die hek indraai, talm 'n rukkie en stap dan nader.

"Goeie middag Helena kan ek help?"

"Middag Henry, as jy net vir oom Ampie sal gaan roep asseblief? Hy kom altyd die rose met die kruierswa haal. Toemaar hier kom hy."

Oom Ampie groet vir Helena.

"Ek het Juffrou nie gesien kom nie, jammer Juffrou."

"Dis nie 'n probleem nie oom, laai maar op."

Henry help ook om die kratte oor te laai op die wa.

"Dankie oom Ampie," en sy druk 'n geldstuk in sy hand. Die vragbriewe is aan die een krat vasgebind. Die markmeester stuur gelukkig haar afskrifte saam met haar tjek vir haar.

"Helena ek het nog nooit in my lewe sulke pragtige rose gesien nie, kan ek eendag kom kyk hoe jy dit kweek?"

Helena dink blitsvinnig dit sal nie werk nie. Haar pa gaan die aapstuipe kry as sy hom plaas toe nooi.

"Henry ek sou graag wou, maar ek het vandag die laaste rose gebring. Later as die nuwe rose blom sal ek jou sê."

Stories uit die Riemland

"Ek sal dit graag wil sien," sê Henry, hy wil nie so maklik laat los nie. "Hoe lyk dit, kan ek vir jou 'n melkskommel by die Hoekkafee gaan koop?"

"Dit sal lekker wees ek is juis baie dors, dis groot werk om die rose gereed te kry vir die mark."

Tant Hermien wat agter die toonbank staan kan haar oë nie glo nie: Helena saam met Henry! Sy groet hulle egter vriendelik toe hulle instap. Henry lei Helena na die tafeltjie in die hoek, want hy wil nie vir die hele wêreld verkondig wie by hom is nie. Bettie bring vir hulle die spyskaart.

"Die spyskaart is nie nodig nie, ons wil asseblief twee groot melkskommels met baie roomys hê, maak dit twee aarbei asseblief."

Tant Hermien het gehoor wat hy bestel. Sy haal twee mooi melkskommelglase van die rak af, meng die bestanddele, skep ekstra roomys bo-op en sit dit in pierings saam met die strooitjies en lepeltjies.

"Dit lyk lekker," sê Helena en hulle geniet die yskoue drankies. Henry is 'n uitstekende gasheer – hy trakteer Helena op grappige insidente wat hy en sy vriende op universiteit beleef het. Hy gaan selfs so ver om te sê dat hy vandag spyt is dat hy sy kanse om geleerdheid te kry so vermors het. Hy het verkeerde vriende gehad en verkeerde kattekwaad aangevang. Hy vertel vir haar dat hy besluit het om sy graad buitemuurs te doen, al neem dit ook hoe lank.

Helena vertel vir hom dat sy graag universiteit toe wou gegaan het na matriek, maar dat haar pa botweg geweier het. Hy het gesê sy kan haar eie besigheid begin en dat hy haar finansieel sou bystaan. Hy het vir haar die kweekhuis laat oprig en sy kon die beste roosplante by 'n bekende kwekery koop. Sy het 'n kursus gedoen in rooskwekery en sy maak nou goeie geld, maar sy kry nie jongmense met wie sy kan vriende maak nie, sy is eensaam.

"Ek is jammer, sê as ek iets kan doen om te help," sê Henry. Hy dink aan 'n goeie plan.

"Hoe lyk dit is jy nie lus om Saterdag saam met my na die vakansieoord by die dam te gaan nie? Daar is twee groot swembaddens, tennisbane en selfs 'n bootrit op die dam. Die dam is juis nou oorlopens toe vol en dit sal 'n wonderlike dag wees.

Helena oorweeg dit. Hoe gaan sy wegkom sonder dat haar ouers of Herman weet sy is saam met Henry? Sy doen mos nie sonde nie, sy wil net die lewe bietjie geniet.

"Goed Henry jy kan my Saterdagoggend so nege-uur kom haal."

Helena hoop maar dat sy alleen by die huis sal wees as Henry haar kom haal. Hulle het so lekker gesels, toe tant Hermien die buiteligte aanskakel sien hulle eers dis al donker buite.

Helena staan op, bedank Henry vir die heerlike melkskommel en hulle stap uit.

Gees van die Labrador

Saterdagoggend na ontbyt ry oom Piet en Herman om na die beeste in die boonste kamp te gaan kyk. Tant Grieta het Vrydagmiddag blomplantjies vir tant Emmie uitgehaal en sy wil dit gou gaan wegbring. Helena is dankbaar. Nou is sy alleen as Henry haar kom haal. Sy skryf gou 'n nota vir haar ma dat sy saam met vriende gaan en dat sy laatmiddag terug sal wees. Dis mos half en half die waarheid stel sy haarself gerus.

Sy het 'n mooi oranje broekpak aan en lyk pragtig met haar blink bruin hare wat los oor haar skouers hang. Haar bruin oë glinster van opwinding. Haar swemklere en -handdoek is in die drasak. Sy sit nog 'n bietjie lipstiffie aan en spuit parfuum op haar polse. Sy hoor Henry se motor voor die stoep stilhou en gaan sit gou die briefie op die kombuistafel – selfs die bediende is nie in die kombuis nie, sy is regtig gelukkig.

Toe sy by die voordeur uitkom verkyk Henry hom aan die pragtige meisie. Sy groet hom vrolik en hy maak die motordeur vir haar oop.

"Ek hoop jy gaan die dag geniet Helena," sê Henry.

Helena lag. "Ek is seker ons sal."

Op Driefontein laai Gert die blomplantjies wat tant Grieta vir sy ma gebring het af. Tant Grieta is verstom om te sien hoe ver die bouery aan die woonstel gevorder het. Sy is verbaas oor hoe mooi die rivierklip teen die muur lyk. Sy sê Herman moet vir haar ook klip uit die rivier gaan haal, want sy wil ook graag die kant van hulle stoep daarmee laat toebou.

"Emmie sal jy kwaad wees as ek ons stoep ook so mooi maak soos joune?"

"Jy is welkom Grieta. Ek het self die idee by Nic en Hettie afgekyk en dit net bietjie verander. Jan Nel is 'n goeie bouer hy sal ook vir jou mooi idees kan gee."

Tant Grieta kyk na die mooi kombuis en die res van die woonstel. Tant Emmie neem haar na die stoep wat hulle al die jare gebruik het. Sara bring die teewaentjie met koffie, tee en lemoensap en daar is konfyttertjies met appelkooskonfyt saam met die drinkgoed. Tant Emmie vertel vir haar dat dit nog nie algemene kennis is nie, maar dat Gert en Rienie op 11 Julie trou. Hulle sal die troukaartjies glo binnekort uitstuur.

"Baie geluk Emmie ek ken nie die meisie nie. Ek het haar nog net in die apteek gesien. Sy is mooi en altyd baie vriendelik, ek hoop sy en Gert sal baie gelukkig wees. Ek is nie skaam om dit te sê nie, maar ek en Piet het nogal gehoop dat Helena en Gert by mekaar sou uitkom, maar die Here se wil was anders," sê tant Grieta.

Die twee vriendinne is al 'n leeftyd saam op die twee plase en hulle is lief vir mekaar. Die kinders het saam grootgeword en skoolgegaan en nou is Gert en Helena groot. Dis jammer van Jan van tant Maria, hulle is nog hartseer oor Uitzicht se mense wat nou almal dood is. Gelukkig dat Gert vir Martin opgespoor het, want hy is al familie wat daar van Uitzicht se mense oor is.

Helena en Henry geniet die rit. Die veld is pragtig groen na die goeie reën. Henry neem die uitdraai na die plesieroord langs die dam. Hy ken die plek hy en het vir Sarie ook hierheen gebring, maar vandag gaan hy Helena beïndruk met sy sjarme.

By die kantoor betaal Henry die toegang en ook vir 'n bootrit op die dam. Daar is 'n hele rits mense wat bespreek het vir die bootrit en hy kry eers teen drieuur die middag 'n beurt. Helena is 'n bietjie bekommerd omdat dit 'n uur vir die boot neem om die rit te voltooi. Dis reg, al kom hulle bietjie laat by die huis is dit ook maar goed. Min het sy geweet wat daar vir hulle voorlê.

Henry nooi haar vir tee en botterbroodjies en toe gaan hulle swem. Die swembaddens is altwee vol mense wat swem en water spat. Dit gaan te jolig en hulle geniet die heerlike koue water. Dan gaan lê hulle op die handdoeke om droog te word. Die tyd vlieg verby, hulle slenter na die kafeteria, maar daar is nie plek vir 'n muis nie. Helena sê sy is nie regtig honger nie. Hulle koop toe net aartappelskyfies en koeldrank en geniet dit op die gras. Henry sien hoe die jongmans na Helena kyk. Hy is jaloers, maar verdra dit maar.

Halfdrie gaan hulle na die landingsplek waar hulle met die boot kan ry. Dis nie 'n groot boot nie, dit het net sitplek vir ses mense. Dis hulle beurt en hulle klim saam met die vier ander jongmense in die boot. Hulle trek die veiligheidsbaadjies aan en die boot trek met 'n gebrul weg. Almal klou aan hulle sitplekke vas. Helena kan goed swem, want hulle het by die rivier grootgeword en baie in die groot waterkuile geswem. Gert en Jan was altyd saam met haar en sy was nooit bang vir die water nie, maar hierdie is 'n reuse dam wat ongeveer twee myl breed is.

Sy onderdruk die onrus wat in haar opstuif, maar geniet die spoed waarmee die boot oor die water snel. Daar is 'n hele paar ander bote ook op die water, selfs seilbote met hulle kleurvolle seile. Hulle is al amper aan die ander kant van die dam toe sy 'n harde slag hoor soos die boot in iets vasjaag. Sy trek deur die lug, val 'n hele ent verder in die water en begin water trap.

Die boot het omgeslaan en sy hoor 'n meisie om hulp skree. Die boot verdwyn vinnig onder die water en daar is mense wat swem om van die boot af weg te kom. Sy kan nie sien wie is dit wat swem nie. Gelukkig het 'n ander boot wat nie te vêr weg was nie, gesien hoe die boot onder die water verdwyn. Hulle kom aangesnel, pyl op haar af en help haar en nog twee mense in die boot in. Sy roep na Henry en sien 'n man aangeswem kom. Hy word ook in die boot ingehelp, maar dis nie Henry nie. Die skipper het ook nader geswem en gesê hy dink die ander man is vasgepen onder die boot.

156

Gees van die Labrador

Van die mense het onder die water ingeduik om te kyk of hulle hom kon help. Nog twee bote het kom help en die drenkelinge op 'n groter boot oorgelaai. Helena wou nie saamgaan nie omdat Henry nog onder die water was. Die boot met die ander mense het vertrek, maar sy het by die man en meisie op die boot wat haar gered het, agtergebly.

Intussen het die son in die weste gesak. Helena is verpletter. Wat moet sy vir haar ouers sê van die skelm uitstappie? Hoe moet sy vir oom Dirk vertel sy enigste kind het verdrink?. Ag Vader in die Hemel, help ons asseblief!

Die man en meisie oorreed haar om ook terug te gaan voor dit donker word anders kan hulle ook verongeluk. Sy stem in en vir oulaas kyk sy oor die water, maar dis net die polisieboot wat intussen met duikers opgedaag het. Hulle duik om Henry te probeer red.

By die landingsplek gooi 'n vrou 'n groot handdoek om haar skouers en neem haar na die kafeteria. Daar gee iemand vir haar warm koffie om te drink, want sy bewe van die koue en ontsteltenis. 'n Polisiesersant groet Helena en spreek sy simpatie uit. Helena knik net skugter met haar kop.

"Het u dalk 'n telefoonnommer vir meneer Lategan se ouers Juffrou?"

"Ek ken net die motorhawe se nommer sersant, maar bel net Bultfontein se sentrale, hulle sal u kan help."

Helena skrik. Genade nou gaan oom Dirk en sy vrou hoor sy was saam met Henry, en haar ouers ook. Vader tog wat het ek aangevang, kyk hoeveel mense se lewens het ek ongelukkig gemaak net omdat ek teleurgesteld was dat Gert met Rienie gaan trou!

Die sersant kom terug. "Juffrou ek het sy pa gekry en vir jou pa ook gesê wat hier gebeur het. Hulle kom u haal."

Oom Piet kyk sy vrou verslae aan.

"Vrou dit is vreeslik, ons sal vir Dirk en Johanna gaan oplaai. Herman jy moet dadelik ry, ek sal gou vir haar droë klere en iets warm gaan kry wat jy moet saamneem my kind."

Herman neem die sak en vertrek.

Intussen het oom Piet vir Dirk Lategan gebel en gevra hulle moet saam met hulle dam toe te ry. Toe oom Piet vir Dirk en Johanna oplaai, huil Johanna hartverskeurend. Dis hulle enigste kind en hulle het so gehoop dat hy nou verantwoordelik sou raak, want hulle het hom nodig. Tant Grieta is self in trane en so sit die twee vrouens agter in die motor hulle terwyl oom Piet vinnig maar versigtig dam toe ry. Die pad voel 'n duisend myl ver.

Helena sit in 'n bondeltjie en daar is twee dames wat haar ondersteun. Sy bars in trane uit toe sy vir Herman na haar toe sien aankom en sy hardloop in sy arms in.

"Boetie wat het my tog besiel om vandag skelm saam met Henry hierheen te kom? Dis die Here wat my straf en dit is net die begin van my straf."

Herman haal die klam handdoek van haar skouers af en sit 'n droë een om haar.

"Sus daar is 'n rede hoekom hierdie tragiese ding vandag gebeur het, ons sal vorentoe weet hoekom."

Herman vra die twee dames of hulle haar asseblief kleedkamers toe sal neem sodat sy droog kan aantrek. Hy oorhandig die drasak met die klere wat sy ma ingesit het. By die sersant verneem hy dat die polisieduikers niks kan doen in die donker nie. Hulle sal as dit die volgende oggend lig word, verder gaan soek.

Die twee ouerpare verskyn in die deur en Herman stap hulle tegemoet.

"Oom Dirk en tant Johanna ons innige simpatie. Ek weet ons sal nooit kan verstaan hoe u voel nie, net die Here sal u krag gee vir die vreeslike ding wat oor u gekom het."

Die twee dames kom terug met Helena. Sy is nou warm aangetrek en sy weet nie wat om te doen toe sy oom Dirk en tant Johanna saam met haar ouers sien nie. Tant Grieta druk haar teen haar bors vas.

"My kind ek weet dit is vreeslik, maar dit is die Here se wil."

Oom Piet troos ook vir Helena en sy draai na oom Dirk en sy vrou.

"Ek wens ek kan hierdie dag ongedaan maak, maar dit is onmoontlik. Ek is baie jammer, my innige simpatie."

Oom Dirk vat haar een hand en tant Johanna die ander een en sê: "Helena dis nie jou skuld nie, dit was 'n tragiese ongeluk. Net die Here in die Hemel sal weet hoekom hy die verdriet oor ons gebring het."

Die eienaar van die kafeteria kom nooi hulle om tee en toebroodjies te eet, maar niemand kan eet nie. Hulle drink die warm tee dankbaar. Oom Piet besluit dat hulle maar huis toe sal gaan, probeer om 'n bietjie te slaap en dan weer ligdag die volgende oggend terug te kom.

Die rit terug Rietfontein toe, sal die ses mense nooit vergeet nie. Van slaap was daar geen sprake nie. Vieruur die volgende môre hou oom Piet voor die Lategan woning stil. Oom Dirk en tant Johanna kom by die voordeur uit, hulle groet mekaar en die vier oumense ry terug dam toe.

Herman en Helena is vooruit. Sy ry saam met Herman in sy bakkie. Sy dink daaraan hoe vrolik en opgewek sy en Henry die vorige dag dieselfde pad gery het. Nou is sy verslae en vol verwyt.

By die dam het die polisieduikers reeds die liggaam gevind. Herman beraadslaag met die polisiesersant – 'n baie simpatieke man wat in sy beroep al dikwels mense se diepe hartseer moes aanskou. Die sersant beveel aan dat die liggaam na die polisielykshuis geneem moet word, waar die ouers in privaatheid hulle kind kan uitken.

Herman wag by die hek van die vakansieoord, toe sy pa, ma en Henry se ouers by hom stilhou. Hy vertel vir hulle dat die lyk gevind is en dat die ouers hom by die polisielykshuis moet gaan uitken.

Die hele Rietfontein het oom Dirk en tant Johanna ondersteun. Almal was jammer vir die twee mense wat al soveel hartseer van hulle enigste kind gehad het. Talle ruikers, blomme en eetgoed word na die huis in Du Toitstraat geneem. Hulle ontvang telefoonoproepe met simpatieke woorde van heinde en verre. Die tragiese nuus was in 'n hele paar koerante.

Maar in die huis in Vleistraat van oom Kas Burger, is daar 'n hartseer van 'n ander aard. Sarie het haar pa 'n week tevore inlig dat sy Henry se kind verwag – ook dat hy haar nie meer kom besoek nie en nou is hy dood. Wat gaan nou van haar en die ongebore baba word? Oom Kas is radeloos, wat kan hy doen? Sarie bly weg van haar werk af by die koöperasie. Sy sluit haarself in haar kamer toe en wil niks eet of drink nie.

Dit was 'n groot begrafnis. Soos dit maar in die lewe gaan, word net Henry se vriendelike geaardheid genoem. Daar word niks gesê van die onrus en hartseer wat hy sy ouers in sy lewe aangedoen het nie.

Maar Bettie Vermaak, die kelnerin by Hoekkafee is nie so vergewensgesind nie. Sy onthou hoe Henry saam met Helena melkskommel gedrink het en hoe grootmeneer hy haar van sy universiteitsdae vertel het. Bettie weet ook Sarie verwag Henry se kind. Sarie het vir haar eerste gesê voordat sy die moed gehad het om vir haar pa te vertel.

Eend oggend na die begrafnis toe die kafee stil is, vertel sy vir tant Hermien van Sarie se toestand. Ag vader wat nog, vra tant Hermien haarself af. Sy bespreek die toedrag van sake met haar suster Kitty en hulle weet nie wat hulle moet doen nie. Kitty stel voor hulle moet dominee De Jager inlig – hy sal weet hoe om dit op die regte manier te hanteer.

Tant Hermien bel dominee De Jager, maak 'n afspraak en gaan sien hom by sy huis. Sy vertel vir hom van Sarie se toestand. Hy noem dit toe vir haar dat hy al gewonder het hoekom Sarie so vinnig by die koöperasie bedank het. Dierbaar soos tant Hermien is, sê sy dat dit vir Dirk en Johanna die grootste geskenk sal wees wat hulle ooit kan kry: Hulle seun se eie kindjie.

Tant Hermien glo hulle sal Sarie met ope arms verwelkom en haar bystaan met haar baba. Dominee De Jager stem saam en belowe dat hy die saak met oom Dirk-hulle sal bespreek. Hy vra tant Hermien om dit maar eers stil te hou. Terug by die kafee vertel sy vir Kitty en Bettie wat dominee gaan doen, ook dat hulle asseblief die saak stil moet hou.

Dominee De Jager gaan sien oom Dirk by die motorhawe en vra of hulle die middag na werk by hom sal aankom, want hy wil graag iets met hulle bespreek.

Net na ses die middag hou oom Dirk en tant Johanna voor die

pastorie stil. Hy nooi hulle na sy studeerkamer en gaan uit om vir hulle tee te gaan haal. Hy het self die skinkbord voorberei, gooi net kookwater oor die teeblare en neem dit studeerkamer toe. Die twee ou mense wonder waaroor die predikant met hulle wil praat.

"Oom Dirk, tant Johanna, dis my voorreg om vir julle te sê dat julle binnekort oupa en ouma van julle seun se baba gaan word."

"Maar dominee hoe bedoel u nou?" vra oom Dirk.

"Sarie Burger verwag Henry se baba. Ek weet dit is vir julle 'n skok, maar ek glo die Here het aan julle gedink en die kindjie vir julle in Henry se plek gestuur."

"Maar dominee sal sy bereid wees om die baba met ons te deel? Ek is seker sy is verbitterd omdat ons seun haar in haar nood in die steek gelaat het."

"Dit, oom Dirk, sal ons eers weet nadat ek met haar gepraat het."

Tant Johanna kan die trane nie keer nie, dit loop oor haar wange en oom Dirk gee sy sakdoek vir haar.

"Ma miskien is dit vir ons beskore om die kindjie te help grootmaak. Ons sal nooit weer die fout herhaal wat ons met Henry gemaak het nie. Ons sal die baba met liefde en genade van Bo grootmaak as dit ons beskore sal wees."

"Oom Dirk en tant Johanna, ek moet eers by julle hoor wat julle bereid is om te doen voordat ek met Sarie en haar pa gaan praat. Is julle bereid om Sarie in julle huis in te neem, te versorg, die mediese en kraamkostes te help dra, en haar en die baba permanent by julle te laat bly?"

"Ja dominee ons sal alles doen."

"Dankie oom Dirk ek gaan vanaand met haar en haar pa praat. Ek sal julle na die onderhoud kom sê wat het Sarie besluit."

"Ons sal vir u wag dominee," sê tant Johanna, "moenie moeite doen om iets te maak om te eet nie, ons vir u wag dan eet ons saam."

"Baie dankie tante dit sal lekker wees."

Gelukkig is daar geen vergaderings of pligte wat dominee De Jager die aand moes nakom nie. Hy klim in sy motor en ry Vleistraat toe. Daar brand lig in die huisie en hy klop aan die voordeur. Oom Kas maak die deur oop.

"Goeienaand oom Kas, kan ek asseblief bietjie met oom praat?"

"Kom binne dominee, sit asseblief."

Dominee De Jager mors nie tyd met mooiweerspraatjies nie.

"Oom Kas ek is jammer om te verneem dat Sarie 'n baba van Henry Lategan verwag, maar eintlik is ek baie dankbaar."

"Nou hoe meen dominee nou?" vra oom Kas.

"Oom Kas, ons almal weet hoe Henry sy ouers al die jare teleurgestel en verneder het. Ek glo die Here beloon hulle nou en gee vir hulle 'n tweede kans om 'n kind groot te maak in Henry se plek. As Sarie bereid is, sal die twee dierbare mense haar en haar baba in hulle huis neem en vir alles sorg wat nodig is."

"Dominee u weet ek kan nie vir haar en die kindjie sorg nie. Vir my is dit 'n wonderlike uitkoms, maar hoe Sarie daaroor gaan voel is 'n ander saak. Sy is verbitterd oor die manier waarop Henry haar in die steek gelaat het. Nou is hy dood, sy is agtergelaat en weet nie wat om te doen nie. Miskien moet dominee met haar praat en hoor wat sy sê, ek sal haar gaan roep."

Sarie weier om met die predikant te kom praat. Sy voel skaam oor wat haar oorgekom het en sy dink hy gaan haar teregwys.

"Sarie, dominee het 'n wonderlike uitweg vir jou en die kindjie, gaan luister asseblief net wat hy vir jou wil sê my kind."

Sarie kom skugter uit die kamer en gaan sitkamer toe.

"Goeienaand Sarie, ek voel soos die engel Gabriël wat duisende jare gelede vir Maria die moeder van Jesus die goeie tyding gebring het dat sy 'n seun verwag wat ons sondes op hom sal neem."

Sarie kyk die predikant verbaas aan.

"Maar dominee wat het dit met my te doen?"

"Sarie jy verwag Henry se kindjie. Besef jy wat dit vir oom Dirk en tant Johanna beteken? Hulle het hulle enigste kind aan die dood afgegee en hier verwag jy hulle seun se kindjie. Dis so goed asof hy uit die dood na hulle teruggekom het."

"Maar dominee, hulle sal my nie aanvaar nie, ek het 'n skande oor hulle huis gebring."

"Sarie, die Here het toegelaat dat jy swanger geraak het en oom Dirk en tant Johanna is vol dankbaarheid dat hulle iets van hulle kind kan terugkry. Hulle was vanmiddag by my en hulle wil jou en die baba met alles help. Hulle vra dat jy by hulle kom bly. Jy is nou hulle kind en in hulle huis gaan jy die dogter wees wat hulle nooit gehad het nie. Jy en jou kindjie gaan die beste kry wat jy kan geniet."

Sy kyk na haar pa.

"Sal Pa nie sleg voel as ek by vreemde mense gaan bly nie?"

"Nee my kind, hulle kan jou gee wat ek nooit kan bekostig nie. Hulle is goeie mense ek ken hulle al jare. Ek glo ook dat dit die Here se wil is dat hulle jou graag wil hê, vir jou en jou kindjie."

"Sarie ek gaan oom Dirk en tant Johanna haal dan praat julle saam met jou pa dan kan jy besluit."

Dominee De Jager staan op. "Ek sien julle oor 'n rukkie."

Toe die predikant weg is, draai Sarie na haar pa.

"Ek is baie jammer dat ek die skande oor ons huis gebring het, sal Pa my asseblief vergewe?"

Stories uit die Riemland

"My kind ek is lief vir jou, jy gaan vreugde in daardie huis bring ek sal jou gereeld besoek. Jy sal nooit spyt wees as jy by hulle gaan bly nie."

Sarie en haar Pa gesels vir die eerste keer vandat sy uitgevind het dat sy swanger is en dis of die lug gesuiwer is.

Daar is 'n klop aan die deur en toe oom Kas die voordeur oopmaak, staan dominee, oom Dirk en tant Johanna daar.

Daar is vreugde op hulle gesigte.

"Goeie naand Kas, dankie vir die dogter wat jy vir ons grootgemaak het."

Kas glimlag by homself. "Stap deur sitkamer toe asseblief julle."

Sarie staan skugter op en groet oom Dirk en tant Johanna. Tant Johanna trek haar teen haar vas.

"My kind ons het nie woorde om ons dankbaarheid en vreugde uit te spreek nie. Ons gaan jou met liefde bystaan, vir jou en jou kindjie, vir altyd."

"Baie dankie tannie en oom Dirk, ek het nie geweet wat ek gaan doen nie, nou is ek gelukkig. Ek weet nie wat ek verwag nie, maar ek hoop dit is 'n seuntjie, ons kan hom Dirkie noem."

Dominee De Jager staan op. "Sarie rus nou goed uit vannag en môre pak jy jou goedjies, sodat oom Dirk-hulle jou so tienuur kan kom haal."

"Oom Kas, ek en jy sal die fort gaan hou by die motorhawe terwyl oom Dirk en tant Johanna weg is. Ek kom jou so half tien haal," sê dominee De Jager.

"Goed dominee ek sal reg wees."

Dominee De Jager en die Lourens-egpaar ry terug Du Toitstraat toe. Nou sal daardie kos wat die tante gemaak het baie lekker smaak.

Oom Dirk sluit die voordeur oop.

"Kom binne dominee. Vrou kry die kos op die tafel, ons is baie honger."

Tant Johanna haal die opskepbakke uit die lou-oond, neem dit tafel toe en hulle sit aan. Dominee De Jager vra die seën en sê dankie dat die Here die wonderwerk laat gebeur het.

"Oom Dirk ek het vir oom en vir oom Kas onkant gevang. Die feit dat hy saam met my 'n ogie oor die motorhawe moet hou, het ek met opset gedoen. Henry het oom altyd met goedjies gehelp en nou hy is nie meer daar nie. Kan Oom dalk vir oom Kas gebruik vir takies in die motorhawe?"

"Ja dankie dominee jy is werklik 'n man met insig. Kas sal my met baie dinge kan help. Dominee moet net help besluit hoeveel ek hom per maand moet betaal. Die buitekamer waar Henry gebly het staan nou leeg, hy kan daar kom bly," sê oom Dirk.

"Nee oom Dirk, los hom in sy huisie, want daar voel hy tuis. Sy dogter sal ook daar vir hom gaan kuier. Ek weet oom Dirk bedoel dit goed, maar

Gees van die Labrador

gebruik hom net in die motorhawe dan sal hy gereeld 'n geldjie inkry. Ek is seker hy sal die huisie dan ook kan opknap. Baie dankie vir die lekker ete tant Johanna. Oom Dirk, ek gaan nou huis toe, sien julle halftien môreoggend."

"Totsiens dominee, baie dankie vir alles."

Die volgende môre het tant Johanna vroeg opgestaan en die bed in die spaarkamer met haar mooiste linne oorgetrek. Sy het 'n bos rose in die tuin gaan pluk en dit in 'n blompot gerangskik en op die spieëltafel gaan sit. Dit sal Sarie dadelik welkom laat voel.

Die spaarkamer het sy eie badkamer en daar het sy mooi pienk handdoeke en waslappies opgehang, asook badolie en badsout op die wastafeltjie gesit. Sy hoop Sarie gaan baie gelukkig by hulle wees. Seweuur, net na ontbyt, ry oom Dirk-hulle motorhawe toe. Daar kyk hy dat alles reg is en gee vir die twee jongmanne wat die herstelwerk aan die voertuie doen, verdere opdragte.

Om halftien hou dominee De Jager en oom Kas agter in die werkplek stil, groet die werkers en stap na oom Dirk toe.

"Ons is hier, sê wat moet ons waar doen."

"Dominee jy moet verkoopsman speel as iemand 'n voertuig hier op die vloer wil koop. Elke voertuig se besonderhede is agter die ruitveër. Hou hulle maar besig ek sal nie lank weg wees nie. Ek het gesê Johanna moet die dag af neem en ons dogter tuis laat voel.

"Kas, hier is voorraad wat gister ingekom het. Ek het dit gemerk, pak dit asseblief op die rakke uit – elke soort by mekaar. Dit sal my baie help, want ek is agter met die werk in die onderdele afdeling. As jy klaar weggepak het kan jy maar die goed op die rakke regskuif, dit krap heeldag om as iemand 'n onderdeel soek.

"Baie dankie Kas dat jy my kom help. Jy moet daaraan dink: Ek het iemand soos jy nodig vir elke dag."

"Dankie Dirk ek sal baie dankbaar wees om 'n vaste werk te hê."

Oom Dirk en tant Johanna groet en ry om Sarie te gaan haal. Hulle is so opgewonde soos twee kinders.

Dominee gaan elke voertuig se besonderhede na, want dit kan dalk net wees dat daar regtig iemand kom wat wil koop, dan moet hy voorbereid wees.

Die skoonmaker bring 'n pot tee, suiker, melk en koppies na die tafeltjie en stoele wat daar staan.

"Dominee hier is vir u en meneer Kas tee."

"Baie dankie, jou mevrou het jou mooi geleer."

"Ja meneer ek werk al tien jaar hier. Meneer Dirk en mevrou is baie goeie mense. Ons is baie gelukkig hier. My naam is Filemon, ek is die skoonmaker en teemaker."

Dominee lag. "Filemon gaan roep meneer Kas daar by die onderdele."
"Goed meneer, dankie meneer."
Hulle was nog besig om tee te drink toe oom Dirk terugkom.
"Dirk moenie dink ons het heeltyd net gesit en teedrink nie, ons het maar pas hier kom sit."
Filemon het oom Dirk sien terugkom en hy bring nog 'n skinkbord met teegerei en sit dit op die tafel neer vir oom Dirk.
By die huis is tant Johanna in die wolke. Sy wys vir Sarie waar haar kamer is en Sarie verstom haar aan die pragtige kamer. Sy bedank tant Johanna vir die pragtige rose op die spieëltafel en bewonder die badkamer met al die lekkerruikgoedjies en mooi handdoeke.
"Tant Johanna baie dankie, ek het nog nooit in my lewe sulke mooi goed gehad om te gebruik nie."
"Dis 'n plesier my kind, maak jouself tuis, dit is nou jou huis. Kom ons gaan maak bietjie tee. As ons klaar gedrink het kan jy jou goedjies hier kom wegpak."
In die kombuis wys tant Johanna vir Sarie waar die teegerei en die koekies gebêre word. Sarie is 'n intelligente, flukse meisie. Een, twee, drie het sy die skinkbord gereed.
"Waarheen moet ek dit neem tante?"

"Kom ons gaan drink dit op die stoep dit is altyd lekker koel daar."
By die tafel en gemaklike stoepstoele drink hulle rustig hulle tee. Sarie verkyk haar aan die pragtige groen grasperk met die mooi rose en ander struike.

Gees van die Labrador

"Tante se tuin is pragtig, nou sien ek waar kom die rose in my kamer vandaan."

"Dis my ontspanning, ek geniet dit om in die tuin te werk en glo my daar is niks so dankbaar vir die aandag wat mens aan hulle gee nie. Die plante weet jy is lief vir hulle,"sê tant Johanna.

"Sarie kindjie, ek moet nou in die kombuis aandag gaan gee aan middagete. Jy kan gaan uitpak en as jy lus het 'n bad met lekkerruikgoed intap en sommer lank daarin ontspan."

"Kan ek nie eers vir tante help met die ete nie?"

"Nee wat liefie, so met die tyd sal ek jou vra om te help as ek by die motorhawe werk."

"As tante seker is gaan ek gou my goedjies uitpak."

Tant Johanna het 'n koue skaapboud en aartappelslaai in die yskas en sy maak gou 'n slaai. Die huishulp het klaar die tafel in die eetkamer gedek. Sy kyk of alles reg is, sit mooi glase op die tafel en gooi ys in die beker met lemoensap. Dis amper eenuur en oom Dirk sal binnekort daar wees.

By die motorhawe groet dominee de Jager.

"Jammer oom Dirk ek het gedink ek gaan 'n paar voertuie verkoop terwyl oom weg is, maar dit is nie so maklik nie. Ek sal oom maar groet en my toespraak vir vanmiddag se vergadering regkry."

"Totsiens dominee volgende keer is jy dalk gelukkiger."

Oom Dirk bel sy vrou. "Moeder ek bring vir Kas saam vir ete, hy het nog nie gereël vir middagete nie."

"Dis reg my man, ek dek nog 'n plek ,ek dink dit sal vir Sarie goed wees om haar pa te sien."

Sarie het haar goedjies uitgepak en tap lekker warm water in die bad en gooi versigtig badsout in, dit ruik heerlik. Sy toets die water, dis heerlik om so in die water te ontspan...

"Dankie Here dat u vir my 'n uitkoms gegee het, maak my altyd dankbaar daarvoor."

Sy klim uit, droog haar af met die groot badhanddoek en smeer van die room wat tant Johanna vanoggend vir haar gegee het oor haar magie. Terwyl sy by die koöperasie gewerk het, het sy vir haar 'n paar mooi rokkies gekoop. Sy trek 'n wit romp met 'n wye blou bloesie aan, dit steek haar magie weg. Die wit sandale pas lekker en is koel. Haar hare is nog klam, sy gaan gou in die son sit om dit droog te maak.

Toe sy van die stoep wil afstap hou oom Dirk en haar pa voor die deur stil. Oom Dirk glimlag vir haar.

"Jy lyk lekker koel en ruik soos 'n blomtuin."

"Dankie oom Dirk. Middag Pa ek wou net my hare gaan droog maak in die son, maar tant Johanna is gereed met die ete, my hare sal wel droog word."

Kas druk sy dogter teen hom vas.

"Ounooi jy ruik lekker en lyk pragtig."

Tant Johanna roep hulle om te kom eet. Die koue ete lyk smaaklik en hulle geniet dit saam met die yskoue lemoensap. Die tyd vlieg verby en oom Dirk en Kas gaan terug motorhawe toe. Sarie help om die gebruikte skottelgoed kombuis toe te neem waar die huishulp dit was en wegpak.

Sarie se hare is lank en sy gaan haal haar borsel.

"Sal tante my asseblief verskoon, ek wil net gou my hare in die son gaan droogmaak?"

"Seker my kind, in die studeerkamer is baie boeke wat jy kan lees. Daar is tydskrifte ook, maak jou tuis ek het 'n bietjie naaldwerk wat ek moet doen."

Na afloop van die vergadering wat dominee De Jager moes toespreek, kom oom Piet, Helena se pa, na hom toe.

"Dominee Kobus as u hier klaar is, kan ek u asseblief by die pastorie kom spreek?"

"Seker oom Piet, ek is binne tien minute by die huis. Gaan wag solank vir my in die studeerkamer daar is 'n nuwe Landbouweekblad op die tafeltjie blaai solank daar in."

Oom Piet is bekommerd. Helena weet nie hy kom met die predikant praat nie, maar hy kan ook nie toesien dat sy kind haar bly verwyt oor Henry se dood nie, want dit was 'n ongeluk. Sy het totaal belangstelling in alles verloor. Haar kwekery kry geen aandag nie en Herman het al die sproeiers daar gaan aansit voor die roosbome 'n knou kry. Hy sien die Landbouweekblad op die tafeltjie lê, maar is te ingedagte.

Dominee de Jager kom ingestap.

"Oom Piet ek gaan eers vir ons lemoensap haal dan praat ons."

"Goed dominee Kobus."

Oom Piet wonder hoe moet hy die saak aan die predikant stel. Hy wil nie vir Helena in 'n slegte lig stel nie. Sy is 'n goeie kind, net party maal 'n bietjie hardkoppig. Dominee Kobus kom terug met 'n beker sap en glase, hy skink die koue sap vir hulle in en gaan sit in die leunstoel langs oom Piet.

"Oom Piet ek het 'n idee hoekom jy my wil sien. Dit is Helena wat jou bekommerd maak, nè oom?"

"Ja Kobus, sy voel bitterlik sleg oor Henry se ongeluk. Sy verwyt haarself en het belangstelling in alles verloor. Sy bly net in haar kamer en ons moet smeek dat sy ietsie kom eet, dan krap sy net in die kos met haar vurk en eet omtrent niks."

"Oom Piet, Henry se dood is tragies, maar nou sien ek die Here se wil daarin. Laat ek vir oom vertel van Dirk en Johanna met Sarie en Kas ook

166

Gees van die Labrador

daarby betrokke."

Dominee De Jager vertel die hele storie van Sarie en haar baba en hoe wonderlik die uitkoms vir hulle was. Oom Piet luister met verbasing hoe die saak ontvou. Hy besef hoe ongelooflik alles op die einde reg uitwerk.

"Kobus hoe gaan ons die saak aan Helena verduidelik, help ons asseblief?"

"Die beste sal wees as ek haar alleen kan sien, om die hele gebeurtenis vir haar te verduidelik sodat sy die Here se hand in die hele saak kan sien. Dink oom Piet sy sal pastorie toe kom?"

"Ek weet nie Kobus sy is hardkoppig as sy wil."

"Oom Piet, vertel vir tant Grieta en Herman wat ek nou vir jou vertel het en sit koppe bymekaar oor hoe ons haar hier gaan kry, maar die Here se weë is onbeskryflik."

Toe oom Piet opstaan om te ry, hoor hulle 'n voertuig voor die pastorie stilhou. Hulle stap uit stoep toe en daar kom Helena met die paadjie opgestap. Sy sit haar arms om haar pa se nek.

"Pappa ek kan nie langer nie. Dominee Kobus, kan ek met jou praat?"

Kobus vat haar aan die hand.

"Kom Leentjie ons gaan gesels in die studeerkamer."

Sy gaan sit op die stoel waaruit oom Piet 'n paar minute tevore opgestaan het.

"Verskoon my, ek gaan gou vir ons koue sap haal."

Na 'n rukkie is hy terug met skoon glase en yskoue lemoensap. Hy skink hulle glase vol en klink speels sy glas teen hare op 'n mooi en gelukkige toekoms. Helena is verstom, sy het nie gedink dis wat sy by hom sou beleef nie en sy kyk hom verbaas aan.

"Helena ek was maar nege jaar oud toe daar iets baie tragies in ons lewens gebeur het. Ek sal jou anderdag vertel. Almal het gesê dis toevallig dat dit gebeur het, maar my ma het daardie dag vir my en my sussie gesê dat niks in hierdie lewe toevallig gebeur nie. Alles word so beskik, party kere gou, ander kere neem dit jare om uit te vind hoekom dit met jou gebeur het. Daar is altyd 'n rede waarom iets gebeur, glo my dis waar.

"Henry moes huis toe kom, hy was vasgevang in lelike goed. Daaroor gaan ek ook nie uitwei nie, maar sy ouers was bitter teleurgesteld in hom. Tog het hulle hom beskerm en huisvesting en werk in die motorhawe gegee – nie dat hy veel gewerk het nie. Hy het met Sarie Burger bevriend geraak. Sy was 'n onskuldige kind wat baie arm groot geword het. Heel gou het hy haar op hom verlief gemaak en die gevolg was dat sy swanger geraak het. Toe sy vir hom vertel van haar toestand, hy het haar verwerp. Hoekom juis jý sy volgende slagoffer moes word, sal ons eendag nog uitvind. Hy het verongeluk en is begrawe. Sy ouers is gebroke, want hy was hulle enigste kind. Hulle het gehoop hy sal onder hulle sorgsame liefde verander en 'n goeie mens word, maar dit was tevergeefs, hulle het hom begrawe.

"Ek het te wete gekom dat Sarie 'n baba verwag en almal het vermoed wie die pa is, behalwe oom Dirk en tant Johanna. Hulle het nie geweet sy verwag nie en toe ek dit vir oom Dirk en tant Johanna gaan vertel het, was hulle oorstelp van vreugde. Hulle kon iets van hulle seun terugkry as Sarie gewillig sou wees.

"Sarie bly nou by oom Dirk-hulle in die huis. Sy en haar kindjie gaan die beste versorging kry wat daar is – kan jy nou die hand van die Here in hierdie tragiese geval sien Helena? Moet jouself dus nie verder wysmaak dat jy die oorsaak van Henry se dood is nie, want jy is nie. Dit was die Here se wil sodat daardie twee goeie oumense ook 'n bietjie geluk in die lewe kan hê."

"Dominee Kobus, ek het vanmiddag besef ek kan die las nie langer dra nie. Ek maak almal om my ongelukkig, maar nou voel ek beter. Baie dankie dat jy vir my vertel het. Ek gaan Sarie besoek en vir haar vertel dat ek en Henry net kennisse was. Ek gaan haar ondersteun waar ek kan."

"Dis wonderlik Helena, jy kan my ook 'n bietjie ondersteun. Ek is eensaam en alleen. Mag ek kom kyk hoe jy daardie pragtige rose kweek wat jou moeder elke Sondag voor die preekstoel sit? Ek waardeer dit altyd en neem dit na die diens huis toe sodat ek dit daar verder kan geniet."

"Dominee Kobus jy is welkom, bel net voor jy kom sodat ek by die huis kan wees, want van nou af gaan ek weer hard werk."

"Helena ek is baie bly om dit te hoor. As jy dalk 'n tydjie te spaar het, sal jy my asseblief met die kerk se boeke help?"

"Met plesier as jy dit vir my bring en verduidelik wat ek moet doen, sal ek dit saam met my boekwerk by die kwekery doen."

"Baie dankie, sal Dinsdagmiddag jou pas?"

"Dit sal doodreg wees so vieruur die middag, dan kan ons eers koffie drink voor ons gaan werk."

"Baie dankie Leentjie."

Hulle stap uit op die stoep – nog 'n wonderwerk het gebeur.

Hoofstuk 18: Gert en Rienie

Martin het die skildery van Marinda klaargemaak. Hy het redelik gesukkel maar die eindproduk lyk vir hom mooi. Hy wil dit graag vir haar as kersgeskenk gee, maar Kersfees is nog so ver, daarom verpak hy dit mooi en bêre dit agter in sy kas tot Kersfees. Die plaaswerk hou hom baie besig.

Tant Hettie was so gaaf sy het vir hom 'n hele paar bottels appelkooskonfyt gekook. Dit lyk so mooi op die spensrak dat hy te jammer is om dit te eet. Van Johan sien hy maar min, want hy is baie besig om Gert se slaapkamerstel te maak. Dit lyk pragtig en eendag sal hy graag ook so 'n stel vir hom en Marinda wil laat maak, maar daardie dag lê nog ver.

Met Sarie gaan dit baie goed. Dokter Venter het haar ondersoek en hy sê alles is reg. Tant Johanna het haar na Jessie se rokwinkel geneem waar sy vir Sarie mooi kraamrokkies en ander goedjies gekoop het. Sy lyk pragtig en verder versorg sy haar hande en voete baie mooi en haar lang ligbruin hare kam sy mooi op haar kop, want dis te warm om dit los te dra. Tant Johanna het babawol gekoop en haar geleer brei, nou is sy besig om die mooiste babababadjies vir haar babatjie te brei.

Tant Mynie en Rienie het ook vir haar gebreide babagoedjies gebring. Tant Emmie het twee sagte wit kombersies saam met Rienie gestuur, almal is so goed vir haar. Haar pa werk nou permanent by die oom Dirk se motorhawe, hy is gelukkig en vir oom Dirk is hy baie werd.

'n Groot terugslag tref Gert en Rienie toe die vroutjie wat Rienie in die apteek oplei om in haar plek te werk terwyl hulle met wittebrood is, se moeder ernstig beseer word in 'n motorongeluk. Sy vertrek dadelik Pretoria toe om haar ma te gaan versorg.

Stories uit die Riemland

Gert oordink die situasie: Hy wil nie graag hê Rienie moet werk nadat hulle getroud is nie, dus sal hulle die troudatum moet aanskuif. Hulle besluit om die verlowingspartytjie te skuif na 11 Julie dan op 25 September te trou. Intussen sal hulle iemand moet kry wat permanent in die apteek kan werk. Sodoende kan Rienie dan op 1 Augustus bedank sodat sy die einde Augustus kan klaarmaak.

Tant Emmie besluit om oor te trek na haar woonstel. Sy rangskik alles mooi op hulle plek en hang die gordyne wat Rienie gemaak het op. Haar plekkie is pragtig en sy geniet die nuwe woonplek baie, want alles is soos sy dit graag wil hê. Daar is nou meer spasie in die ou huis sodat Gert-hulle dit kan verander soos hulle dit wil hê.

Rienie maak nuwe gordyne wat hulle sal hang as die skoonmaak agter die rug is. Gert sit 'n advertensie in die Landbouweekblad en die Donderdag toe die advertensie verskyn, skakel 'n dame uit Bloemfontein wat belangstel om in die apteek te kom werk. Nog twee skakel die volgende dag en Gert reël dat hulle Rietfontein toe kom vir 'n onderhoud met die eienaar se broer Pieter de Villiers wat die apteek bestuur. Sy keuse val op 'n dame in haar vroeë veertigs – 'n netjiese op en wakker persoon. Sy begin die volgende Maandag werk en Rienie hou baie van haar omdat sy die werk gou sal leer. Corrie van Graan is boonop baie vriendelik en die mense hou dadelik van haar.

Die somer het lank aangehou die jaar en dis eers teen die einde van Mei dat die koue almal na truie en baadjies laat gryp.

Die tyd vlieg verby. Dis 'n paar dae voor die verlowingspartytjie. Die huis is netjies uitgeverf en Rienie het die nuwe gordyne opgehang. Johan het die slaapkamerstel klaargemaak en dit moet net gepoleer word. Gert is nie haastig nie, want daar is nou genoeg tyd voordat hulle trou. Die verlowing gaan 'n klein partytjie wees, net vriende en die bure word genooi.

Die huweliksonthaal sal in die kerksaal gehou word en dan is almal welkom. Gert en Rienie het die verloof- en trouring in Bloemfontein gaan uitsoek toe hulle het die naweek by tant Annie gekuier het. Die verloofring het 'n mooi blouwit diamant, dis eenvoudig maar stylvol geset en die trouring is 'n smal goue bandjie. Gert het vir Rienie 'n stelletjie oorbelletjies ook laat maak met blouwit diamante in om by die verloofring te pas.

Op Kromdraai gaan dit goed, want dominee De Jager kuier nou gereeld by Helena. Sy is haar ou self – vol grappe en stoute streke en dit lyk asof daar 'n verhouding tussen hulle twee kan ontstaan.

Johan is te besig om aan kuier te dink. Hy hoor die predikant kuier gereeld op Kromdraai. Hy dink Helena pas in elk geval baie goed by Kobus de Jager. Martin en Marinda is goeie maats, hulle skilder saam in sy ateljee en hy leer baie by haar.

Gees van die Labrador

Gert en Rienie se verlowing is die volgende aand en die stoep is toegemaak met seildoek om die ergste koue uit te hou. Die ete sal in die eetkamer gehou word en daar is drie tafels ingedra sodat daar genoeg sitplek is vir almal wat die geselligheid gaan bywoon.

Dis 'n aansitete en die kos sal op dienwaentjies langs die tafels aangestoot word sodat elkeen na smaak kan skep. Opgestopte skaapboude en hoenders is netjies in porsies opgesny. Verder is daar vleispasteie en frikkadelle, heerlike groente en geelrys met rosyne. Vir nagereg het tant Hettie haar bekende doekpoeding met brandewynsous gemaak. Helena het die oggend bosse pragtige rose in die eetkamer en op die stoep kom rangskik wat die plek baie feestelik laat lyk. Die gaste arriveer en hulle sit op die stoep. Dit lag en gesels uitbundig en al die jong dametjies is pragtig aangetrek.

Rienie het 'n lang jakarandapers rokkie aan, dit pas styf om haar dun middeltjie, word wyer na onder met silwer sandale wat dit pragtig afrond. Haar hare hang in krulle tot op haar skouers en sy weet dit is hoe Gert daarvan hou. Sy lyk soos 'n droom. Gert wag vir haar in die gang. Hulle stap hand aan hand stoep toe. Almal staan op en klap hande en 'n paar wolwefluite word gehoor.

Gert en Rienie is regtig 'n pragtige paartjie, die geluk straal uit hulle oë. Gert groet en bedank hulle vriende vir die verwelkoming.

"Kom ons gaan in vriende dan kan almal rustig aansit."

Gert stap met Rienie aan sy hand by die voordeur in. Sy ma kom aan die anderkant van die vertrek by die gangdeur in en glimlag vir hulle. Gert sien agter sy ma in die gang 'n skaduwee. Hy kry hoendervleis oor sy hele lyf. Die skaduwee verdwyn. Hy weet in sy hart dit was sy pa wat daar verskyn het.

Laggend neem die gaste hulle plekke in. Gert sit aan die kop van die lang tafel met Rienie aan sy regterkant en sy ma aan sy linkerkant. Langs sy ma sit Helena en dan Kobus de Jager wat die seën sal vra.

Intussen het Martin en Johan die sjampanjeglasies gevul en sorg dat elkeen 'n glasie kry. Kobus staan op.

"Baie dankie almal dat julle die heuglike aand saam met Gert en Rienie kom geniet. Baie welkom, ek weet ons mis almal vir oom Willem, maar ek is seker hy sou vir Rienie met ope arms hier in sy huis verwelkom het. Ons gaan Gert 'n kansie gee om die pragtige ring aan Rienie se vinger te steek en na die gelukwense sal ek die Here se seën vra."

Gert staan op.

"Baie dankie dat julle almal hier teenwoordig is." Hy kyk na die deur wat in die gang ingaan. "Dis vir my en Rienie 'n voorreg om julle almal hier te hê. Rienie ek het jou lief, mag ons altyd so gelukkig wees soos vanaand."

Hy kniel voor haar en steek die verloofring aan haar vinger, soen haar en kyk weer na die gangdeur.

Kobus kyk oor die tafel.

"Mag julle geluk vir altyd hou, kom ons dank die Here."

Hy vra die seën oor die voedsel hy sê ook dankie vir die hande wat dit so smaaklik voorberei het.

Johan en Martin sit yskoue druiwesap op die tafels. Die dienwaentjies met die geurige kos gaan al langs die kante van die tafel af, elkeen skep en prys die dames wat die heerlike kos voorberei het.

Gert kyk na sy ma, hy wonder of sy ook die teenwoordigheid van sy pa aangevoel het. Hy besluit om vir niemand te sê wat hy belewe het nie, selfs nie vir Rienie nie. Daar is nie so baie gaste nie, dus is dit baie knus en gesellig.

Oom Nicolaas is van mening dat Rietfontein die beste dorp in die land is om in te woon. Hy is baie dankbaar oor die advertensie in die Landbouweekblad waar hy die huis waarin hulle nou woon gesien het. Hy is ook dankbaar teenoor die Van Tonder-gesin wat hulle so vriendelik ontvang het. Hy is ook heeltemal daarvan oortuig dat die mooiste meisies in die land op Rietfontein woon. Almal klap hande en die jong manne gee lang wolwefluite.

Johan het vir Lalie van die poskantoor gevra om sy maat vir die aand te wees. Hy het al saam met haar tennis gespeel, sy is 'n vriendelike meisie en hy hou van haar geselskap. Sy het donkerbruin hare wat sy kort

Gees van die Labrador

dra en haar amper swart oë kyk mens vriendelik aan. Hy skat haar so ongeveer ses en twintig.

Die ete was 'n reuse sukses, die jongmense neem die gebruikte borde en ander eetgerei kombuis toe waar Sara en Mina die opwaswerk doen. Tant Emmie het vir hulle twee houers met kos ingepak wat hulle huis toe kan neem vir hulle families.

Almal besluit om eers bene te rek voordat die nagereg bedien word. Die ouer mense gaan sit op die stoep en die jonges gaan loop met die plaaspad af. Die maan is nog nie vol nie, maar gee genoeg lig sodat hulle kan sien. Hulle stap tot onder by die rivier en dit ginnegaap en terg mekaar.

Hoofstuk 19: Rusplek

Die volgende oggend kom Johan, Martin en Koos help om alles weer netjies en op hulle plekke te kry. Dit gaan gou, want die spreekwoord "vele hande maak ligte werk" word hier ook gestand gedoen.

Toe hulle terugry, kyk Gert die bakkie agterna en hy kry die gevoel dat hy nou voor hy trou, Jan se oorskot in Egipte moet gaan haal. Hy wil dit met sy ma bespreek. Tant Emmie is besig om die plante op haar stoep nat te gooi. Gert kom staan by haar.

"Ma daar is iets wat ek met Ma wil bespreek. Ma weet dat ek en Pa onsself belowe het dat ons Jan se oorskot in Egipte sal gaan haal om dit hier op Uitzicht by sy ouers te kom begrawe."

"Ja my kind ek weet, wat het jy in gedagte?"

"Ma ek wil dadelik dinge begin reël om te gaan. Hier is geen dringende plaaswerk wat Jantjie nie kan behartig nie. Martin en Koos sal regkom op Uitzicht en Rienie kan hier by Ma kom bly en elke dag met my motor werk toe ry. Dis net Johan, ek moet eers hoor of hy sal kan wegkom.

"Doen wat jy besluit het Boetie, die Here sal jou help. Daar is iets wat ek vir jou wil vertel. Ek het eers besluit ek sal dit nooit vir iemand vertel nie, maar nou wil ek dit vir jou sê. Die aand met julle verlowing toe jy en Rienie by die voordeur inkom, het ek deur die gang na die eetkamer geloop. Skielik toe ek in die deur kom het ek jou pa se teenwoordigheid aangevoel. Ek het hoendervleis oor my hele lyf gekry en ek het geweet jou pa is langs my, al kon ek niks sien nie. Dink jy so iets is moontlik my kind?"

"Ja Ma ek het sy skaduwee agter Ma in die gang gesien en geweet dit is hy, maar kom ons hou dit net vir onsself, moet dit vir niemand vertel nie?"

"Goed my kind, gaan nou na Johan toe en gaan kyk wat jy kan reël."

Stories uit die Riemland

Gert ry Uitzicht toe waar Johan besig is om meubels uit die stoorkamer te haal.

"Johan kan ek jou iets vra?"

"Seker Maat wat is dit?"

"Kom ons stap bietjie daar na die skuur toe."

Oppad gaan staan Gert stil.

"Johan jy onthou ek het destyds gesê ek wil Jan se oorskot in Egipte gaan haal en hier op Uitzicht kom begrawe? Jy het in gestem om saam met my te gaan."

"Dis reg, wanneer wil jy gaan?"

"Johan, sê eers vir my het jy dringende werk wat jy moet doen?"

"Nie juis nie, hier is meubels wat ek moet laat afskuur en poleer en dit kan my werkers sonder my doen."

Gert vat aan sy ken.

"Jy sien, ek sal eers toestemming by die Weermag moet kry om hom op te grawe, asook 'n volmag om sy oorskot Suid-Afrika toe te bring. Dis alles goed wat ek eers moet reël voor ons kan gaan."

"Reël die sake, ek sal gaan net wanneer jy reg is."

"Baie dankie Johan, ek gaan dadelik bel en sien hoe vêr ek kom. Ek sal jou op hoogte hou."

Op Driefontein gaan Gert studeerkamer toe en haal Jan se dokumente uit die laai. Gert kry 'n kontaknommer en bel die sentrale. Hy vra die nommer en die dame belowe sy sal terugbel sodra sy deur is. Gert sit agter die lessenaar. Hy het nog niks aan sy pa se studeerkamer verander nie. Teen die regterkantse muur is foto's wat sy pa daar gehang het. Heel bo is 'n geskilderde portret, seker gedoen voor daar kameras was. Dit is 'n portret van sy oupa- en oumagrootjie. Langsaan hang sy oupa en ouma se foto, dan een van sy pa en ma, en dan is daar 'n opening gelaat. Hy neem aan sy pa het dit daar gelaat om sy en sy vrou se foto daar te hang die dag wanneer hy trou.

Onder is 'n foto van sy oupa en sy pa met 'n leeu wat hulle geskiet het. Daar is ook 'n foto van oom Piet en tant Grieta met Herman en Helena, die foto is 'n klompie jare tevore geneem. Daar is ook 'n foto van oom Stefaans, tant Maria en Jan – dis dieselfde foto wat hy en oom At Fourie in tant Maria se studeerkamer gekry het.

Gert skrik toe die foon hier voor hom op die lessenaar drie kort luie gee. Hy antwoord en die telefoniste skakel hom deur na Pretoria. Gert groet die dame aan die ander kant en verduidelik vir haar wat hy wil doen. Sy is vriendelik en skakel hom deur na kolonel Norrie wat hom sal kan help.

"Norrie, goeie môre kan ek help?"

"Môre Kolonel, dis Gert van Tonder van die plaas Driefontein. Ek skakel in verband met my vriend Jan Breedt wat in Egipte gesneuwel het in die slag van El Alamein. Ons is saam oorlog toe, hy het saam met my geveg die dag toe hy deur 'n stuk skrapnel getref en oorlede is. Ek wil graag sy oorskot gaan haal, dit in Kaïro veras en die as na my buurplaas Uitzicht bring om dit hier by sy ouers wat ook albei al oorlede is, te kom begrawe."

"A, Gert, ek onthou jou! Ek sal alles in my vermoë doen om uit te help. Jy besef natuurlik dat jy 'n klomp magtigings moet kry? Sal jy asseblief vir my al sy besonderhede gee? Ek sal die nodige navrae doen en dan begin om die reëlings te tref. Dit gaan 'n paar dae neem."

"Kolonel ek bedank u hartlik vir u hulp," en Gert lees al die besonderhede vir die kolonel af.

"Kolonel ek het sy graf gemerk, want ek het gehoop om eendag sy oorskot hierheen te bring."

Kolonel Norrie belowe om te bel so dra hy die reëlings getref het. Gert hoop hy hoor gou van hom sodat hy so spoedig moontlik die reis- en verblyfreëlings na Kaïro kan tref.

Hy ry Uitzicht toe en vertel vir Johan wat kolonel Norrie vir hom gesê het en hulle besluit om solank hulle reisdokumente reg te kry.

Tant Johanna versorg en vertroetel vir Sarie. Die swangerskap is al ver gevorder en Sarie laat tant Johanna voel wanneer die baba skop. As alles reg verloop sal die baba teen die einde van September sy of haar verskyning maak. Kas Burger is net so opgewonde oor die koms van sy kleinkind. Dis wonderlik hoe goed dinge vir Sarie en haar baba uitgewerk het. Die wil van die Here is wonderbaarlik.

Twee dae later bel kolonel Norrie. Hy het die nodige magtigings en permitte gekry. Gert moet dit gaan afhaal voor hy Egipte toe vertrek, maar hy moet al Jan se dokumente saambring. Gert vertel vir kolonel Norrie dat hulle beoog om teen op 1 Augustus te vertrek as hulle die nodige reis- en verblyfreëlings na Kaïro betyds kan tref. Hy sal die kolonel op die dertigste Julie kom sien om die dokumente af te haal.

Gert bel onmiddellik 'n groot reisagentskap in Pretoria wat hom verseker dat hulle alles vir hom sal regkry sodat hy die dokumente op die dertigste Julie kan afhaal. Gert gaan sê vir sy ma dat dit nou finaal is: Hulle ry op 29 Julie Pretoria toe en dan is daar genoeg tyd om alles reg te kry.

"Dis goed my kind, mag die Here help dat alles suksesvol verloop."

Gert ry Uitzicht toe en vertel vir Johan dat alles nou in plek is en hoe laat hulle Pretoria toe sal ry.

"Dis goed Gert ek sal reg wees, wat skuld ek jou vir die reisgeld en akkommodasie in Kaïro?"

"Johan, Uitzicht betaal vir al die uitgawes wat ons sal hê, so moet jou nie daaroor bekommer nie."

Stories uit die Riemland

Die laaste paar dae voor hulle vertrek word alles nagegaan sodat daar nie probleme tuis sal wees nie. Rienie sal 'n dag voor die tyd by tant Emmie kom bly en sy weet sy gaan baie na Gert verlang, maar sy weet ook dat die reis vir hom baie belangrik is. Sy is dankbaar dat Johan saamgaan.

Gert-hulle het 'n afspraak met kolonel Norrie om tienuur op 30 Julie. Hy en Johan word deur 'n jong dame in uniform na die kolonel se kantoor geneem. Kolonel Norrie staan op, hy is in sy vroeë vyftigs. Regop en flink met sy wakker grys oë, som hy die twee jong manne dadelik op en groet hulle met die hand. Die kolonel bestel tee vir drie by die korporaal. Dieselfde meisie bring die skinkbord met tee en sit dit voor die kolonel neer, tree terug, salueer flink en verlaat die vertrek. Behendig skink die kolonel die tee in en skuif dit oor die lessenaar sodat hulle melk en suiker kan ingooi. Hulle drink die tee en gesels oor die weer.

"Gert ek sal graag bietjie meer oor jou en Jan wil hoor, ek neem aan julle het op buurplase groot geword?"

"Ja Kolonel, ons is op die twee plase gebore en het saam skoolgegaan, ook saam by die Weermag aangesluit en Egipte toe gegaan. Daar het ons saam geveg in die slag van El Alamein. 'n Bom het 'n paar meter voor ons ontplof en 'n stuk skrapnel het hom in die gesig getref. Hy was nie op slag dood nie en ek het hom in die loopgraaf na die kant van die geveg gesleep. Die Rooikruis het daar 'n tent gehad en 'n kameraad het Jan se voete opgetel sodat ons vinniger kon vorder, maar net duskant die tent het Jan gesterf."

"Het jy en Johan mekaar geken daar bo in Egipte?"

"Nee glad nie Kolonel. Ons het mekaar maande na die tyd op Driefontein, ons plaas, ontmoet. Sy ouers het na die oorlog Rietfontein toe getrek. Ek het hulle op die trein ontmoet en my Pa het hulle genooi om vir ons te kom kuier. Johan was toe ook terug van Egipte en hy het saam met sy ouers vir ons kom kuier. Ongelooflik soos dit vir u mag klink Kolonel, het ons uitgevind dat dit sowaar Johan was wat my met Jan gehelp het daar in die loopgraaf."

Die kolonel kyk na Johan. "Dis amper ongelooflik, maar die Here het dikwels wonderlike maniere om dinge te laat gebeur. Ek hoop julle twee manne slaag in die sending waarmee julle besig is. Die Here sal julle daarmee help."

Die kolonel neem die lêer wat op sy lessenaar lê en maak dit oop.

"Kom kyk hier wat julle moet doen en waarheen julle in Kaïro moet gaan."

Die kolonel verduidelik wat elke dokument beteken en na wie hulle dit moet neem.

"Baie dankie Kolonel vir al u hulp, ons sal u laat weet hoe ons sending verloop het sodra ons terug is."

Hy staan op, kom om die lessenaar gestap en vergesel hulle na die deur. Hy groet hulle en wens hulle alles van die beste toe.

Dis nog donker buite toe Gert en Johan om sesuur die oggend van 1 Augustus 1947 in die vertreksaal van Palmietfonteinlughawe staan om hulle bagasie in te weeg. Die vliegtuig styg sewe-uur op. Hulle bagasie word gelaai en met hulle handbagasie gaan die twee manne kafeteria toe om koffie te drink en te wag vir die aankondiging om uit te stap na die aanloopbaan.

Die lang ure op die vlug het hulle met lees, slaap en gesels om gekry. Die Kaptein kondig aan dat die hoogste berg in Afrika nou aan hulle regterkant sal verskyn. Kilimanjaro is bykans 20 000 voet hoog en die piek is altyd met sneeu bedek. 'n Rukkie later land hulle in Nairobi vir brandstof en hulle stap van die vliegtuig af om bene te rek.

Na vyf en veertig minute is hulle weer in die lug. Gert en Johan is redelik onseker wat daar in die vreemde land gaan gebeur, maar hulle is vasberade om nie moed op te gee nie. Hierdie keer kondig die vlieënier aan dat Mount Kenia nou aan hulle linkerkant is, maar die baie wolke maak dit moeilik om die berg te sien.

Uiteindelik land die vliegtuig in Kaïro. Hulle beweeg saam met die ander passasiers na die doeane waar hulle reisdokumente nagegaan en gestempel word. Hulle wag vir hulle bagasie wat op die waentjies nader gebring word. Elkeen neem sy tas en hulle stap na die uitgang van die vertreksaal. 'n Lang donker man kom na hulle toe aangestap en groet in Arabies.

"Salaam allekum."

"Ma salama," antwoord Gert, maar slaan dan dadelik oor na Engels.

Die Egiptenaar stel homself voor as Ismael Sharip. Hy is gestuur om hulle na die hotel te neem en gelukkig kan Ismael goed Engels praat. Die strate is 'n miernes van busse, motors en fietse met vrugte en groente belaai en baie mense in verskillende soorte kleredrag. By die hotel neem Ismael hulle na die ontvangstoonbank. 'n Mooi blas meisie kyk na hulle besprekingskaart en gee vir Ismael twee sleutels. Hy wink dat hulle moet saamkom. Hulle gaan op met die trappe tot by die tweede verdieping. Die hotel is netjies en die kamers goed gemeubileer elk met sy eie badkamer. Die vensters kyk uit op die straat waar dit wemel van verkeer en voetgangers. Ismael vra of hy vir hulle tee kan bestel terwyl hy hulle bagasie gaan haal. Gert en Johan kyk na mekaar en Gert vra vir Ismael of hulle westerse tee mag kry?

"Ja meneer met kondensmelk of kameelmelk en wit suiker?" vra Ismael.

"Dankie ons sal kondensmelk en wit suiker saam met die tee verkies."

Johan lag. "Gert, hier gaan ons nog baie moet leer, maar met 'n man soos Ismael sal dit maklik wees."

Ismael en nog 'n man bring hulle tasse en Gert gee vir albei 'n stewige fooitjie wat hulle baie vriendelik laat lag.

"Is daar nog iets wat ek vir u kan doen menere?"

Gert sê dat hulle 'n voertuig, maar verkieslik 'n Jeep wil huur. Ismael haal 'n visitekaartjie uit sy sak.

"Meneer sal by hierdie mense 'n Jeep kan huur. Vra net om met Abdul te praat hy is my broer."

Gert kyk na Ismael.

"Daar is nog twee goed wat ons hier in Egipte moet doen en miskien kan jy ons help. Ons wil 'n begrafnisonderneming kry om my vriend wat by El Alamein gesneuwel het te gaan haal en na 'n krematorium te neem. Dink jy dat jy ons daarmee sal kan help?"

"Ja meneer, ek gaan vieruur van diens af. Gaan kry meneer-hulle die Jeep en dan kry julle my vieruur voor die hotel. Ek sal julle na die regte mense neem."

"Baie dankie Ismael, kry jou dan vieruur hier voor die hotel."

Ismael buig en groet met sy hande saamgevou voor sy bors, dis hoe hulle groet. Gert en Johan drink hulle tee en dit smaak skaflik. Hulle sluit hulle tasse in die hangkaste toe en neem die sleutels saam met hulle. Hulle gee die kamersleutels by die ontvangstoonbank in en stap die besige straat in.

Nou moet hulle die Jeep kry. Dit geluk hulle om Abdul by die verhuringsplek te kry en Gert gee vir hom die visitekaartjie wat Ismael vir hulle gegee het. Abdul is dadelik met hulle na die kantoor. Hulle wil die Jeep vir vier dae huur en gelukkig is dit nie 'n probleem nie. Abdul help hulle om die vorm in te vul en te betaal. Gelukkig aanvaar hulle 'n reisigerstjek van Gert.

Die Jeep het 'n seilkap vir 'n dak, maar dit pla Gert nie, want dit reën mos nie dikwels in die woestyn nie. Gert het baie keer patrollie gery met 'n Jeep toe hy nog in die oorlog was en hy bestuur behendig in die besige strate. Dis al oor twee en hulle besluit om 'n plek te soek waar hulle iets te ete kan koop. Hulle kry 'n klein kafeetjie wat 'n redelike verskeidenheid broodjies verkoop. Hulle koop die kos en gaan buite by 'n tafeltjie sit. Die brood met slaai smaak lekker.

'n Paar minute voor vier hou hulle voor die hotel stil. Ismael kom aangestap en Gert vra hy moet inklim sodat hulle kan praat. Hy sê hulle moet eers na die begrafnisondernemers se kantoor toe gaan en beduie vir Gert waarheen hy moet ry. Daar aangekom gaan Ismael saam met hulle in. Die bestuurder kan net 'n bietjie Engels praat, maar Ismael verduidelik wat Gert wil hê. en die bestuurder stem in om hulle die volgende oggend

180

Gees van die Labrador

te vergesel. Hy sal hulle Jeep en sy werkers saamneem. Dit is vêr en hulle moet vieruur al ry om voor donker terug te wees.

Gert en Johan kan hulle geluk nie glo dat alles so maklik vir hulle gemaak word nie. Gert onthou gelukkig dat hulle net reisigerstjeks het. Hy sê Ismael moet vra of die onderneming 'n reisigerstjek sal aanvaar. Ismael praat met hom en hy lyk huiwerig. Die ondernemer wil die geld vooruit hê vir brandstof en die goed wat hy moet saamvat. Ismael sê die man moet uitwerk wat alles sal kos, dan kan hy, die geld by die hoteleienaar gaan kry.

Die ondernemer verdwyn by 'n kantoor in om die kostes saam met sy vennoot te bereken. Na 'n halfuur kom hy terug. Die koste vir die haal en terugbring van die oorskot na die krematorium, is honderd en vyftig pond. Vir die verassing nog 'n honderd pond en twintig pond vir die staalkissie waarin die as vervoer kan word.

Die ondernemer sê sy vennoot is bereid om 'n reisigerstjek te aanvaar as Gert die bedrag twee honderd en tagtig pond maak. Gert is bly, dit skakel die rompslomp van die hoteleienaar uit. Gert oorhandig tjeks ter waarde van driehonderd pond aan die ondernemer en sê dat hy die ekstra twintig pond gee omdat hy hulle daarheen gaan neem. Gert bedank die ondernemer en bevestig dat hulle vieruur die volgende oggend daar sal wees.

Gert vra Ismael om hulle na die krematorium toe te neem sodat hy daar ook kan betaal. Ismael beduie hoe hulle moet ry tot by die krematorium. Daar is dit 'n ou man wat hulle te woord staan en die reisigerstjek ontvang. Hy gaan wys vir hulle die metaalkissie waarin Jan se as teruggeneem sal word. Dit begin al skemer word, Gert en Johan is geestelik uitgeput en hulle besef dat Ismael vir hulle ongelooflik baie beteken het. Sonder sy hulp sou hulle verlore gewees het.

Toe hulle voor die hotel stilhou sê Ismael vir Gert: "Meneer, ek het twee dae verlof wat die hotel my skuld. As meneer wil sal ek môre saam met u gaan."

"Ismael dit sal vir ons ongelooflik baie beteken, ek sal jou vergoed vir hierdie guns wat jy ons gaan bewys."

Hulle klim uit. Ismael sê hy is nie aan diens nie en gaan nou eers huis toe. Hy sal Gert-hulle drieuur kom wakker maak met koffie.

"Dankie Ismael."

Gert gee vir hom 'n pond.

"Gaan bederf jou vrou en kinders, sien jou môre."

Drieuur die volgende oggend maak Ismael hulle wakker met koffie. Dis nie tant Emmie se koffie nie, maar heel drinkbaar.

"Meneer ek gaan solank die waterkanne wat ek by die hotel geleen het, volmaak en laai. Ek sal ook die kos en drinkgoed wat die hotel vir ons voorberei het gaan oplaai. Ek wag vir meneer-hulle by die Jeep."

Stories uit die Riemland

"Reg Ismael, onthou van die ekstra kanne brandstof wat ons in die stoorkamer gebêre het."

"Dis reg meneer."

Ismael trek die deur agter hom toe. Terwyl Gert sy koffie drink dink hy hoe wonderlik die Here hulle gehelp het om alles te reël. Hy weet sy ma en Rienie asook Johan se ouers bid gereeld vir hulle. Hierdie dag wat voorlê gaan vir hom bitter moeilik wees. Hy neem sy Bybeltjie wat hy altyd by hom het en lees Psalm 23. Met die Bybel in sy hand bid hy dat die Vader in die hemel vir hulle krag moet gee vir hierdie dag.

Hy trek vinnig aan toe Johan klop en inkom. Johan sien Gert bêre die Bybeltjie in die bedkassie. Hy het ook gebid vir die dag wat vir hulle voorlê.

Halfvier stop hulle by die onderneming se kantoor. Gert skakel die Jeep af en die strate is alreeds gedurende hierdie vroeë oggendure baie besig. Hy vra vir Ismael waar hy so goed leer Engels praat het. Hy vertel vir hulle dat die huidige hoteleienaar se vader hom vir ses maande Engeland toe geneem het om daar in sy ander hotel te werk. Dit was in die begin maar moeilik, maar hy het geleer en gelees en dit het hom baie gehelp. Vandag is hy dankbaar, want nou het hy 'n goeie werk. Die ou meneer het die hotel in Engeland verkoop en hom toe saam teruggebring Egipte toe.

Die horlosie het aangeskuif na vieruur. Gert en Johan kyk straat op en af, maar daar is geen teken van die begrafnisondernemer nie. Dis naderhand kwart oor vier en die twee mans is baie bekommerd, maar Ismael verseker hulle dat daar seker maar iets gebeur het. Hy ken die bestuurder en hy sal kom, hulle moet net bietjie geduldig wees. Dis byna halfvyf toe die man daar aankom in sy wit Jeep. Die bestuurder groet en vra om verskoning. Een van sy werksmense was laat en hulle moes vir hom wag. Gert moet nou net agter hom aanry.

Hulle verlaat die buitewyke van die stad en die woestyn lê voor hulle. Dis nie lank nie of dis duin op en duin af. Die son het intussen opgekom en dit brand alreeds in die Jeep se kajuit. Hulle ry geduldig agter die wit Jeep aan.

Dit voel na eeue toe hulle uiteindelik by die militêre begraafplaas aankom. Gert haal diep asem. Die woestynsand het die grafte amper toegewaai. Gert is 'n kind van die veld en hy bepaal die rigting en tuur na die grafte. Toe sien Gert die ysterpen met die plaatjie aan die bopunt vasgemaak. Hy het dit gemaak sodat hy die graf later maklik kon uitken. Die nommer op die plaatjie is nog leesbaar en die agterkant is met wit verf *J.B.* gemerk. Gert kyk met trane in sy oë na Johan, dis sy maat wat hier lê.

Gees van die Labrador

Stories uit die Riemland

Die ondernemer en sy werksmense kom nader. Gert wys vir hulle die graf en trek die pen uit. Ismael en die ondernemer gesels in Egipties en draai toe na Gert toe.

"Meneer, die man sê julle kan maar in die Jeep gaan wag. Sy mense ken die werk, hulle sal alles reg doen."

Gert en Johan draai om en stap die kort stukkie na hulle Jeep toe. Gert sit die ysterpen met die plaatjie agter die sitplek op die bak neer. Die Jeep is vuurwarm gebak in die son en die sweet tap hulle af – daar trek nie eers 'n luggie nie. Johan kyk na Gert: "Weet jy Gert ons is ongelooflik gelukkig. Alles het so mooi vir ons in plek geval. Ek het my die sending heel anders voorgestel."

"Ja, Johan ek het ook nie geweet wat vir ons voorlê nie, maar die Here het Ismael in ons lewens gebring. Sonder hom sou ons baie gesukkel het."

Die twee mans hou 'n ogie oor wat by die graf gebeur. Daar word fluks gegrawe en na 'n rukkie stap twee mans na die wit Jeep toe. Hulle haal 'n staalkis uit en neem dit terug graf toe. Gert en Johan kyk in stilte hoe hulle versigtig die oorskot in die staalkis sit.

Ismael draai om en kyk na hulle.

"Menere, die werk is afgehandel. Ons kan nou weer agter hulle terugry."

Toe hulle die buitewyke van Kaïro bereik sien Gert die is oppad na die krematorium toe. Die ondernemer ry agter om die gebou en Gert hou voor die kantoor stil en hulle klim uit. Die ou man herken hulle. Ismael praat Egipties met hom en hy knik sy kop. Ismael sê die ou man vra hulle moet die volgende middag vieruur die as kom afhaal.

Buite in die Jeep vra Gert of hy Ismael na sy huis toe kan neem aangesien hy nie aan diens is nie.

"Dankie Gert, ek bly net twee strate hiervandaan, ek stap sommer."

"Dankie Gert, totsiens tot oormôre."

Gert kyk vir Johan.

"Wag so 'n bietjie Ismael. Ons moet nou 'n dag wag vir die as. Dink jy nie ons moet na die piramides en die Sphinx gaan kyk terwyl ons nou hier in Egipte is nie, Johan?"

"Wel," sê Johan "die mense by die huis sal vra of ons dit gesien het."

"Ismael kan jy dalk môre vir ons die piramides gaan wys?"

"Ja Gert, maar ons sal vroeg moet ry om vieruur terug te wees sodat ons die as kan kry."

"Hoe vroeg moet ons ry Ismael?"

"So drieuur, ek sal julle weer kom wakkermaak."

"Net voor jy loop Ismael, beduie asseblief vir ons die pad na die Nylrivier, ons wil graag daarna gaan kyk."

184

Gees van die Labrador

Ismael beduie vir hulle mooi hoe om te ry en Gert gee vir hom vyf pond as vergoeding vir sy moeite.

Die groot rivier lê voor hulle en die son hang laag op die horison. Gert en Johan kyk na die rivier. Half in die water is daar 'n muur gebou. Gert haal die staalpen agter die sitplek van die Jeep uit en vat dit saam. Hulle loop 'n ent op die muur en gaan sit dan om die son te sien ondergaan. Die son is bloedrooi en hang daar in die wolklose lug. Doodstil sit die twee vriende terwyl die ronde bal geleidelik agter die horison sak en verdwyn.

Gert draai na Johan. "My vriend, baie dankie dat jy saam met my gekom het. Hierdie dag is nou verby, maar oor baie jare vorentoe as die Here ons lewens spaar, sal ons met dankbaarheid aan hierdie dag terugdink."

Hulle staan op om terug te gaan. Gert stap nog 'n ent aan en gooi die ysterpen met Jan se naam diep in die Nylrivier. Daar sal dit oor die jare vergaan. Met 'n laaste blik na die horison waar die lug nog net rooi skyn, klim hulle in die Jeep en ry terug hotel toe.

Hulle kry hulle sleutels by die ontvangsdame en sy gee vir hulle 'n nota waarop in Engels geskryf is: *Ons is lief vir julle en dink aan julle, Emmie en Rienie.* Gert vra die ontvangsdame of dit moontlik is om 'n oproep na Suid-Afrika te maak?

"Dit is meneer, reël net met die eienaar van die hotel."

Gert besluit om eers te gaan stort en aan te trek vir ete. Na ete sal hulle probeer om Driefontein toe te bel. Toe hulle in die eetkamer kom, kom die hoofkelner en vergesel hulle na 'n tafel. Hy vra of hulle tog die woestyn in suksesvol was.

Gert bevestig dit en bedank hom vir die kos en koeldrank wat hulle ingepak het. Hy bestel sommer weer kos aangesien hulle na die piramides en Sphinx gaan kyk. Hy noem ook dat Ismael die kos drieuur die volgende oggend sal kom kry.

Hulle is honger en bestel die hoendergereg met groente en rys en geniet die maal saam met appelsap. Vir nagereg is daar 'n sterk gemmerpoeding met 'n speserysous. Dis bietjie vreemd maar lekker.

Na ete vra Gert vir die hoofkelner waar hulle die eienaar kan kry. Hy neem hulle na die eienaar se kantoor en Gert gee vir hom 'n fooitjie van tien sjielings. Hy glimlag breed en bedank Gert hartlik.

Meneer Hadrian, die eienaar van die hotel nooi hulle vriendelik in. Hy weet ook van hulle sending die woestyn in en verneem of hulle suksesvol was.

"Ja dankie meneer Hadrian. Ek wil juis graag my ma laat weet dat alles nou hier afgehandel is. Sy sal bly wees om dit te weet. Is dit moontlik dat ek u foon kan gebruik om Suid-Afrika toe te skakel asseblief?"

"Seker gee vir my die nommer ek sal die oproep vir u bespreek." Gert skryf die nommer neer en meneer Hadrian verstrek dit aan die sentrale.

"Moet ons die oproep na u kamer laat deurskakel meneer?"

"Asseblief ek sal dankbaar wees."

"Nou gaan op na u kamer hulle sal u bel as die oproep deur is."

"Dankie meneer Hadrian, ek sal geld by die ontvangsdame laat vir die oproep, baie dankie vir u moeite."

Gert en Johan gaan na die ontvangstoon bank en Gert gee vir die dame vyf pond vir die oproep.

Hulle was skaars in die kamer toe die foon lui en Gert antwoord.

"U is deur na Suid-Afrika," sê die vriendelike stem.

Gert hoor hoe die meisie by Rietfontein se sentrale die nommer bel. Sy ma tel die foon op.

"Goeienaand dis Emmie wat praat."

"Naand Ma hoe gaan dit daar by julle?"

"Dis wonderlik om jou stem te hoor my kind."

Zeppie kom blaffend die kamer in met Rienie op sy spoor. Sy tel hom op en maak hom stil. Tant Emmie verneem dat alles daar afgehandel is en dat hulle oor drie dae terugkom Suid-Afrika toe.

Tant Emmie gee die gehoorstuk vir Rienie.

"Gertman, dis wonderlik om jou stem te hoor, gaan dit goed?"

"Alles is reg, ons sien julle oor drie dae as die Here ons spaar."

Zeppie gee 'n fyn blaffie. "Gert, Zeppie sê groete." Die lyn sny af.

"Ag tant Emmie dis wonderlik, ek kan nie wag om alles te hoor nie."

"Ja my kind ek ook nie, nou sal ons gerus kan slaap."

Gert en Johan besluit om te gaan slaap tot Ismael hulle vroeg die volgende oggend kom wakkermaak. Dis nog donker toe Gert die Jeep die rigting laat inslaan wat Ismael beduie. Die paaie begin reeds besig word. Orals word hulle opgehou deur perdekarretjies of stowwerige kamele wat lyk of hulle nog slaap.

Met eerste lig sien hulle die piramide in die verte digby die groot leeu met sy mensgesig waarvan die neus al verweer het. Hulle hou in die parkeerterrein stil en besluit om eers koffie en broodjies te eet voor hulle die plek gaan verken. Die son kom op en skyn rooi teen die rotsblokke van die piramide. Gert laat Johan en Ismael so staan dat hy hulle kan afneem met die piramides in die agtergrond. Johan neem ook vir Gert saam met Ismael af. Hulle moet sy foto's saamneem om vir hulle mense tuis te wys hoe hulle weldoener lyk. Die paadjies is uitgelê met klip en dis heel gemaklik om te stap. Hulle bekyk die piramides en die Sphinx en bly wonder hoe dit opgerig het. Miskien sal iemand eendag die geheim ontrafel. Die ure flits verby en kort voor lank was dit tyd om die besige pad aan te durf terug na die middestad toe.

Gees van die Labrador

Hulle wil graag by die ambassade wees voor vieruur. Gert se dokumentetas word eers by die hotel opgelaai en met Ismael se hulp stop hulle drieuur voor die ambassade. Gert sê Ismael kan ontspan, want hy is seker hulle sal binne in Afrikaans bedien kan word. By ontvangs groet die meisie vriendelik. Gert vertel vir haar dat hulle 'n dokument moet laat stempel.

"Reg meneer, die tweede deur regs. Dit is meneer Basson se kantoor, ek skakel hom gou om te sê julle is op pad."

Gert klop en 'n stem nooi hulle binne. Meneer Basson vra hulle eers uit oor hoe dit gaan in Suid-Afrika en wat hulle dink van Egipte voordat Gert 'n kans kry om die dokumente te oorhandig wat gestempel moet word. Hy lees dit vinnig deur, stempel dit en teken sy naam onderaan.

By die Jeep vra Gert vir Ismael om hulle die kortste pad na die krematorium te beduie, want hulle wil nie graag laat wees nie. Kwart voor vier hou hulle voor die kantoor stil. Die ou man groet hulle en gaan by 'n deur in. Hy bring 'n kartondoos wat met 'n sterk tou vasgemaak is saam en sit dit voor Gert neer. Hy haal die tou af en maak die karton oop. Gert sien die klein kissie in die karton maar toe die ou man die kissie oopmaak word sy mond droog. Die ou man maak die karton toe, bind die tou weer stewig vas en verseël die knope met rooi lak. Johan sien sy vriend is nou doodsbleek.

Johan vat die Jeep se sleutels by Gert en dra die karton Jeep toe. Ismael stap langs Gert terug tot by die Jeep. Johan het die karton op die agterste sitplek gesit. Ismael sê hy stap sommer huis toe hy sal hulle die volgende oggend vroeg by die hotel sien.

Gert groet afgetrokke en sê hy sal die volgende dag met hom regmaak. Johan bestuur terug hotel toe. Hy parkeer die Jeep, neem die karton van die agtersitplek af en dra dit na sy kamer toe. Daar sluit hy die karton in sy kas toe.

Gert verskoon homself om 'n bietjie in sy kamer te gaan rus. Johan bestel koffie en vra hulle moet dit na sy kamer bring. Die kelner sit die skinkbord op die tafeltjie in Johan se kamer neer. Hy skink 'n koppie en neem dit na Gert se kamer toe. Gert lê op sy bed en Johan sit die koppie op die bedkassie neer.

"Drink dit my maat, dit sal jou beter laat voel."

"Dankie Johan," sê Gert afgetrokke.

Johan wens daar was iets wat hy kan doen om Gert se ontsteltenis op te klaar, maar hy weet Gert sal eers tot rus kom wanneer Jan se as veilig op Uitzicht langs sy ouers begrawe is.

Johan gaan lê op sy bed om dinge te oordink en raak aan die slaap. Hy skrik nege-uur eers wakker. Hy dink hoe 'n wonder soete ding die slaap is, want hy voel tog beter. Hy wonder nog of Gert ook geslaap het en wat hom te doen staan toe hy Gert se twee kloppies aan die deur hoor.

Gert kom in en sit die leë koppie op die skinkbord. "Dankie vir die koffie dit het my laat ontspan."

Die volgende oggend sewe-uur maak Ismael hulle met koffie wakker.

"Gert hoe laat moet ek julle lughawe toe neem?"

"Ismael die vliegtuig vertrek tienuur. Ons moet nege-uur inweeg en moet dus teen kwart oor agt hier van die hotel af ry," sê Gert.

"Daar is tyd vir ontbyt meneer. Ek sal dit solank gaan bestel as meneer vir my sê wat u wil eet – ek sal vir meneer Johan ook gaan vra."

Gert haal reisigerstjeks ter waarde van vyftig pond uit en gee dit vir Ismael.

"Gert ek wil nie nog geld hê nie, jy het vir my al te veel gegee."

"Nee Ismael ek gee dit met liefde en uit dankbaarheid. Hier is my adres, as jy eendag in Suid-Afrika kom, kom kuier vir ons."

"Miskien tog eendag, wie weet."

Gert en Johan gaan eet gou die ontbyt wat Ismael vir hulle bestel het.

Nadat Gert en Johan vir meneer Hadrian, die hoofkelner en die ander gegroet het, neem Ismael hulle presies kwart oor agt lughawe toe. Gert het die sleutels van die Jeep vir Ismael gegee asook geld om die Jeep vol brandstof te maak voordat sy broer Abdul dit later by die hotel kom haal. Ismael help om die tasse en losgoed wat Gert-hulle die vorige dag vir die mense by die huis as aandenkings gekoop, het te laai. Gert kyk na Johan en hy weet dadelik wat Gert wil vra.

"Moenie bekommerd wees nie Gert, alles is reg ontspan."

Ismael is in trane toe hy Gert en Johan groet.

"Mag Allah u behoed en veilig by u huis bring, ek sal u nooit vergeet nie." Gert en Johan groet hom met die hand.

"Ons sal jou ook nooit vergeet nie, jy het vir ons hierdie moeilike taak ligter gemaak, sonder jou hulp sou ons beswaarlik reggekom het."

Gert is besonder stil gedurende die terugvlug en slaap meeste van die tyd. Johan kyk by die venster uit en laat Gert begaan. Die pad van

Gees van die Labrador

Palmietfontein af terug huistoe was nie baie anders nie. Nader aan Rietfontein is dit asof Gert weer begin lewe kry. Hulle ry reguit Driefontein toe.

Tant Emmie het die pad dopgehou en sien hoe die motor uit die rivierpad opdraai huis toe. Sy vou haar hande saam en dank die Here dat Hy haar kind veilig na haar toe teruggebring het. Zeppie staan tussen tant Emmie en Rienie op die stoeptrappies waar hulle die motor inwag. Sy ogies blink en hy gee sulke kort blaffies. Toe hulle voor die huis stilhou, hardloop Rienie in Gert se arms in met Zeppie kort op haar hakke.

"Ons het so na julle verlang ons dank die Here dat julle veilig terug is."

Zeppie is al tussen hulle bene en spring teen Gert totdat hy hom optel. "My honne, is jy bly ek is terug?"

Hy gee Zeppie vir Rienie en vou sy ma in sy arms toe.

"Dankie dat Ma en al die mense vir ons gebid het. Die Here het ons wonderbaarlik geseën, ek sal julle later alles vertel."

"Welkom tuis my kind, ons is almal dankbaar dat julle veilig terug is."

Saam stap hulle die huis in. Gert se oë draai outomaties na die gangdeur. Hy weet en voel aan dat sy pa naby hom is.

Die eetkamertafel is feestelik gedek. In die middel van die tafel is 'n lae rangskikking met spierwit rose. 'n *Welkom terug*-kaartjie van Helena en Kobus steek eenkant uit. Sara kom glimlaggend van die kombuis af in, sy stoot die dienwaentjie met die opskepbakke tot langs die tafel.

"Ma kan nie dink hoe lekker gaan hierdie boerekos smaak nie. Rienie hoe sal jy van kameelmelk in jou tee hou?"

"Ag nee Gert," gril Rienie.

"Toemaar ons het darem kondensmelk in ons tee gekry."

Gert geniet elke happie van die heerlike kos. Sy ma en Rienie hou nie op babbel nie en Zeppie sit met sy lewendige bruin ogies na Gert en kyk. Gert dink aan die ou mense se spreekwoord wat vir hom nou baie waar is: Oos Wes, Tuis Bes.

Johan het die ete by sy ouers geniet. Hy ry Uitzicht toe en die drasak met Jan se as daarin, gaan bêre hy in tant Maria se studeerkamer in die kas. Hy sluit die deur en neem die sleutel vir Gert. Hulle gaan saam begraafplaas toe en neem vir Koos saam. Hulle wys vir hom waar hy 'n vlak graffie langs tant Maria s'n moet grawe.

Hulle vra dominee De Jager om die middag laat 'n kort gedenkdiens te kom hou. Net die mense van Uitzicht, Driefontein en Kromdraai sal teenwoordig wees.

Helena kom saam met Kobus en sy bring 'n groot bos rose wat hulle om die kissie pak. Kobus lees 'n stukkie uit Psalm 90 verse 2 en 3: "*Voordat die berge gebore was en U die aarde en wêreld voortgebring het, ja van ewigheid tot ewigheid is U God. U laat die mens terugkeer tot stof en sê: Keer terug, o mensekinders!* Gert en Johan het Jan se as teruggebring uit die woestynland om hier by sy ouers te rus. Ons dank U Here vir U genade Amen."

Gert klim in die vlak graf. Johan gee vir hom die kissie met Jan se as aan. Hy sit die kissie aan die kopkant van die graf en pak dit toe met rose. Johan help weer vir Gert uit.

Toe hy langs sy ma en Rienie staan en afkyk in die graf, hoor hy vir Wagter sy Labrador, by die rivier blaf. Terwyl Gert, Johan, Martin en Herman die klam plaasgrond van Uitzicht oor die rose en kissie strooi, sing die werkers 'n hartverskeurende lied. Daar is nie 'n droë oog nie – Rienie met Zeppie staan in tant Emmie se arms en snik. Hulle weet wat hierdie dag vir Gert beteken: Jan sy speelmaat, is terug op Uitzicht, hy rus nou langs sy ouers oom Stefaans en tant Maria Breedt.

Hoofstuk 20: Verlowing

Gert neem homself voor dat van daardie dag af, dit 'n nuwe begin vir hom en Johan is. Die verlede is agter die rug, die toekoms lê skoon en mooi voor hulle en hulle gaan die beste daarvan maak.

Die eerste wat Gert wil doen is om vir kolonel Norrie te bel en vir hom te vertel van die uitslag van hulle sending en hom weer eens te bedank vir die dokumente wat hy vir hulle gereël het. Dit het hulle oneindig baie gehelp daar in Egipte, Gert bel die sentrale, vra die nommer in Pretoria en sy skakel hom dadelik deur. Die dame antwoord en Gert vra om met kolonel Norrie te praat.

"Kolonel Norrie hier kan ek u help?"

"Kolonel, dis Gert van Tonder hier. Ons is terug van Egipte af. Alles het baie goed afgeloop danksy u wonderlike hulp. Jan Breedt se as is veilig in Uitzicht se aarde weggelê."

"Dis wonderlik Gert, ek het baie aan julle gedink en gewonder julle sending verloop. As jy weer in Pretoria kom, maak 'n draaitjie hier by my, ek sal baie graag meer wil hoor."

"Reg Kolonel ek maak so, totsiens Kolonel."

Driefontein is rustig en groen sover die oog kan sien. Sy ma is gelukkig in haar woonstel, haar vriende besoek haar gereeld en die pragtige stoep is 'n lushof vir die oog. Daar drink hulle tee en gesels oor die toekoms, veral Gert en Rienie se troue. Rienie se rok is gemaak en die troukaartjies is uitgestuur. Tant Emmie is seker alles sal mooi verloop.

Driefontein se werkers het getrou na die boerdery gekyk terwyl Gert en Johan Egipte toe was, daarom ry hy Uitzicht toe om te hoor hoe dit daar gaan. Martin kom van die kraal af en hy glimlag breed.

Stories uit die Riemland

"Gertman, Bontrok het verlede nag gekalf, 'n mooi Jerseykalfie – so skelm op haar eie. Toe Koos vanoggend by die kraal kom, toe staan sy rustig haar kalfie en skoonlek. Wat moet ons die nuwe kalfie noem?"

"Martin dis jou voorreg, wat wil jy haar noem?"

"Sal dit snaaks wees as ons haar Rinda noem?" vra Martin.

"Dis 'n mooi naam vir die pragtige kalfie. Teken haar naam en geboortedatum in Uitzicht se boeke aan."

Koos kom ook glimlaggend nader. "Bontrok het ons ook 'n verskalfie gegee meneer Gert, wat sal ons haar noem?"

"Meneer Martin wil haar graag Rinda noem. Dit klink mooi nè Koos?"

"Ja meneer, dis nou seker 'n stukkie van juffrou Marinda se naam?"

"Reg geraai. Koos sit hulle in die klein kampie langs die kraal vir die dag. Martin, kom ry saam ek wil net vir Johan groet dan moet ons 'n paar sake by jou huis gaan bespreek."

Johan wag hulle op die stoep in. Hy het die meubels deurgegaan en sy span werkers het alles mooi blink gepoets. Hy is baie tevrede met wat hulle gedoen het terwyl hy en Gert weg was.

"Môre Gert, Martin, dis 'n pragtige dag en ek voel lus vir werk."

"Mooi Johan, ja ek het self planne vir die dag, sal jou later alles vertel. Nogmaals baie dankie my maat vir jou hulp en bystand."

Gert stap tussen die pragtige meubels deur. Daar is 'n plat stinkhout koffietafeltjie en 'n rakkie met laaie en uitstalplek wat mooi by sy sitkamerstel sal pas.

"Johan is hierdie twee stukke al verkoop?"

"Nee Gert stel jy belang?"

"Ja dit sal mooi lyk in ons sitkamer, ek is seker Rienie sal ook daarvan hou."

"Nou Gert, ek het nog altyd gewonder wat kan ek vir julle maak vir 'n trougeskenk. As julle daarvan hou, gee ek dit met liefde vir julle."

"Dis wonderlik Johan, baie dankie ek sal Rienie saambring om dankie te sê. Sien jou later vanmiddag weer," sê Gert.

Gert en Martin ry Uitzicht toe. Martin wonder of daar fout is en hoekom Gert met hom wil praat.

Op Uitzicht sê Gert: "Martin kom ons gaan praat in die studeerkamer."

Gert maak die deur agter hulle toe en hulle gaan sit op die twee gemakstoele.

"Martin jy is al langer as ses maande op Uitzicht, is jy gelukkig hier?"

"Ja, dis wonderlik om hier te bly en te werk."

"Nou Martin, die dag in Riek se kantoor net nadat jy hier gekom het, het ek gesê na ses maande sal ons praat en as jy gelukkig is, maak ek jou my vennoot. Kan jy dit nog onthou?"

"Ja Gert, maar ek het niks om die vennootskap by jou mee te koop

192

Gees van die Labrador

nie."

"Martin jy is tant Maria se laaste familielid. As die enigste naasbestaande, is dit niks minder as reg dat jy die plaas erf nie. Daar is egter een versoek wat ek aan jou wil rig en jy het die reg om nee te sê. Ek wil graag hê dat jy jou van na Breedt moet verander, dink jy dat jy so iets sal doen?"

"Gert, dis nou bietjie vinnig op my. Sal jy omgee as ek dit eers met Marinda bespreek, dan sê ek jou later of ek dit sal doen?"

"Dis billik. Praat eers met oom Nic-hulle. Ek wag vir jou antwoord, dan sal ons vir Riek vra om die nodige ooreenkoms op te stel."

Halfvyf bel Martin vir Marinda en vra of hy haar na werk kan oplaai, want daar is iets wat hy met haar wil bespreek. By die Hoekkafee koop hy twee botteltjies yskoue pynappelkoeldrank, blaai deur die tydskrifte en neem 'n Landbouweekblad. Hy betaal tant Hermien vir die inkopies, groet en ry om Marinda op te laai. Sy kom uit getrippel in 'n netjiese appelkooskleurige rokkie wat haar koel en mooi laat lyk. Martin maak vir haar die passasiersdeur oop, help haar in en druk 'n soen op haar wang.

Hy klim agter die stuur in en kyk na die blonde meisie met haar helderblou oë, sy lyk of mens haar kan eet. Hy ry na die wilgerboom met die afgebreekte tak by die rivier, want dit het hulle twee se geselsplekkie geword. Die pynappelkoeldrankie is heerlik verfrissend.

"Marinda, daar is iets waaroor jy my moet help besluit."

Martin verduidelik vir haar die voorgestelde vennootskap van Uitzicht en dat Gert wil hê hy moet sy van na Breedt verander. Marinda reken dat dit die kans van 'n leeftyd is wat hy nooit weer sal kry nie en dat hulle dit breedvoerig met haar ouers moet bespreek om te hoor wat hulle aanbeveel. Hulle bespreek die saak en hoe dit hulle in die toekoms sal raak. Hulle bespreek 'n hele paar aspekte waaroor hulle eers oom Nic en tant Hettie se mening sal vra.

Martin neem haar saam Uitzicht toe, want hy wil eers die melkery agter die rug kry. Hy verras haar met Bontrok se pragtige kalfie en vertel vir haar die klein kalfie het 'n stukkie van haar naam gekry.

"*Rinda*, klink dit vir jou mooi Marinda?"

"Ja ek voel geëerd, sy is pragtig. Dankie Martin, dankie Bontrok vir die mooi kalfie."

Toe hulle later voor oom Nic se huis stilhou, is Johan ook daar en almal kuier op die stoep. Tant Hettie het hoenderpasteitjies gebak wat hulle saam met koffie eet. Na ete vertel Martin vir die gesin van Gert se voorstel om vennoot op Uitzicht te word. Hy sê ook van Gert se versoek dat hy sy van na Breedt moet verander. Daar is 'n rukkie stilte. Oom Nic oordink al die veranderings en hoe dit Martin kan raak.

"Dis baie grootmoedig van Gert om jou in die eerste plek vennoot te wil maak. Ek verstaan ook dat hy graag Uitzicht weer aan die Breed-familie wil koppel, maar sou jou pa tevrede gewees het dat jy jou van verander?"

"Oom Nic, ek en Marinda het lank daaroor gepraat en die oplossing wat ons het is dit: As die Here my genadig is en my oudste seun word gebore, noem ek hom Henry Brown, my pa se naam. As ek dan nog 'n seun het, sal hy Stefaans Breedt genoem word," sê Martin.

"Dis goed uitgewerk Martin, maar dis tradisie dat die oudste seun die plaas erf, so ek dink jou oudste seuntjie moet Stefaans wees en die tweede enetjie Henry Brown," sê oom Nic.

Vir Johan wat natuurlik lankal weet van Gert se voorneme om Martin sy vennoot te maak, klink dit ook beter dat die oudste se naam eerder Stefaans as Henry Brown moet wees.

"Nou wat van 'n klein Hettietjie, wanneer kom ek aan die beurt?" vra tant Hettie.

Johan lag. "Martin jy en Marinda sal maar gou moet afhaak daar lê 'n lang pad vol babatjies vir julle voor."

"Nee Boet," sê Marinda, "jy sal 'n vroutjie moet kry om te help met die bou van die nageslag. Lalie is 'n gawe meisie, jy moet net opskud."

"Ja kinders," sê oom Nic, "ons vertrou die Vader in die hemel is ons genadig soos hy ons nog ons lewenslank bygestaan het, ons sal die toekoms in Sy hande plaas."

Johan staan op om terug te ry.

"Dankie vir die lekker pasteitjies Ma, julle moet lekker slaap, totsiens almal."

Sarie se tydjie kom nader. Oom Dirk en tant Johanna sien al uit om hulle kleinkind in hulle arms te hou. Dokter Venter is tevrede met Sarie se gesondheid en hy verwag nie probleme met die geboorte nie. Oom Dirk het Jan Nel gehuur om 'n babakamer by Sarie se slaapkamer aan te bou. Dis pragtig wit uitgeverf met ingeboude kaste sodat daar genoeg pakplek vir die kleinding se klere is. Die badkassie is ook netjies vasgesit en die bababedjie is van bo af met muskietnet omring, die kleinding sal rustig kan slaap. Een muur van die kamer is geplak met papier waarop eendjies, duifies en beertjies geteken is en almal is in vervoering oor hoe mooi alles lyk.

Die einde van September word min of meer bepaal vir die geboorte van die baba. Sarie se pa, Kas, is net so opgewonde, hy het sagte babaspeelgoed vir die kleinding gekoop. Hy is gelukkig by die motorhawe en kon al vir Jan Nel betaal om sy huisie ook op te knap. Kas is lief vir tuinwerk en werk elke middag in sy tuintjie. Onder die groot witstinkhoutboom het hy 'n swaai opgesit en in sy geestesoog sien hy al die kleinding daar swaai.

Gees van die Labrador

Kobus en Helena het besluit om die veertiende September verloof te raak en beplan om in die middel van Desember wanneer Kobus verlof kry, te trou. Hulle beplan om hulle wittebrood in Kaapstad te hou.

Kobus se pa is oorlede toe hy en sy sussie nog in die laerskool was. Hy is vermoedelik deur 'n fratsgolf van die rotse afgespoel waar hy visgevang het. Die NG Kerk in Hermanus het na matriek vir Kobus se studies op Stellenbosch betaal. Na voltooiing van sy studies het die gemeente hom vir 'n jaar touwys gemaak. Sy eerste volwaardige beroep was na Wilgerdal. Hy verwys altyd grappenderwys daarna dat hy vier jaar later Rietfontein toe beroep is en hy dit aangeneem het sodat hy sy vroutjie kon ontmoet.

Vir die verlowing is almal Kromdraai toe genooi. Oom Piet en tant Grieta het dit 'n baie aangename aand gemaak, want Kobus se predikante in Hermanus het gevra hulle moet daar kom trou. Die susters van die gemeente gaan die onthaal in die kerksaal aanbied. Helena is teleurgestel dat al haar vriendinne nie haar troue sal kan bywoon nie, maar Kobus voel dat hy dit aan die predikante en gemeente wat vir hom so baie gedoen het, verskuldig is. Hy is seker dat hulle hom in die toekoms gaan beroep wanneer een van die predikante aftree. Hy is lief vir Rietfontein se mense en almal is baie goed vir hom, maar op Hermanus sal hy sy ma, Henna, kan ondersteun wanneer sy afgetree en te oud is vir die onderwys. Sy suster Martie is nog nie getroud nie en bly by sy ma totdat sy ook eendag trou.

Helena se broer Herman het een van die meisies wat Helena ondersteun het tydens Henry se verdrinking, op 'n wonderbaarlike wyse weer ontmoet. Hy het in die poskantoor op Rietfontein gewag dat Lalie vir hom 'n telegram moes wegstuur toe die meisie langs hom by die toonbank kom staan het. Sy het vir hom bekend gelyk, maar hy kon haar nie dadelik plaas nie en groet haar toe maar vriendelik. Die meisie het vir hom gevra hoe dit met Helena gaan, want sy het haar baie jammer gekry toe Henry verdrink het.

Dis toe dat Herman meer aandagtig na die meisie kyk en vir haar sê: "Jammer ek het jou nie erken nie, dit was mos jy en jou suster wat Helena ondersteun het by die kafeteria en vir haar droë klere help aantrek het?"

"Ja my suster is die eienaar van die kafeteria se vrou en ek het die naweek by hulle gekuier."

Herman steek sy hand uit. "Aangename kennis, ek is Herman Beukes, Helena se broer. Baie dankie vir julle ondersteuning daardie aand."]

"Ek is Gerda Willemse, bly om jou te ontmoet Herman. Ons het graag gehelp, want dit was baie tragies."

"Gerda is jy baie haastig, kan ons 'n koppie tee by die Hoekkafee gaan drink?"

"Baie dankie, dit sal lekker wees."

Herman betaal vir die telegram. Gerda kry die pakkie wat sy kom haal het en Herman tree terug sodat Gerda eerste kan uitstap. By die Hoekkafee is die straat stil, Herman maak vir Gerda die deur oop en hulle stap in. Tant Hermien groet Herman vriendelik en hy vra of Gerda vir tant Hermien ken?

"Nee ek het eers verlede week hier in Rietfontein kom bly. Ek werk by Jessie se rokwinkel en het nog nie tyd gehad om veel rond te beweeg nie."

"Nou Gerda, dit is tant Hermien, sy en haar suster tant Kitty, bedien die allerheerlikste eetgoed saam met tee en koffie en daarby is hulle melkskommel die beste in die land."

"Genade Herman, ek het nie geweet julle geniet ons pogings soveel nie, wat kan ons vir julle voorsit? Vat 'n spyskaart dan besluit julle rustig. Bettie sal julle bestelling kom neem."

Herman kies die tafeltjie in die hoek by die groot palm waar dit gesellig en privaat is. Hulle kyk die spyskaart deur en Gerda stel voor dat hy sy gunsteling vir hulle albei bestel omdat hy sal weet wat die lekkerste is.

"My persoonlike gunsteling is die wafels met roomys en heuning, ek hoop jy sal daarvan hou?"

Herman wink vir Bettie nader en bestel koffie en twee wafels met roomys en heuning. Terwyl hulle vir die bestelling wag vertel Herman hoe swaar Helena Henry se dood verwerk het en hoe Kobus de Jager haar bygestaan het. Hy noem dit ook dat Kobus en Helena die veertiende September verloof gaan raak.

"Sal jy my maat vir die aand wees asseblief Gerda?"

Gees van die Labrador

"Ja, baie dankie ek sal graag vir Helena weer wil sien."

Bettie bring die stomende wafels. Die roomys smelt en trek in die wafels in – dit lyk en ruik absoluut heerlik. Hulle gooi die blink heuning oor en die koffie rond die soetigheid af. Die twee gesels so lekker dat hulle vars koffie moet bestel teen die tyd dat die wafels klaar geëet is. Herman is bly hy het Gerda ontmoet en deel haar aangename geselskap. Die borde is leeg, die laaste koffie word gedrink.

"Herman, dit was 'n fees, baie dankie," sê Gerda.

"Hoe lyk dit Gerda, kan ek jou Saterdagmôre kom haal dan kom kuier jy vir die dag op Kromdraai?"

"Dit sal wonderlik wees Herman, maar ek werk tot eenuur. Jy kan my so tweeuur kom haal."

"Waar bly jy Gerda?"

"Ek bly by tant Mynie in Du Toitstraat. jy ken seker vir Rienie wat aan Gert verloof is? Hulle trou binnekort en tant Mynie het gelukkig solank vir my 'n kamer gegee, want sy neem net een dame op 'n keer in."

"Ja ek ken Gert my lewe lank. Ons het op drie plase langs die rivier grootgeword. Gert en Helena asook oorlede Jan van Uitzicht, verskil so drie of vier jaar. Ek is vyf jaar ouer as hulle. Jy sal nog die hele geskiedenis van Kromdraai, Uitzicht en Driefontein waar ons groot geword het, hoor. Ons oupas het die groot plaas gekoop en in drie verdeel. Ons is nie net bure nie, maar jarelange vriende."

Herman staan op en trek die stoel uit sodat Gerda kan opstaan. By die toonbank betaal hy en Gerda sê dat sy nog nooit sulke lekker wafels geëet het nie. Toe hulle uitstap, kyk tant Hermien hulle agterna. Vir haar is hulle 'n pragtige paartjie: Herman lank en donker en Gerda kort met ligbruin hare en vriendelike donkerbruin oë. Hulle is so tuis in mekaar se geselskap, sy hoop Herman is gelukkig en trou met haar – hy word nie jonger nie en Kromdraai moet 'n erfgenaam kry.

Op Kromdraai sit Herman se ouers op die stoep. Hy groet hulle en val sommer met die deur in die huis.

"Ek het vandag die een meisie wat Helena die aand by die kafeteria by die dam ondersteun het, ontmoet. Sy is Gerda Willemse, haar suster is die eienaar van die kafeteria se vrou. Gerda het my erken en gevra hoe dit met Helena gaan. Ons het gaan koffie drink by die Hoekkafee en ek het vir haar vertel hoe moeilik dit vir Helena was om Henry se dood te verwerk. Sy het pas verlede week Rietfontein toe getrek en werk nou in Jessie se rokwinkel. Sy bly by tant Mynie in Du Toitstraat en is regtig 'n vriendelike meisie. Ek het haar genooi om Saterdagmiddag hier by ons te kom kuier."

Oom Piet knipoog vir tant Grieta. "Vrou ek het altyd geweet as Herman die dag 'n meisie ontmoet wat by hom pas, sal dit liefde met die eerste oogopslag wees."

"Ja pa is reg, ek glo dit is my troumeisie hierdie, julle sal ook van haar hou."

"Dis wonderlik Ouboet, bring haar ons wil haar graag ontmoet."

Hoofstuk 21: Helena

Martin en Marinda het lank beraadslaag of hy sy van na Breedt moet verander of nie. Dis 'n moeilike besluit en tog glo hulle dat dit vir almal aanvaarbaar sal wees. Hulle gaan Driefontein toe om vir Gert van Martin se besluit te gaan vertel.

Gert is baie bly dat Uitzicht weer in die toekoms 'n Breedt as eienaar sal hê.

"Martin ons sal Maandag vir Riek vra om die nodige veranderings te doen. Ek hoop jy sal gelukkig wees om voortaan die Breedt-van die toekoms in te dra. Finansieel sal jy nou beter daar aan toe wees, so as julle tweetjies wil trou sal ek julle die nodige bestand gee."

"Dankie Gert ons sal die saak met oom Nic en tant Hettie bespreek. Dit sal vir my wonderlik wees om nie meer alleen in Uitzicht se groot huis te bly nie. Hoe lyk dit Marinda, moet ek jou ouers vra of ons die groot stap kan neem?"

"Ou maat, ek dink jy moet eers die meisie aan jou sy, se toestemming kry."

"Vanaand, my meisie in die maanskyn by die wilgerboom met die afgebreekte tak, gaan ek jou op my een knie jou vra."

Gert lag.

"Martin gaan vra tant Hermien moet vir jou 'n mandjie pak dan sal Marinda soos klei in jou hande wees. Voorspoed julle twee."

Die tyd vlieg om, dis bietjie meer as twee weke voor Kobus en Helena se verlowingspartytjie op Kromdraai. Die groot pakskuur is skoongemaak en uitgeverf. Die sementvloer is netjies reggemaak. Die barste in die vloer is opgevul en gelykgemaak en toe groen geverf. Aan die dakpale is lanterns met gekleurde glas gehang. Gedroogte sewejaartjies is met lint aan die balke vasgebind en dit lyk baie feestelik. Daar sal ook groot blommerangskikkings van rose en loof wees, geen tyd of geld word ontsien om Helena se verlowing baie spesiaal te maak nie.

Rienie het haar laaste dag by die apteek gewerk. Sy bly nog by tant Mynie tot haar troue en ry elke dag uit Driefontein toe. Tant Emmie en Sara help haar om die kaste leeg en skoon te maak. Die linne wat hulle nie weer sal gebruik nie, gee sy vir Sara en Mina. Rienie het heelwat mooi linne bymekaargemaak en dit word nou netjies in die kaste gepak. Tant Annie, Rienie se peetma soos sy haar noem, het vir Rienie as trougeskenk 'n pragtige eetstel met twaalf van alles asook vleisborde en opskepbakke gegee. Tant Matilda van die kinderhuis waar Rienie grootgeword het, het vir hulle 'n pragtige tafeldoek met servette en 'n messestel gegee. As afskeidsgeskenk het die apteek vir haar 'n stel kristal glase gegee. Rienie wens sy is al getroud sodat sy die mooi ou geelhout tafel kan dek met haar eie mooi goedjies.

Die bestuurder van die apteek wat saam met haar van Bloemfontein af gekom het, Pieter de Villiers, gaan Uitzicht toe want hy wil hê Johan moet vir Rienie 'n mooi juwelekissie van kiaathout maak wat hy vir haar en Gert as trougeskenk kan gee. Corrie, wat in Rienie se plek in die apteek werk, het eendag saam met haar Driefontein toe gery en gesien watter pragtige slaapkamerstel Johan vir Gert gemaak het. Dit het haar laat besluit dat 'n juwelekissie vir Rienie baie jare se vreugde sal bring. Sy het 'n skets gemaak hoe die kissie moet lyk: Agtien duim vierkant en ses duim diep met afskortings sodat die juwele apart ingepak kan word en die deksel moet houtsneewerk bo-op hê. Johan het dadelik begin werk aan die kissie en vir sy een werker wat knap is met uitsnywerk, opdrag gegee om met die snywerk te begin. Hy het 'n mooi stel koper skarniertjies en sluitknippies wat hy sal gebruik en hy is seker die kissie sal Rienie se hart bly maak."

Kobus en Helena ry die week af Hermanus toe om vir Helena aan sy ma en suster voor te stel voordat hulle verloof raak. Tant Henna en sy suster Martie wag al vir hulle toe hulle daar aankom. Helena lyk steeds pragtig in 'n seegroen pakkie met bruin skoene en handsak. Haar blink bruin hare hang 'n bietjie deurmekaar in krulle tot op haar skouers en haar groot bruin oë is vriendelik. Martie verkyk haar aan die mooi meisie en Kobus is duidelik baie trots op haar.

Tant Henna se huis het 'n mooi see uitsig. Hulle het vir Helena die hoekkamer reggemaak waar sy die see uit twee vensters kan sien. Die see lê rustig so ver die oog kan sien en die golwe spoel lui op die strand uit. Kobus kom haar haal vir 'n vinnige koue ete, want Helena wil graag afstap see toe. Sy trek gou haar swemklere aan met 'n strandjassie bo-oor en dan stap hulle af see toe. Dis nie vakansietyd nie en op die strand is net 'n

Gees van die Labrador

paar jongmense wat 'n bal rondgooi.

Hulle roep Kobus en Helena nader om te deel in die pret op die strand. Dit was laagwater toe hulle afgestap het strand toe, maar intussen het die gety begin inkom. Rotse wat 'n uur tevore nog oop was, lyk nou soos 'n sprokie as die golwe daarteen opskiet. Kobus het vir hulle roomys gaan koop en hulle sit rustig na die skouspel van water en skuim en kyk. Kobus het langs hierdie water groot geword, hy ken die see.

Hy kyk na Helena. "Sal ons bietjie gaan lyf natmaak voordat ons teruggaan?"

Helena kyk met 'n bekommerde blik in haar oë na hom.

"Kobus ek gaan eerlik wees, ek is bang vir die see, as kinders het ons baie in die rivier geswem, die water was nie diep nie, maar hier lyk dit vir my gevaarlik."

Kobus vat haar hand. "Ja Leentjie die see is nie ons speelmaat nie, hy kan 'n frats golf oor jou stuur. Ek het mos vir jou vertel my pa is van die rotse af geslaan? Sien jy daardie drie rotse so half in die see? Hy het daar visgevang en is seker onkant betrap. Die polisieduikers het vir dae na sy lyk gesoek maar dit nooit gekry nie. Hulle het gesê daar is 'n sterk seestroom, vermoedelik het dit sy liggaam die diepsee ingetrek. Dit was vir ons gesin 'n tragiese gebeurtenis. Kom ons stap langs die strand af. Dis amper sononder. Dis die mooiste gesig, die water in die groot poel lyk soos goud wat daar skommel as die ondergaande son rooi op die water weerkaats."

Hulle stap 'n ent aan en gaan sit dan op die rotse. Die ondergaande son verkleur die poel en dit lyk regtig soos goud wat rondskommel. Stil sit hulle die natuur en bewonder – die goud het verdwyn en die poel verkleur in donker grys soos die dag aan sy einde kom.

Kobus staan op en trek Helena teen hom vas.

"Kom my mooi meisie, kom ons stap terug."

"Kobus dankie dat jy vir my hierdie wonderlike gesig kom wys het, ek sal dit altyd onthou en aan hierdie dag koppel."

Die strand is omtrent leeg – net 'n ou visserman wat met sy sakkie vis oor sy skouer aanstap na die visserhuisies op die duin. Kobus sit sy arm om Helena se skouer en saam stap hulle die hoogte uit na tant Henna se huis.

Die mooi verligte tuin en huis verwelkom hulle. Tant Henna het vars vis gebak met goudbruin aartappelskyfies en groente. Kobus het lank laas die voorreg gehad om so 'n heerlike maaltyd saam met sy ma en suster te geniet. Helena word gesellig by die gesin ingesluit. Kobus noem dat hulle die volgende dag Kaapstad toe wil ry om vir Helena 'n trouring uit te soek.

Tant Hanna kyk na Kobus. "Ek weet nie of jy onthou nie, maar jou pa het sy moeder se verloof- en trouring uit die boedel geërf. As julle belangstel kan julle die diamante gebruik en dit net laat set soos julle dit wil hê."

Kobus kyk na Helena.

"Miskien moet Ma die ring bring sodat Helena kan besluit of sy dit wil gebruik."

Tant Henna gaan haal haar skoonma se juwelekissie wat destyds aan Kobus se pa bemaak is omdat hy die enigste seun was. Daar is waardevolle juwele in die kissie en die ringe is in 'n swart fluweelhouertjie. Kobus haal dit uit en maak die houertjie oop. Die verloofring het 'n groot geel diamant wat omring is met klein helder diamantjies. Dis 'n pragstuk en bo-op die trouring is drie helder diamantjies. Hy gee die houertjie vir Helena om te bekyk. Helena ken diamante. Sy sien dis 'n buitengewone stel en vra of sy maar die ring mag uithaal uit die houertjie.

Kobus neem die houertjie en haal eerste die verloofring uit.

"Kom ons kyk hoe lyk dit aan jou vinger Helena."

Hy steek dit aan haar vinger en dit pas perfek. Almal bewonder die besonderse ring. Kobus haal die trouring uit steek dit ook aan haar vinger.

Helena kyk na tant Henna.

"Tante dit sal 'n sonde wees om hierdie pragtige stel stukkend te maak en oor te set, as dit tante sy goedkeuring wegdra sal ek dit graag net so wil gebruik.

"Dankie Helena maar die ring pas jou perfek, ek hoop julle gaan baie gelukkig wees."

Kobus en Helena staan op.

"Baie dankie Ma vir die pragtige stel ringe, ons waardeer dit en sal dit weer bewaar vir die nageslag. Ma, gee ma om as ons na die ander juwele in die kissie kyk? Ek het so lanklaas daarna gekyk, ek het al vergeet hoe dit lyk?"

Tant Henna stoot die kissie oor na Kobus.

"Martie bring asseblief 'n handdoek waarop ons die stukke kan pak sodat dit nie beskadig nie."

Martie bring 'n wit handdoek en gooi dit op die tafel oop. Versigtig haal Kobus die kosbare juwele uit. Daar is 'n borsspeld met 'n groot robyn in die middel, dit lyk soos 'n blom en die blomblare is met klein robyntjies uitgelê. Daar is ook 'n bypassende stel oorkrabbetjies.

Martie tel die stelletjie op.

"Ma ek verjaar in Januarie en dis my verjaarsdagsteen, mag ek dit kry?"

"Seker my kind ons moet vir jou 'n rokkie laat maak waar die plooitjies op die een skouer bymekaar gevat is, die speld sal dit pragtig laat lyk."

"Kobus weet jy ons het nog nie 'n bruidsmeisie en strooijonker gekies nie, hoe lyk dit Martie sal jy vir ons strooi?"

Gees van die Labrador

"Met graagte dan dra ek die robynstelletjie."

"Wat van 'n strooijonker?" vra Kobus.

"Dis jou keuse, het jy iemand in gedagte?"

"Wat van jou broer Herman? Ons kan hom vra."

"Ja dit sal wonderlik wees, my broer en jou suster, nog net die hofknapie wat die ringe moet dra. My ma se jongste suster het 'n seuntjie van so vyf jaar oud. Hy is 'n oulike outjie en glad met die mond, ons moet sy ouers vra."

"Ons het nou afgedwaal van die juwele af, gee aan Kobus," vra Martie.

Hy gee 'n borsspeld aan uit 'n houertjie wat met watte uitgevoer is. Dis 'n ivoorspeld met ragfyn uitsnywerk, omdat dit maklik kan breed is dit so sorgvuldig verpak. Hy haal nog 'n mooi hangertjie uit en 'n horlosieketting met 'n sakhorlosie van die soort wat die mans aan hulle onderbaadjies gedra het – dit was Kobus se oupa se horlosie. Daar is verskeie kettings, party is fyn en ander weer growwer. Onder in die kissie is 'n klein knipmessie met 'n ivoor heffie. Die ivoor is al vergeel, Kobus se oupa het dit op St Helena gemaak toe hy as krygsgevangene daar moes bly gedurende die Anglo Boereoorlog tussen 1899 en 1902. Daar is ook verskeie ou muntstukke, onder andere 'n goue pond van die ZAR wat in Paul Kruger se tyd as betaalmiddel gebruik is. Versigtig pak hulle die juwele terug en Martie gee haar robynstelletjie ook.

"Moeder bewaar dit asseblief vir my tot ek dit gaan dra?" vra sy.

Kobus neem die verloof- en trouring om dit te gaan bêre vir hulle verlowing. "Nogmaals dankie Ma vir die pragtige stel ringe. Wat gaan ons doen noudat ons nie môre nodig het om ringe te gaan koop in Kaapstad nie?"

"Wat stel julle voor?"

Helena kyk na Kobus. "Ek het al so baie van Waenhuiskrans gehoor, is dit baie ver?"

"Nee net so 'n bietjie meer as 'n uur se ry en dit is regtig mooi daar, jy sal dit geniet. Hoe dink Ma, sal ons 'n piekniekmandjie pak en bietjie daar gaan rond klim?"

"Dis 'n gawe idee. Kom ons pak die goedjies wat ons wil saamneem en dan ry ons more vroeg daarheen. Ons kan langs die pad by die kafee koeldrank en snoepgoed koop. Hoe laat wil jy ry Kobus?" vra tant Henna.

"Kom ons ry so vyfuur môre oggend dan is die pad nie so besig nie en die deinserigheid lê nog op die see, dis mooi om die rooi son te sien opkom uit die mistigheid."

"Nou ja, kinders kry julle swemklere en sonbrandroom bymekaar daar is nie môre vroeg baie tyd nie."

Teen kwart voor vyf die volgende oggend is almal gereed om te ry.

Stories uit die Riemland

Daar is twee warmflesse met koffie en beskuit wat hulle dit iewers by 'n mooi plekkie langs die pad kan geniet.

By Waenhuiskrans het die see ver teruggetrek. Die son is nog versteek agter die dik misbank wat op die horison lê, maar dis lig genoeg om die omgewing te sien. Dis laagwater en dit gee hulle tyd om binne-in die grot rond te loop. Net buite die grot is poeletjies water tussen die klippe waarin daar die mooiste klein gekleurde vissies rondswem. Die krappies en ander seediertjies is vir Helena wat dit vir die eerste keer sien, alles so interessant. Hulle is gelukkig die eerste mense op die strand en sy het al 'n hele handvol mooi skulpe opgetel wat die nag uitgespoel het. Kobus help Helena teen 'n rots op en hulle staan oor die see en uitkyk. Die son kom stadig oor die see op, alles verhelder en Kobus hou Helena teen hom vas.

"Die Here se skepping is wonderbaarlik, ons sondige mense word al die skoonheid van die natuur gegun. Die grootste gawe is dat ons kan sien hoe al die mooi dinge om ons lyk, kom ons dank die Here vir die wonderlike dag."

"Dankie Kobus, dis regtig 'n voorreg om saam met jou alles te geniet, kan ons dalk vir ons wittebrood 'n naweek hierheen kom?" vra Helena.

"Dit sal 'n plesier wees, kom ons gaan bespreek vir ons plek by die pragtige huisies."

Almal het die dag geniet en in die skemer ry hulle terug huis toe. Die sterre verskyn en die dorp se ligte weerkaats tot diep in die see. Maandagoggend is dit nog donker toe hulle terug ry. Tant Henna en Martie gaan saam vir die verlowing waarna almal uitsien.

Op Uitzicht is Johan baie besig. Die mense bestel slaapkamerstelle van kiaat en tambotie, maar Johan skram weg van tambotie. Dié hout werk moeilik want dit het 'n gom wat die saag se lemme laat vassteek, maar as iemand bereid is om ekstra te betaal, maak hy die pragtigste stel. Die reuk van tambotie bly vir jare in die bont hout. Dit is werklik kosbaar en die moeite werd om meer daarvoor te betaal.

Maar Saterdagmiddag twaalfuur stop die werk. Dan gaan stort almal en geniet die middag. Johan en Lalie gaan eers tennis speel en dan gaan kuier hulle by oom Nic-hulle om vleis te braai en lekker te gesels. Marinda en Martin is dan ook daar. Oom Nic en tant Hettie hou baie van Lalie – sy is 'n vriendelike opgewekte meisie. Oom Nic geniet die jongmense se geselskap. Hy vergas hulle met staaltjies oor wat in sy jongdae gebeur het en die poetse wat hulle mekaar gebak het. Na heelwat oorweging het Marinda ingestem dat sy en Martin die begin van Desember kan trou. Sy sal nog by Riek in die prokureurskantoor werk, want dis nie te ver om werk toe te ry nie.

Uitzicht se huis is ten volle gemeubileer en hulle sal mettertyd vir hulleself goedjies aanskaf wat hulle stempel op die groot ou huis sal

204

Gees van die Labrador

afdruk. Oom Nic sê die hele Rietfontein het troukoors, maar hy kla nie daaroor nie, want 'n lekker boerebruilof is iets om na uit te sien.

Kobus en Helena se verlowing is oor 'n week en Nic het vir Hettie weggebring om vir Grieta te help met die doekpoeding wat gemaak word. Almal sien uit na die doekpoeding, want hy wat Nic is, sê dis die brandewynsous wat die meeste aftrek kry omdat Grieta se hand nie te lig is met die brandewyn nie. tant Emmie help met die sosaties en wors wat gemaak word, want dit gaan 'n lekker Boere vleisbraai wees.

Daar gaan baie mense wees, want almal is genooi Kromdraai toe vir die verlowing omdat die troue op Hermanus gaan wees. Dit is te ver vir die meeste van Rietfontein se mense om net vir die troue Hermanus toe te gaan. Kobus se ma en suster kuier op Kromdraai tot na die verlowing en hulle fluks help met die voorbereidings. Saans kom Kobus vir Helena kuier dan is almal op die groot stoep. Herman gaan haal dan ook vir Gerda en so leer almal Herman se toekomstige vroutjie ken. Almal hou van haar, want sy is vriendelik en opgewek.

Die tyd vlieg gou verby en alles is gereed vir Saterdagaand se verlowing. Tant Grieta nooi vir Gerda om die Vrydagaand op die plaas te slaap. Die jongmense help met die laaste versierings in die pakskuur en oom Nic is van mening dat die skuur mooier lyk as wat die stadsaal op die dorp ooit gelyk het.

Vrydag is 'n perfekte dag. Die son skyn helder en die koel luggie van die rivier af is heerlik. Kort voor sononder kom haal Herman vir Gerda in die skuur.

"Kom my meisie al die werk is afgehandel. Kom ons gaan kyk hoe die son oor die rivier ondergaan. Die groot ou wilgers hang rustig tot amper op die grond – te pragtig. Herman soek 'n mooi sitplekkie waar hulle met hul voete in die water kan sit. Die son sak in die weste, die wolkies verkleur in karmosyn en veraf hoor mens net die geluide van die plaasdiere waar elkeen sy slaapplekkie opsoek.

Daar kom drie groot voëls van onder af aangevlieg. Hulle maak 'n snaakse skreegeluid en reg bokant Herman en Gerda gee swenk hulle en skree aldrie gelyktydig.

"My aarde Herman, watse voëls skree so snaaks?"

Herman lag. "Dit my nooientjie is jakkalsvoëls soos die ou mense hulle noem. Hulle skree half en half soos jakkalse, maar hulle regte naam is hadidas. As jy eers hier op Kromdraai bly, sal jy hulle elke aand oor die rivier sien kom en so gesels-gesels terugvlieg na hulle neste bo by die dam. Soggens vlieg hulle rivieraf om kos te gaan soek en sononder, soos nou, keer hulle terug na hulle neste – elke dag op dieselfde tyd. Oor al die jare wat ons hier bly, het ons al gewoond geraak aan hulle manier van vlieg en snaakse geskreeu soos jy dit stel, maar glo my, Kromdraai en al die rivierplase se mense is lief vir die pragtige voëls. Soms as dit stil is op die werf, kom loop hulle op die grasperk tot naby die stoep en as die son op hulle skyn, is hulle rûe en vlerke 'n blinkgroen kleur. Dis baie mooi, so my meisie, luister môre oggend vroeg as hulle gaan wei, dan hoor jy hulle skreeu. Dis deel van die eienaars van rivierplase en dit maak ons plase uniek."

Vroeg Saterdagoggend lê Gerda en wag vir die hadidas om oor te vlieg. Sy word nie teleurgestel nie: Ritmies kom die voëls al geselsend aangevlieg en regoor die rivier skree hulle gelyktydig asof hulle haar groet. Vir Gerda is dit 'n wonderlike ervaring wat sy vir altyd sal onthou. Almal is vroeg op en die laaste goedjies word gedoen.

Helena en Gerda rangskik groot ruikers oral in die pakhuis, op die stoep en binne-in die huis. Die rose is 'n fees vir die oog. Gert, Rienie en tant Emmie is ook vroeg daar om hand by te sit. Oom Nic, tant Hettie, Johan en Lalie kom help ook.

Martin en Marinda trek Uitzicht se beddens oor vir die mense wat van ver af gekom het en nie na die verlowing huis toe kan gaan nie. Dis spanwerk op sy beste, want die drie buurplase het nog altyd dinge saam gedoen. Die tyd vlieg om, alles is gereed en die voertuie kom in strepe aangery. In die pakhuis is die musikante besig om hulle instrumente in te stel terwyl van die jongmense vrolik saam sing.

Tant Grieta help vir Helena om aan te trek. Sy het 'n wasige rooi rok aan wat op haar voete hang en haar mooi blink hare is net ligweg met 'n goue knip van haar gesig af weggesteek. Sy sit die pragtige diamante in haar ore. Sy lyk asemrowend, haar blink donkerbruin hare hang op haar skouers en haar oë blink soos gepoleerde tieroogstene soos Gert altyd gesê het. Sy tik bietjie parfuum aan haar polse en tant Grieta sproei 'n bietjie oor haar hals. Die son het al na die weste gesak en skyn by die venster in. Tant Grieta kyk met trane in haar oë na die pragtige dogter wat die Here vir haar en Piet gegee het. Sy vat Helena aan die hand. Hulle gaan staan by die oop venster en kyk uit na die laaste strale wat die wolkies in die weste so karmosyn verkleur. Asof hulle geweet het, vlieg die drie hadidas voor hulle op met die rivier, hulle swenk vir Moos en skreeu ekstra hard.

"Mamma dit maak nie saak waar ek in die lewe gaan bly nie, maar die hadidas se vreugdeslied sal ek altyd onthou."

Kobus klop aan die kamerdeur. "Leentjie jy is nou mooi genoeg, die mense wag vir ons."

Tant Grieta druk haar meisiekind teen haar bors.

"Mag die Here julle seën en julle moet hierdie liefde bewaar my kind. Kom binne Kobus."

Tant Grieta maak die deur oop en stap uit om die twee jongmense 'n

Gees van die Labrador

oomblik van privaatheid te gun. Kobus staar in stomme verbasing na Helena.

"Jy lyk asemrowend my mooiste meisie. Ek wens my ouma De Jager kon sien hoe pragtig die oorkrabbertjies aan jou mooi oortjies skitter. My liefling, ek is oneindig lief vir jou, kom ons bid die Here se seën oor hierdie aand en oor ons hele lewe vorentoe: 'Genadige Vader stuur asseblief U engele om oor ons te waak. Net uit genade vra ons dit Here, Amen.'"

Buite stap hulle hand aan hand die trappe af – hulle is 'n pragtige paartjie. Die mense het twee rye gevorm en die tweetjies stap tussen hulle deur na die pakskuur wat vanaand vrolik opgetooi is met liggies en ballone. Daar is baie sitplek, want die skuur is groot. Oom Piet het gesê daar is geen uitgesoekte sitplekke nie, want sy vriende en familie is almal belangrik en hulle moet self 'n lekker sitplekkie soek en die aand geniet. Tog het Gert en Rienie gesorg dat hulle aan die tafel sit waar tant Emmie haar tuis gemaak het by oom Nic en tant Hettie, Johan, Lalie, Marinda en Martin.

Herman is die seremoniemeester en hy bedank almal wat saam met hulle die verlowing gaan geniet. Hy bedank sy ouers wat hom en Helena met soveel sorg en liefde grootgemaak het. Hy bedank ook vir tant Henna en Martie wat so ver gekom het om die aand saam met hulle te wees en verwelkom Kobus in die familie.

"Verder vriende en familie bedank ek julle almal wat vanaand hier teenwoordig is, geniet al die heerlike kos wat die dames met liefde vir julle voorberei het, ek stel my pa aan die woord."

Oom Piet heet almal welkom op Kromdraai en sê hulle moet die plaas se rustige atmosfeer geniet.

"Dis vir my aangenaam dat die dorp se kinders die rivier en wilgers so geniet. Aan ons Hemelse Vader wat elke dag na ons omsien kom al die lof en die eer toe. Grieta, my vrou, ek dank die Here elke dag dat Hy jou vir my as lewensmaat gegee het, ek en die kinders sê baie dankie."

Op die tafels is sjampanje en pragtige glasies waarmee die heildronk ingestel gaan word. Die proppe klap en die glasies word gevul. Toe almal 'n glasie vol het sê oom Piet:

"Net voor ons die heildronk drink, stel ek vir Kobus, ons nuwe seun, aan die woord."

Kobus staan op, sit sy hand op Helena se skouer en sê:

"Ek sê baie dankie dat hierdie pragtige meisie hier aan my sy, haar weg oopgesien het om met my en die hele gemeente van Rietfontein te trou – dis nie elke dag 'n maklike taak nie. Ek bedank ook my moeder wat vir my en Martie onder baie moeilike omstandighede grootgemaak het, dankie my liewe Ma."

Gert is gevra om die heildronk op die paartjie in te stel. Kort en kragtig sê hy:

"Mag die goeie Vader wat ons elke dag behoed en bewaar Sy hand oor julle tweetjies en die hele gemeenskap van Rietfontein hou."

Hy lig sy glasie: "Voorspoed en geluk! Sal almal asseblief opstaan en vir Kobus die geleentheid gee om die pragtige verloofring wat nog aan sy ouma behoort het, vir Helena aan te steek."

Kobus neem Helena se slanke handjie en glip die mooi ring aan haar vinger. Almal lig hul glasies, drink die heerlike sjampanje en wens die paartjie veels geluk toe voordat hulle gaan sit. Kobus hou Helena teen hom vas en soen haar pragtige lippe. Sagte musiek klink uit die platespeler Die musikante speel sagte musiek in die agtergrond en almal gesels opgewonde.

Sara en Mina wat vir Dora van tant Grieta kom help het, is netjies in pienk oorjasse geklee met pienk kopdoeke en wit voorskote. Hulle stoot die dienwaentjies met heerlike kos in. Marinda, Rienie, Lalie en Gerda en nog van die dorp se jongmeisies gee die bakke aan met koue skaapboude en hoenderporsies wat op bros slaaiblare uitgepak is, asook koue skyfies beestong met mosterdsous en daar is nog baie slaaie ook om van te kies en keur. Soos die bakke leeg raak, gaan vul Dora en haar helpers dit weer.

Vir mense wat nie die omstandighede op die plase ken nie, sal dit seker snaaks klink, maar die werkers van die drie plase geniet ook die verlowingspartytjie. Herman het die trekkers onder die afdak laat uittrek. Die vroue en kinders het alles mooi skoongemaak en die sorteertafels het tafeldoeke oorgekry, terwyl strooibale met komberse oor, as sitplekke dien. Die borde en glase is netjies by elke plek gedek. Daar is ook blomme en ballone uitgesit. Die werkers met hulle kinders is almal vrolik en opgewek.

Gees van die Labrador

Herman het vyf gallon heerlike muskadelwyn gekoop – 'n glasvol vir elkeen. Hulle kry ook gemmerbier, koeldrank, pap en vleis gekry. Tant Emmie en Rienie het 'n magdom kolwyntjies gebak. Marinda en Lalie het dit kleurvol versier en mooi op skinkborde uitgepak. Die kinders se ogies blink en hulle kan nie wag om daarvan te eet nie. Moos het vir Herman gesê hulle wil graag vir die nonnietjie en die dominee sing. Herman het belowe om hulle te roep sodra hulle kan kom sing.

Kromdraai het nog nooit so baie kuiergaste gehad nie. Die jongmense het rivier toe gestap en die kinders swaai uitgelate aan die wilgertakke. Oom Piet reken dis goed dat die dorp se kinders ook die natuur kan geniet. 'n Paar seuns het gou gaan bergklim voor die geselligheid begin.

Toe almal genoeg gehad het, is die vleis en slaaie kombuis toe geneem en toe is die tafels opgeruim om plek te maak vir tant Hettie se heerlike doekpoeding met brandewynsous. Almal het hulleself gehelp - party loop en eet in die tuin en ander sit by die tafels. Oom Nic het 'n poedingbakkie hoogvol geskep en sit op die stoepmuurtjie en eet.

Gert sit sy arm om oom Nic. "Hoekom gooi oom nie net sous in die bakkie nie?"

"Gertman, sorg jy dat daar op jou troue genoeg doekpoeding en brandewynsous is."

"Ek sal daarvoor sorg, oom Nic."

So 'n halfuur voor sononder laat Herman vir Moos weet dat hulle nou kan kom sing. Herman het ook vir die gaste in die pakhuis gesê dat die werkers nou vir Helena-hulle kom sing. Ordelik kom die werkers voor die skuur in rye staan. Jantjie het 'n kitaar wat oom Willem nog vir hom gegee het. Hy gee die noot en almal val gelyk weg met *Prys die Heer met blye galme*. Groot en klein sing uit volle bors en selfs die blankes sing hartlik saam. Na die gesang sing hulle tradisionele Basoeto liedjies en Helena kry trane in haar oë. Kobus haal sy sakdoek uit en klad die trane versigtig weg. Oom Piet bedank almal wat so spontaan saam gesing het. Met *Aai, aai die witborskraai* gaan die werkers sing-sing na hulle braaivleis vure. Die kleintjies het al die kolwyntjies opgeëet.

Herman het vroeër in die week vir tant Emmie en Gert gevra of hulle beswaar sal hê as die jongmense op die verlowingspartytjie 'n bietjie dans.

"Herman," sê tant Emmie, "oom Willem was altyd die voordanser. Gun die jongmense die plesier om 'n bietjie te dans. Dit gebeur nie elke dag dat die geleentheid vir hulle daar is om hulleself te geniet nie. Ek sal nie dans nie, maar Gert en Rienie moet gerus meedoen."

Die braaivleisvure word gepak om later net aan te steek. Die vleis, sosaties en wors is in groot vleisskottels gepak en gereed vir die vuur. Op twee groot tafels is die roosterkoekdeeg uitgerol en mooi gesny. Dit kan solank uitrys en word dan oor die kole mooi gaar gebraai om later saam met die vleis bedien te word. Oom Nic sê hy wil nie vleis saam met die roosterkoek eet nie, net botter en vye- of appelkooskonfyt en 'n beker van tant Emmie se lekker moerkoffie. Oom Piet bestel sommer net daar presies dieselfde! Die ouer mense sit heerlik op die stoep en gesels. Dis vir hulle ook 'n geleentheid wat nie aldag verbykom nie. Die jongmense dans met oorgawe in die mooi versierde pakskuur. Buite op die strooibale sit ander in groepies en gesels.

Intussen is die braaivleisvure aangesteek en toe dit mooi uitgebrand en die vleis gaar is, word almal genooi om hulleself te help. Die sosaties en wors kry groot aftrek. Die geur van die braaivleis word met die ligte windjie rivieraf gedra. Die werkers braai en geniet hulle eie vleis en eetgoed. Die kinders lê weg aan die heerlike roosterkoek. Die botter en appelkooskonfyt drup tussen hulle vingers deur – hulle lek en smul en dis 'n plesier om almal te bekyk.

Later toe die vure laag brand, is almal behoorlik versadig. Daar word takke op party vure gegooi om die omgewing te verlig, want nou is dit opruimtyd. Almal help fluks om elke ding weer op sy plek te kry.

Kobus en Helena se verlowingspartytjie sou vir jare onthou word, want dit was voorwaar 'n fees!

Hoofstuk 22: Trou Koors

Die aand met Helena se verlowing op Kromdraai, het Gert en Rienie besluit om weg te breek van die tradisionele boeretroue. Dis baie werk en organisasie en dit het hulle laat besluit op 'n kaas-en-wynonthaal. Dis iets nuuts op Rietfontein en hulle glo die mense sal dit geniet. Riek het vir hulle 'n week tevore vertel hoe hulle sy neef se onthaal in Bloemfontein geniet het. Dit is stylvol en interessant aangebied. Riek het ook gesê hulle was verstom oor die verskeidenheid kaas en wyn wat bedien is.

Gert en Rienie besluit om eers met tant Emmie te praat en te hoor hoe sy oor so 'n onthaal sal voel. Tant Emmie is op die stoep besig om haar plante te versorg.

"Môre Ma," groet hulle, "môre julle twee, hoe gaan dit?"

"Baie goed dankie en ons het baie goeie nuus vir Ma ook." Dis gaaf laat ek hoor?

"Ek en Rienie het besluit om die dames wat altyd so hard werk om van die troues 'n sukses te maak, met ons troue verlof te gee. Hulle moet net kom sit en mooi lyk."

"Genade my kind hoe gaan julle dit regkry?"

"Ons gaan 'n kaas-en-wynonthaal hê. Dit sal iets nuuts wees hier op Rietfontein en ons glo die gaste gaan dit geniet."

"Ja my kind, dit sal regtig iets anders wees, wie sal dit vir julle reël?"

"Riek weet van 'n firma in Bloemfontein wat dit baie mooi doen. Ek sal die besonderhede by hom kry dan gaan sien ons hulle in Bloemfontein."

"Maak so my kind, ek begin uitsien na die onthaal."

"Ek is bly Ma stem saam met ons. Kom Rien, ons ry gou en gaan vind alles uit by Riek."

Stories uit die Riemland

By Riek aangekom is hy gelukkig nie besig nie en hy bel sy neef om die besonderhede te kry.

"Gert julle sal nie spyt wees nie, ons het die onthaal baie geniet. Julle onthaal is in die kerksaal, sal die kerkraad vir julle toestemming gee? Jy weet mense hoor net die woord *wyn* dan sien hulle al sonde."

"Ja Riek, jy praat waar. Ek sal met Kobus praat en hoor hoe hy voel."

"Huur die stadsaal dan trap mens op niemand se tone nie, die stadsaal is ook baie groter."

"Dankie Riek vir die idee wat jy vir ons gegee het. 'n Kaas-en-wynonthaal klink vir my al hoe lekkerder."

Gert en Rienie groet en ry terug plaas toe. Op Driefontein bel Gert dadelik die firma. Groenewald, die bestuurder, stem in om hulle die volgende dag te sien. By die firma se kantoor sal hulle die verskillende maniere waarop die tafels gedek word, kan sien. Verder kan hulle ook die produkte sien en daaraan proe om seker te maak dat hulle tevrede is.

Voor sonop die volgende oggend, is Gert en Rienie al oppad. Hulle kry die plek maklik, want dit is 'n netjiese gebou wat die firma *Kaas en Wyn Genot*, goed komplimenteer.

Hulle ontmoet die kantoordame en bevestig dat hulle 'n afspraak met meneer Groenewald het. Sy neem hulle op na sy kantoor toe en stel hulle aan hom voor. Groenewald is 'n vriendelike lang man met 'n bril.

Hy neem hulle na die eerste koelkamer waar verskillende tipes kaas teen die regte temperatuur netjies in rakke gepak is. Vir Gert en Rienie is dit 'n eerste, maar Groenewald verduidelik alles mooi en bied vir hulle ook klein skyfies kaas aan om te proe. Die kaas is lekker en die tweetjies is baie beïndruk met Groenewald se kennis.

"Nou kom julle twee, hierdie is die growwe kase. Kom ek wys vir julle die mooi klein verpakte soorte, dit is pikant en baie fyn van smaak," en hy haal vir hulle elkeen minstens drie verskillende klein kasies uit.

"Proe nou hoe verskil elkeen."

Gert-hulle maak die mooi blink verpakking om die kasies oop, al drie is heerlik sag en geurig op die tong.

"Kom ons gaan maak 'n draai in die wynkelder," sê meneer Groenewald.

Gert en Rienie is verstom. Daar is groot wynvate en kleintjies asook dosyne bottels in diamantvormige afskortings.

Meneer Groenewald vra vir Rienie: "Waarvan hou jy Juffrou, rooi- of witwyn?"

Rienie kyk skaam na hom. "Meneer sal nie glo nie, maar ek het nog net die sjampanje op my vriendinne se troues gedrink en dit was nie baie lekker nie."

Gert kom Rienie te hulp. "Meneer Groenewald ons is nie baie bekend met verskillende tipes wyn nie, u moet ons maar asseblief help om die regte wyn te kies."

Terug in die kantoor vra Groenewald uit na die grootte van die onthaalarea en Gert sê dat die stadsaal op Rietfontein ruim is. Nadat hulle 'n paar belangrike sake bespreek het, belowe Groenewald om die volgende oggend uit kom Rietfontein toe om die fasiliteite te bekyk. Hy sal dan sommer die bestuurder wat alles reël saambring. Gerrie van Dyk, die bestuurder, is baie knap en het goeie ondervinding van kaas-en-wynonthale opgedoen toe hy 'n paar jaar in Frankryk deurgebring het voordat hy teruggekom het Suid-Afrika toe. Meneer Groenewald en Gert spreek af om mekaar die volgende oggend negeuur by die stadsaal te ontmoet.

Terug by die huis op die plaas vertel hulle vir tant Emmie hoe baie kase daar in die firma se koelkamer is. Rienie het een van die klein kasies in haar handsak gesit en gee dit vir tant Emmie.

"Dankie Rienie dit is so mooi verpak ek is amper te jammer om dit oop te skeur en te eet, maar ek is nuuskierig."

Sy haal die blink omhulsel af en sit die sagte kasie in haar mond. Tant Emmie sê dis die heerlikste wat sy nog ooit geproe het. Gert vertel ook van die wynkelder met die groot wynvate en die duisende wynbottels in die rakke.

"Ma moet môre vroeg saamkom, ons ry so halfnege stadsaal toe. Ons wil graag hê Ma moet ons kom help."

"Dankie my kind ek gaan graag saam. Ek sal Sara laat kook dan nooi ons hulle om hier te kom eet voor hulle terugry. Daar is nog 'n lekker skaapboud in die yskas wat ek met knoffel en spek sal opstop. Sara kan dan lekker groente daarby kook."

"Ja Ma ek glo hulle sal dit geniet, dankie vir die moeite."

Toe hulle halfnege die volgende oggend by die stadsaal stilhou kom oom Sarel uit sy kantoor.

"Goeiemôre julle. Emmie ek het jou lanklaas gesien. Dit lyk my dit gaan goed, jy lyk pragtig?"

"Dankie Sarel, jy lyk self goed." Ons is hier, want meneer Groenewald wat die onthaal reël kom om na die saal te kyk. Gert en Rienie dink ek kan dalk bietjie help,"sê sy vir hom.

Meneer Groenewald stop in die parkeerterrein. Hy en Gerrie kom aangestap en Gert stel sy Ma en oom Sarel aan hulle voor.

"My naam is Werner en dis ons bestuurder Gerrie van Dyk."

Werner kyk na die pragtige ou sandsteengebou wat meer as dertig jaar tevore deur baie knap ambagsmanne gebou is. Die stene om die vensters en deure is kunstig uitgesaag en dit pas perfek inmekaar. Dis 'n sieraad van 'n gebou wat nog eeue sal staan as mense dit nie vernietig nie.

Hulle stap die ruim gebou binne en Gert sê: "Werner gaan jy en Gerrie die gebou deur sodat julle die beplanning kan doen. Ons sal op die stoep sit of in die tuin rondloop tot julle klaar is."

Die tuin om die stadsaal is pragtig versorg. Oom Sarel is lief vir blomme en hy hou alles netjies. tant Emmie sien 'n akker met pragtige lelies wat sy nie ken nie. Sy gaan vra vir oom Sarel die naam van die lelies.

"Emmie ek en Miemie was 'n paar jaar gelede Namakwaland toe om te gaan blomme kyk en dit was ongelooflik mooi. Op Springbok het ek die lelies by 'n kwekery gekoop en hier geplant. Dit het al baie vermeerder, wag ek gaan 'n tuinvurk haal dan gee ek vir jou daarvan. Miemie ken die naam van die lelies ek sal haar vra om dit vir jou af te skryf."

"Baie dankie Sarel jy is welkom om op Driefontein uit my tuin plante te kry wat jy nie het nie."

Gerrie gaan haal 'n maatband in die motor en hulle is lank besig met die metery en beplanning. Toe hulle by die groot ou voordeur uitkom, stap oom Sarel hulle tegemoet.

"Julle moet gerus vir my wys wat julle gedoen wil hê?"

Werner roep Gert-hulle nader en Gerrie wys vir hulle 'n skets waar die groot ronde tafels met die kaas en die kleiner tafeltjies met stoele sal staan. Teen die een muur sal 'n lang tafel staan met die verskillende soorte wyn. Daar sal genoeg kelners wees om die wyn te skink. Werner vra of die dames dalk iets anders in gedagte het, maar tant Emmie bevestig dat sy tevrede is. Gerrie sê ook dat hulle die Vrydagoggend vroeg reeds daar sal wees om alles reg te kry.

Gert noem vir hulle van die pragtige rose wat Helena kweek en gee vir hom haar telefoonnommer sodat hy haar kan skakel. Toe alles klaar is, nooi tant Emmie die twee gaste Driefontein toe vir middagete.

Gerrie is gretig oor die boerekos.

"Werner, ons kan gerus gaan, daar is genoeg tyd voor ons volgende afspraak."

"Nou goed ek sien self uit na tant Emmie se heerlike kos."

Tant Emmie draai na Sarel: "Jy is mos deel van die beplanning, kom gerus saam."

"Baie dankie ek stuur gou 'n werker om vir Miemie te sê ek sal nie huis toe kom vir ete nie."

Die twee motors ry plaas toe. Gerrie is 'n boerseun en hy verkyk hom aan die pragtige plaas en rivier. Hy wys vir Werner die groot wilgerbome en vertel dat daar op hulle plaas ook wilgers was en dat hulle as kinders aan die takke geswaai het.

Hulle hou voor die stoep stil en Gert nooi hulle binne.

Gees van die Labrador

"Kom sit so 'n bietjie, die dames kry net gou die tafel gereed."

Vinnig is alles op die tafel. Die skaapboud is bruin met heerlike gebakte aartappels. Sara het groenboontjies en geelrys met rosyne gemaak en die soet patats blink in die opskepbak. Rienie nooi die gaste tafel toe. Werner het laas in sy ma se huis sulke heerlike kos gesien. Gert sny die skaapboud sodat almal kan inskep. Almal geniet die heerlike kos en na ete drink hulle gou koffie op die stoep voordat oom Sarel saam met Werner-hulle terugry dorp toe.

"Ma, baie dankie vir die heerlike kos, die gaste het dit baie geniet en ons ook. Rien jy sal moet resepte afskryf my engel, sodat ons kinders eendag net so lekker kan eet."

Die middag vra Rienie: "Tant Emmie, kom ry saam met my dan gaan kyk ons na die rokke wat Jessie se rokwinkel het. Gerda, Herman se meisie, werk daar en sy het vir my gesê dat hulle pragtige pakkies en rokke ingekry het."

"Nou goed ek is nou by jou, ek knap net gou bietjie op."

By die winkel groet Gerda hulle vriendelik.

"Dis wonderlik om julle te sien, gaan dit goed?"

"Ja, dankie ons wil graag sien wat julle ingekry het," sê Rienie.

"Hier is die nuwe goedjies wat ingekom het, kyk rustig of daar iets is waarvan julle hou. Op hierdie relings is jou grootte Rienie en hierdie kant is tant Emmie s'n."

tant Emmie blaai rustig deur die rokke en toe kyk sy na die pakkies. Die eerste pakkie wat sy afhaal is 'n pragtige geborduurde ivoorkleurige baadjie met 'n lang romp. Rienie staan langs tant Emmie en trek haar asem op.

"Tant Emmie die pakkie is vir tante gemaak. Kom pas dit aan dan kan ons sien hoe dit lyk."

Gerda haal 'n ligbruin satynbloes van die reling af en bring dit na die aanpaskamer.

"Tant Emmie, trek die bloes saam met die romp aan laat ons sien hoe dit lyk."

Rienie help met die aanpas en alles pas perfek. Toe tant Emmie voor die groot spieël gaan staan lyk sy baie deftig. Gerda bring ligbruin hofskoene en 'n handsak wat bymekaar pas en dis ongelooflik hoe mooi tant Emmie lyk.

"Dankie Rienie dat jy my gebring het en dankie Gerda vir die bybehore wat so perfek pas, nou sal ek julle nie in die skande steek nie."

"Tant Emmie, tante lyk altyd mooi, op die troue gaan tante uitblink."

Rienie koop vir haar 'n mooi koel langbroek pakkie waarmee sy wil ry as hulle met wittebrood gaan. Met die klere netjies verpak klim hulle in die motor en ry plaas toe.

Stories uit die Riemland

"Rienie moet asseblief nie vir Gert vertel ek het 'n pakkie gekoop nie. Kom ons verras hom."

"Goed tant Emmie, sy oë gaan uitval as hy tante sien."

Hoofstuk 23: Afskeid

Op Kromdraai is alles in rep en roer. Helena is besig in die kweekhuis waar sy ou knoppe uitsny, kunsmis gee en die beddings deurkyk. Gelukkig kry sy nog mooi rose wat binne 'n dag of twee sal oopgaan om vir Gert se troue te gebruik. Sy sien uit na die kaas-en-wynonthaal. In die stad het sy een keer so 'n onthaal bygewoon en baie daarvan gehou.

Dis tyd vir ontbyt. Sy sien Herman en haar pa terugkom van die boorde af. Oom Piet kom by die kombuis deur in.

"Vrou maar vanoggend gaan jy ons omtrent bederf. Kom Herman ek voel dun."

Helena kom by die gangdeur in.

"Ma moenie die mans so bederf nie, hulle sal vet word."

"Ag ons is nog brandmaer dit is jy wat moet kyk na jou figuur, die trourok sal losskeur," terg Herman haar.

Tant Grieta het niertjies met knoffel en uie gebraai en eiers gebak. Op die stoof staan die potjie met mieliepap al 'n uur en kook. Die gesin sit rustig aan tafel en die ontbyt is heerlik.

"Ek sien uit na Gert en Rienie se troue Saterdag. Hemel die tyd vlieg darem vinnig. Hulle was regtig slim om iets nuuts op Rietfontein bekend te stel. As ek en Gerda die dag trou gaan ons dit ook so doen, dis baie minder werk vir ons moeders," verklaar Herman

Martin en Koos staan by Witlies se kalfie hy is baie beter en drink aan sy ma, dis darem 'n goeie diens wat hulle op Onderstepoort vir die boere lewer – al die soorte entstof wat hulle maak het tot gevolg dat die boere nou baie minder diere verloor.

Stories uit die Riemland

"Meneer Martin onse meneer Gert trou nou Saterdag. Ek sou so bly gewees het as meneer Willem nog gelewe het, hy was 'n baie goeie man. Ons almal was baie lief vir hom, as jy 'n probleem gehad het, het meneer Willem altyd gehelp. Meneer Gert is net so 'n goeie man soos sy pa," sê Koos.

Johan skuur die laaste growwe plekkie van die juwelekissie wat Pieter van die apteek vir Gert en Rienie as trougeskenk wil gee. Die deksel met die uitsnywerk wat Faan so netjies gedoen het, blink in die son. Die mooi koper skarniertjies en sluitknip moet nog aangesit word dan is die kissie gereed.

Johan gaan bel die apteek om te sê Pieter kan die kissie later die middag kom haal. Die plaaslyn is beset en hy sit langs die telefoon en wag om te bel.

Hy peins oor sy en Gert se lewe: Die wonderbaarlike manier waarop hulle kennis gemaak het, hulle tog na El Alamein om Jan se oorskot in die woestyn te gaan haal, dit te laat veras en hier langs sy ouers op Uitzicht te begrawe. Hoe goed die Here vir hulle was in Kaïro om Ismael Sharip te stuur. Ismael het hulle met alles gehelp en hy hoop hy sien hom weer eendag, 'n mens weet nooit.

Die lyn gaan oop en Johan bel vir Pieter om te sê van die juwelekissie. Pieter belowe dat hy net na sesuur daar sal wees. Johan staan op om gou die kissie te gaan klaar maak. Hy moet vir Mina sê om sy pakklere reg te kry vir die troue Saterdag.

Hy is Gert se strooijonker en sy suster Marinda, die strooimeisie. Hy wat Johan is, sal die ringe hou en op die regte tyd oorhandig. Hy hoop nie hy laat 'n ring val nie, want hy sien nie kans om onder die banke rond te kruip om dit te soek nie.

Die firma wat die markiestent agter die stadsaal opslaan is al besig. Die tent is vir die plaaswerkers en hulle gesinne. Net soos op Kromdraai, is hulle ook deel van die feesviering. Gert het 'n vaatjie muskadel bestel wat die werkers die aand van die verrigtinge kan drink. Jantjie, Koos en Moos sal toesig hou. Daar is weer kolwyntjies vir die kinders omdat hulle dit op Kromdraai so geniet het. 'n Groot pot pap en vleis sorg dat hulle nie honger ly nie. Jantjie het weer gevra of hulle meneer Gert en mevrou Rienie kan toesing. Van die kerkdiens sal die werkers niks sien nie, maar by die stadsaal sal al die groot deure en vensters oop wees sodat hulle alles kan sien en hulle sal die toesprake kan hoor.

Dis Vrydagaand. Oom Nic-hulle het kom oë wys en tant Hettie sê dit voel vreemd dat sy nie doekpoeding en brandewynsous gemaak het nie. Tant Emmie het lekker koffie en melktert voorgesit en hulle geniet dit op die stoep. Die lug is vol sterre wat pragtig vonkel, met net die ligte briesie wat altyd van die rivier af waai. Saterdag behoort 'n mooi dag te wees.

Gees van die Labrador

Saterdagoggend breek helderblou aan en almal is besig met die gewone dagtakies. Na ontbyt vra tant Emmie om verskoon te word. Sy vat 'n bos rose en 'n houer met water en stap by die agterdeur uit. Gert en Rienie sien haar na die begraafplaas toe stap. Sy gaan die rose op oom Willem se graf sit. Gert en Rienie kyk haar met trane in hulle oë agterna. Hulle dink aan oom Willem wat hulle vooruit gegaan het.

"Rienie ons moet dit nie net aan mekaar belówe nie, ons moet sórg dat ons altyd lief bly vir mekaar. My ouers was tot die dag van my pa se dood baie lief vir mekaar. Ek het hulle nooit hoor rusie maak nie. Hulle het wel somtyds verskil, maar dit mooi uitgepraat. Dit was wonderlik om hier op Driefontein in liefde groot te word."

Rienie vat Gert se hande en kyk in sy oë.

"Die Here sal ons help om ook daardie geluk te beleef."

Eenuur die middag gaan Rienie na tant Mynie toe. Gerda, Marinda en Lalie is reeds daar. Lalie sal vir Marinda help en Gerda vir Rienie. Rienie se prinsesstyl rok is van spierwit satyn en kant gemaak. Dit pas pragtig om haar bolyf en word wyer tot op die grond. Dis pragtig met pêrels geborduur en sy lyk soos 'n droom. Haar hare is in krulle op haar kop gekam. Om haar hare is 'n kransie wit kunsrosies baie kunstig inmekaar gevleg. Marinda het dit vir Rienie gemaak. Die sluier hang onder haar hare na agter. Die oorbelletjies wat Gert laat maak het pas perfek en sy dra wit satyn skoene. Gerda het haar pragtig en natuurlik gegrimeer.

Lalie help vir Marinda met haar grimering. Dan trek sy die ligblou satyn rokkie aan en haar pragtige blou oë skitter soos sterre. Haar lang blonde hare is in krulle van haar gesig af weggekam en met sierspelde in plek gehou. Haar ligblou skoene loer net onder die rok uit en sy lyk pragtig. Hierdie twee pragtige meisies gaan almal se asems weg slaan.

Die tyd stap aan en Martin sal hulle kwart voor vier kom oplaai, want die plegtigheid begin vieruur. Rienie het gesê sy wil 'n minuut voor vieruur voor die kerk stilhou waar tant Mathilda haar sal kry sodat hulle kan instap. Tant Mathilda is die enigste moeder wat sy ken en sy wil saam met haar

Stories uit die Riemland

instap. Herman is by tant Mathilda en hy help Rienie uit die motor en Marinda verseker dat Rienie se klere netjies is. Tant Mathilda snuif toe sy sien hoe mooi Rienie lyk en sê vir haarself: Ek huil nie, ek is net 'n bietjie verkoue.

In die kerk staan Gert en Johan voor die preekstoel. Hulle het gehoor toe Rienie aankom. Almal kyk nuuskierig of hulle die bruid kan sien. Toe Rienie aan tant Mathilda se arm in die deur verskyn, snak 'n paar mense na hulle asems. Die troumars jubel deur die kerk en baie statig begelei die ou dame haar pleegkind tot by Gert. Sy soen vir Rienie en lê Rienie se handjie in Gert se groot hande, draai om en gaan sit voor langs tant Emmie. Tant Emmie stry teen die trane wat net wil loop. Mathilda vat tant Emmie se hand en hou dit vas.

Dominee Kobus lewer die preek met deernis en liefde en die gaste luister na elke woord wat hy sê en die raad wat hy die tweetjies gee. Johan en Marinda staan doodstil – hulle blou oë is op die bruidspaar gerig. Johan wens die plegtigheid is al verby, want hy is nog steeds benoud dat een van die ringe dalk uit sy hand kan glip. Hy stuur 'n skietgebedjie op en gee gelukkig op die regte tyd die ringe aan sonder om een te laat val. Kobus sluit af met 'n seënbede wat hy oor Gert en Rienie uitspreek.

Buite die kerk is almal opgewonde. Hulle wag bykans ongeduldig vir die bruidspaar om die register te teken. Toe die paartjie in die groot deur verskyn reën die konfetti en roosblare op hulle. Gert keer met sy groot hande die konfetti uit Rienie se gesig en sy lag vriendelik vir hom.

Almal vertrek stadsaal toe. Die bruidspaar wag tot almal binne is voordat hulle instap. Daar is 'n spesiale tafel vir die bruidspaar en die gevolg en vir die gaste is daar kleiner tafels met stoele. Almal kry vir hulle sitplek en kyk hoe professioneel Gerrie en die kelners die sjampanje skink. Toe almal se glasies vol is, stel Kobus vir Johan aan die woord om die heildronk op die bruidspaar in te stel.

Johan stap vorentoe, maak keel skoon en begin met die heildronk:

"Familie en Vriende,

"Ons is almal vandag hier saam om vir Gert en Rienie hartlik geluk te wens. Mag ons Hemelse Vader elke dag met julle wees soos Hy in die verlede met julle was. Mag julle voorspoedig wees op Driefontein.

"Tant Emmie, baie geluk met die pragtige dogter wat Gert vir tante gebring het. Baie dankie vir die gasvryheid waarmee tante ons vandag hier ontvang het. Ons dink met verlange aan oom Willem en ek weet hy sou vandag net so gelukkig gewees het soos ons.

"Vriende, as u oplet, sal u sien dat oom Dirk en tant Johanna Lourens, asook oom Kas Burger en Sarie nie vandag hier teenwoordig is nie. Hulle is almal nog by die kraamafdeling van die hospitaal. Sarie het pas geboorte geskenk aan 'n fris agt pond seuntjie, Dirkie, wat vernoem is na

220

Gees van die Labrador

sy oupa, oom Dirk Lourens." Almal klap spontaan hande.

"Gert en Rienie, Sarie het gevra of julle asseblief Dirkie se peetouers sal wees? Oom Dirk-hulle sal later 'n draai kom maak sodra Sarie slaap.

"Staan asseblief saam met my, dan drink ons 'n dubbele heildronk:

Op Gert en Rienie – en klein Dirkie!"

25 September 1947 is 'n gelukkige dag. Rietfontein loop oor van vreugde.

Kobus laat nie op hom wag nie. Die heerlike ronde kaas waarvan daar skyfies gesny is, is eerste op sy bordjie en hy byt 'n happie af – dis net so lekker as wat dit lyk. Oom Nic staan nader.

"Gert het nou nie poeding nie, maar die kaas lyk baie lekker, ek sal met hierdie een begin."

Die mense staan gesellig rond elkeen met 'n glasie wyn in die hand en hulle pak hulle bordjies vol beskuitjies en kaas. Dit is 'n plesier om almal so gelukkig te sien.

Buite is die werkers is net so vrolik. Vir hulle is dit baie vreemd maar hulle geniet ook die kaas en wyn. Die kleintjies lê weg aan die kolwyntjies en die skinkborde is sommer gou-gou leeg.

Gert vat Rienie aan die hand en hulle stap uit na die tent waar die werkers hulle met *Veelsgeluk* en *Happy-happy* toejuig. Soos dit hulle tradisie is, dans en sing hulle al om die bruidspaar van vreugde.

Toe Gert en Rienie terug is in die saal, staan hulle met oom Piet en tannie Grieta en gesels. Oom Piet reken dis omdat hulle hul werkers so goed behandel dat hulle sulke goeie werk lewer. Dis 'n genot om te sien hoe hulle die eetgoed geniet, want in hulle huise is hierdie tipe kos vreemd.

"Ja oom Piet," antwoord Gert "my pa het geglo: Behandel jou werkers goed dan doen hulle die werk goed. Met Kersfees het hulle koek en gemmerbier gekry en elke week het hulle vleis gekry. Die kaas en ander lekkernye is vir hulle baie spesiaal."

Johan kom na Gert toe. "Gertman, dis seker tyd dat jy jou bedankings doen?"

"Ek is reg, ons gaan net terug tafel toe."

Johan stap saam.

"Familie en vriende, ek stel nou vir Gert aan die woord."

Die jonges is verspot, hulle fluit en sing vir hom *Hy lyk so baie na tant Koek se hoenderhaan*. Gert lag en klap hande tot almal weer tot bedaring kom. Met sy hand op Rienie se skouer praat hy met sy rustige stem.

"Baie dankie aan almal hier teenwoordig dat julle vanmiddag hier is om saam met my en Rienie die geleentheid te vier. Baie dankie aan die Lourens-gesin wat soveel vertroue in ons het dat hulle hul kosbare klein seuntjie aan ons sorg toevertrou. Oom Dirk en tannie Johanna, oom Kas en Sarie: Ons sal altyd daar wees as hy ons nodig het.

Stories uit die Riemland

"Marinda, baie dankie vir die ondersteuning wat jy vir Rienie tot voor die kansel gegee het.

"Johan, aan die begin was jy vir my 'n bietjie bleek, maar later het ek gesien jy het weer kleur gekry nadat jy die ringe oorhandig het."

Die mense skater van die lag en Johan skud net sy kop.

"Baie dankie ook aan tant Mathilda wat vir Rienie so mooi vir my grootgemaak het. Onthou, Driefontein is tante se huis. As tante die dag aftree sal ons met liefde na tante omsien. Tant Anna, tante is ook baie welkom.

"Martin, baie dankie dat jy die bruid veilig by die kerk besorg het."

"Aan Helena: Baie dankie vir die pragtige rose.

"Herman: baie dankie dat jy tantes Matilda en Anna by die kerk besorg het."

"Aan my dierbare moeder baie dankie dat sy en my oorlede pa my so mooi grootgemaak het."

"Laastens aan my pragtige bruid, baie dankie dat jy kans sien om jou lewe met my te deel."

Gert trek vir Rienie op en vra sy ma, oom Piet en tant Grieta, Herman, Martin en Marinda om saam met hom te kom. Hulle stap by die groot deure van die stadsaal uit tot op die stoep. Die werkers het voor die stoep bymekaar gekom en Gert spreek hulle vriendelik aan:

"Vir julle, die werkers van die drie rivierplase, sê ons baie dankie vir die getroue manier waarop julle nog al die jare gewerk het. Ons het saamgestaan op hierdie drie mooi plase en ons almal (en hy wys na die blankes) is dankbaar en lief vir julle. Mag die Here ons almal krag en genade gee om so aan te gaan. Baie dankie julle almal."

Jantjie wat maar altyd as spreker optree sê: Baie, baie dankie aan ons drie plase se eienaars en werkgewers. Ons sal altyd ons beste doen. Baie dankie vir die wyn en die ander lekker kos, die kleintjies sê ook dankie vir die mooi pienk en groen koekies."

Almal gaan terug saal toe en die werkers dans vrolik daar rond.

Johan kom sê vir Gert dat hulle die fotosessie nou moet inpas terwyl die mense nog lekker eet. Gert stem in en hulle stap om na die fonteintjie langs die saal. Intussen maak Johan verskoning by die gaste en vra dat hulle hulself moet geniet terwyl die foto's geneem word.

Die fonteintjie lyk amper soos 'n groterige visdammetjie aan die agterkant van die saal en is omring met palms en mooi blommende struike. Aan die agterkant van die fonteintjie is 'n beeldjie van 'n meisie met 'n gedrapeerde kleed. Sy gooi water uit 'n kruik in die dammetjie waarin veelkleurige visse rustig swem.

Die fotograaf vra 'n tafeldoek en sprei dit op die muurtjie oop. Hy laat Rienie daarop sit langs die meisie met die kruik. Hy laat Rienie met haar

Gees van die Labrador

hand in die water speel. Waterlelies dryf op die water en die blare en pienk blomme is pragtig. Rienie kyk in die water na die visse wat rondswem. Die fotograaf is baie bekwaam, hy neem die groep- en enkelfoto's ook by die fonteintjie. Met die palms en struike in die agtergrond is elke foto iets besonders.

Gert en Johan beraadslaag en besluit dat die werkers moet kom sing voor sononder, sodat hulle kan help om die tent op te ruim voor die vragmotors hulle terugneem plase toe. Johan stap na Jantjie en verduidelik wat nou moet gebeur. Hy verstaan en reël met Koos en Moos. Die werkers en hulle gesinne kom staan ordelik in rye voor die groot deure. Johan lig die gaste in dat die werkers nou vir Gert en Rienie kom toesing. Baie van die gaste kom saam met Gert, Rienie en tant Emmie uit en staan op die groot stoep.

Jantjie het die kitaar en sit die noot in: *Op berge en in dale, en oweral is God*, sing almal uit volle bors. Die gaste verlustig hulle in die werkers se pragtige stemme. Dan volg *Vanaand gaan die Volkies Koring Sny, Jan Pierewiet* en *Daar kom die Alibama*. Klein en groot geniet die liedjies. Die gaste klap hande en Gert bedank hulle vir die pragtige sanguitvoering.

Intussen het die son ondergegaan en die skemer sak oor Rietfontein. Tant Emmie het gemaalde koffie van die huis af gebring en Gerrie is besig om groot kanne koffie te maak. In die een hoek is die koffietafel met alles daarop. Hy het ook gereël dat tant Hermien van die Hoekkafee panne met warm vleispasteitjies stuur.

Rienie vra vir Gert om haar asseblief gou huis toe te neem sodat sy haar trourok kan uittrek en iets gemakliker aantrek. Gert sê vir sy ma hulle is oor 'n rukkie terug.

Buite is dit al donker en die volmaan van 'n paar aande gelede het nog nie opgekom nie. Wanneer die maan uiteindelik agter die wolkies uitkom, omskep dit die landskap in 'n towerwêreld. Hulle ry rustig deur hierdie droomwêreld tot voor Driefontein se stoep. Gert vra vir Rienie om te bly sit totdat hy die lampe aangesteek en die voordeur oopgesluit het.

Zeppie kom teen 'n spoed op die motor afgestorm. Voor Gert nog kon uitklim, spring hy onder Gert se bene deur, binne-in die motor tot op Rienie se skoot.

"Wag bietjie Zep jy sal Rienie se rok vuilsmeer." Hy haal 'n handdoek van die agterste sitplek af en gee dit vir Rienie. Liefdevol vou sy vir Zeppie op haar skoot toe.

Gert stap die trappe op en toe hy op die stoep staan, is dit of iets vir hom sê: "Kyk na die hoek waar jou pa se leunstoel nog altyd staan."

In die maanlig sien Gert 'n man in die stoel sit en voor hom sit ou Wagter. Die man se hand is op Wagter se nek. Gert word yskoud. Sy hele lyf is hoendervleis. Hy weet in sy hart dis sy pa wat daar op die stoel sit.

"Pa Willem!"

Gert draai sy kop na die motor om te kyk of Rienie hom gehoor het. Toe hy terugkyk is die stoel leeg en Wagter is weg. Die trane wel in sy oë op terwyl hy na die leë stoel kyk. In sy hart weet hy dis sy pa wat kom groet het. Hy en ou Wagter het nou vir die ewige slaap weggegaan. Sy pa het net gewag dat hy gelukkig getroud is.

Na 'n rukkie stap Gert voordeur toe, haal die vuurhoutjies van die rakkie af en steek die lampe op. Dan sluit hy die voordeur oop sodat hy Rienie maklik oor die drumpel kan dra. Daar in die leë voorportaal besluit hy om vir niemand van sy pa se verskyning te vertel nie.

Gees van die Labrador

Hy gaan terug motor toe, tel vir Rienie met Zeppie in haar arms uit die motor en stap die trappe op, oor die stoep en drumpel en sit haar versigtig in die voorportaal neer.

"Jinne Rien, maar jy het baie kaas geëet."

Sy lag vrolik vir hom.

"Jy kan bly wees ek het nie baie wyn gedrink nie." Laggend sit sy Zeppie neer.

"Gaan lê jy nou soet op jou kussing langs die stoof, ek het vir jou lekker kasies gebring."

Zeppie loop ewe gedweë kombuis toe en gaan lê op sy kussing.

Laggend loop hulle in die gang af. Hy steek die lampe op soos hulle aan beweeg na die slaapkamer toe. Hy kom terug van die badkamer af en maak die slaapkamer vensters wyd oop. Hy tuur vir 'n rukkie oor die maanverligte werf asof hy verwag om iets daar te sien. Rienie kom staan langs hom en vra:

"Gertman is daar iets wat jou pla?"

"Nee my liefste vroutjie my hart loop oor van geluk."

Sy druk haar kop teen sy skouer en hoop met hart en siel dat haar man eendag sal leer om haar ten volle te vertrou.

xxXxx

Naskrif

Met die genade van die Here en die ondersteuning van al my kinders en kleinkinders het ek hierdie gedagtes in woorde omskep. Nooit sal ek vergeet hoe Loeloe my deur die genade van God en die engeltjies gered het nie.

Mag ek mense wat in diepe ongeluk, hetsy in hulle liefdes lewe of persoonlike lewe is, die raad gee: Skryf aan jou mense hoe lief en nodig jy hulle het, skryf wat jou kinders gedoen het as babas en kleuters, die oulike goedjies wat julle saam belewe het. Die vakansies wat julle as gesin saam geniet het, dit bring die goeie dinge na vore. Raak besig met iets wat jou mense kan lees, jou familie en jou vriende wat jare saam met jou oud geword het. Stelselmatig gooi jy die ongelukkige dinge van jou weg. Dink positief, die goeie Vader het soveel mooi dinge om ons geskep, kyk en geniet dit.

Wees dankbaar dat jy lewe, dat jy dit kan Sien.... kyk om jou, hoeveel mense dankbaar sou gewees, as hulle in jou plek kon wees.

Gees van die Labrador

Dankie Here vir die gedagtes wat ek kon skryf.

Dankie aan u die leser. Dankie vir u ondersteuning.

Met liefde,

Makkie

Loer in by ons webtuiste: www.geesvandielabrador.co.za

Die vervolg van Gees van die Labrador is binne kort beskikbaar van Kameeldoring Boeke:

Drie Rivierplase

Dieselfde karakters, van "Gees". Beleef Gert en Rienie se wittebroodstoer na Suid Rhodesië, Victoria watervalle, Zimbabwe bouvalle en die baie plekke waar hulle langs die pad stilgehou het...